完全掌握 JLPT 新日檢【N1 讀解】，

系統化分析考題類型 + 累積扎實閱讀力，

徹底加強作答實力，滿分衝刺大作戰！

前言

新日本語能力測驗始於1984年，至今已舉辦了三十多年，對日語學習者來説是非常權威和重要的考試。新日本語能力測驗的主辦方在2010年針對考試內容進行全新的改制。改制後的考試更注重測驗考生的日語理解能力及運用日語溝通和解決實際問題的能力。

從新日本語能力測驗讀解部分的內容和題量來看，不管如何改版，讀解部分都相當重要。新日本語能力測驗在讀解部分加重檢驗考生的閱讀能力程度，該部分的題量大、涉獵廣，且內容難度較高。因此，如何提升閱讀能力一直是困擾著考生的難題。而閱讀能力的提升並非考前臨時抱佛腳多做幾本閱讀測驗就能立竿見影、一蹴可幾，而是必須在日常的學習就不斷努力，拓展閱讀的深度和廣度，才能達到預期的效果。

目前市場上各類的新日本語能力測驗讀解書籍，大多題量多、形式單調，很容易讓考生打退堂鼓，降低準備考試的熱情。為此，我們從日語原版圖書和可信度高的日語網頁中搜集了各類能反映日本社會、文化、風俗、歷史等的文章，編寫了本系列考試用書。本書主要想幫助考生透過日常的朗讀和練習，逐漸提升日語的閱讀能力。內容方面，本書也讓考生在做考題之餘還能欣賞好文，突破了一般考試用書的傳統編寫模式，是一次全新的嘗試。希望本書不僅是考生們用來應對考試的參考書，也能成為日語從教人員豐富日語課堂內容的輔助性教材。希望廣大的日語愛好者透過朗讀本書的文章，能加強語感、掌握文法、豐富知識、瞭解日本。

本書的構成：

本書以實戰篇為主，理論篇為輔，另附各類題型的解題技巧供考生參考。

理論篇首先概述了新日本語能力測驗的發展和現狀，並緊密結合歷年考古題，對讀解部分的出題類型、數量、範圍、特點等作了詳盡的分析。然後透過例文來解析文章的結構，例如：如何劃分段落，如何從「頭括型」、「尾括型」、「雙括型」的文章中找到主題，如何判斷「起承轉合」各個部分的內容等。學會如何從結構分析文章後，考生在閱讀和答題的過程中，就可以做到有的放矢，用最短的時間找出正確的答案，達到事半功倍的效果。

實戰篇按照新日本語能力測驗讀解部分的出題方式和文章類型一共分為九章。前八章針對不同的出題方式和文章類型加以練習，即主題主旨類、原因理由類、指示詞類、細節類、句意分析類、對錯判斷類、比較閱讀類、資訊檢索類等。文章主要以短篇和中篇為主，輔以少量長篇，每一類題型均附有解題技巧。第九章為綜合練習，每種題型各一篇，文章以中篇和長篇為主，旨在訓練考生長篇文章的閱讀能力。

本書的特點：

❶ 文章精挑細選，讀起來琅琅上口，內容發人深思。
❷ 每篇文章都標注了讀音，方便學生朗讀及閱讀。
❸ 兼顧各種文章體裁、篇幅以及題型，全面涵蓋讀解考試範圍。
❹ 搭配1～2道題型練習和答題解析，幫助考生從平日的累積中輕鬆提高閱讀能力。
❺ 每篇文章針對相關的詞彙和文法精心注釋，幫助考生全方位提升日語能力。
❻ 每篇文章都有參考譯文，考生可以透過譯文，檢測自己對文章細節的理解是否到位。全書參考譯文收錄於本書最後面，書中皆有清楚標示頁碼提供對照。

本章譯文
請見P.292

在此建議考生每天抽出10～20分鐘時間大聲朗讀，再做一兩道練習題。這樣不僅不會有太大的負擔，還能夠培養出語感、豐富的知識，並養成閱讀的好習慣。對於利用本書應考的讀者，只要扎扎實實的理解每一篇文章的內容，認真總結分析做過的每一道題，努力堅持下去，相信閱讀能力就能確實進步，同時，日語整體的能力也會更上一層樓，有效提升。

本書由陝西現代日韓語職業培訓學校組織編寫，在編寫過程中得到了西安外國語大學日本文化經濟學院多位老師、日本國立大學多位博士研究員、在讀博士以及八戶學院大學玉川惠理女士的大力支持，在此表示衷心的感謝！

本書在編寫過程中傾注了我們大量的心血，但由於編寫的時間有限，難免存在疏漏和不足之處，在此真誠希望使用本書的同行和日語學習者不吝賜教！

目錄

理論篇

實戰篇

讀解方略

理論篇

第1章　新日本語能力測驗N1讀解部分題型分析及解題對策

第2章　閱讀文章基礎知識

第1章 新日本語能力測驗N1讀解部分題型分析及解題對策

1 ▶ 新日本語能力測驗 N1 讀解部分題型分析

新日本語能力測驗是由日本國際交流基金會與日本國際教育協會（現稱日本國際教育支援協會）所創建的考試評量系統，開始於1984年，考試的對象為母語不是日語的學習者。近年來，新日本語能力測驗的成績，已經成為升學及就業時，衡量日語程度的重要標準，也得到了各個國家的高度認可。隨著日語學習者不斷的增多，台灣也有越來越多的人參加這個考試。

由於參加的考生範圍擴大，報考的目的也越來越多樣化，有關考試的建議和要求不斷增多，於是新日本語能力測驗的主辦方，在2010年針對考試內容全新改版，由原來的4個級別（1級、2級、3級、4級）改為5個級別（N1、N2、N3、N4、N5），N2的難度與原來的2級相比稍有增加，N1的難度與原來的1級差別不大。改版後的新日本語能力測驗，更著重在測驗考生的日語理解能力，以及運用日語溝通和解決實際問題的能力。

新日本語能力測驗中讀解部分的測驗內容和分數比重，有很大的變化，我們也針對這部分的出題類型、數量、特點等作了詳盡分析，具體內容參見如下。

考古題號	出題類型	出題數量	出題特點	得分範圍	合格線	考試時間
8	內容理解（短篇文章）	4	閱讀200字左右的文章並理解其內容，內容涉及生活、工作等。	0～60	19	語言知識、讀解共110分鐘
9	內容理解（中篇文章）	9	閱讀500字左右的文章並理解其內容，多為解說、評論、散文等，理解其關鍵點或因果關係等。			
10	內容理解（長篇文章）	4	閱讀1,000字左右的文章並理解其內容，多為解說、散文、小說等。			
11	綜合理解	3	閱讀兩篇或兩篇以上600字左右的文章，再加以比較，綜合理解其內容。			
12	論點理解	4	閱讀1,000字左右的抽象性或邏輯性強的評論文章，掌握整體所要表達的想法或意見等。			
13	資訊檢索	2	從廣告、簡介或商業文書等700字左右的訊息題材中，尋找答題所需線索。			

新舊日本語能力測驗讀解部分最大不同在於，新日本語能力測驗增加了綜合理解和資訊檢索兩種題型，而內容理解和論點理解的試題除了文章長短和問題數量外，並沒太大不同。因此，我們結合歷年考題，針對讀解部分的出題類型作詳細的介紹。

(1) 內容理解（根據文章長度又分為短篇、中篇、長篇三種）

① 短篇文章

字　　數：200字左右。
文 章 數：4篇。
文章內容：多為節選一段關於生活、工作、學習方面的說明文或記敘文。
測驗題數：一篇文章1題，共4題。
測驗內容：測驗對短文內容的理解能力。包括透過劃線形式來測驗對文章細節的理解，以及測驗對文章主題主旨的掌握。

例題　私は学生たちに時間の活用法について、「テレビを見ているときコマーシャルの間に大急ぎで何かやる、あの**瞬発力**を思い出せ」と教えている。30秒か1分の間にトイレに駆け込んだり、冷蔵庫を開けて何か食べものを取り出したり、われわれは**敏捷**に行動する。あの要領で物事を処理すれば、相当沢山の仕事ができるものなのだ。また、頭をそういう風に使うことによって、錆びつきがちな脳に刺激を与えるよすがにもなる。 それをもう少し延長して5分間仕事をいつも幾つか持っていることも大事だ。馴れれば人を待つ5分間で葉書1枚くらい書くことができる。手帳を開いてスケジュールのチェックをしたり、ショッピングリストを作ったり、いろいろなことが5分間で果たせる。 だいたい、そういうハンパな時間は雑草のようなもので、気がつかないうちに、はびこってしまう。（中略）無駄なく使えば、それだけ人生は豊かになる。

（板坂元「ちょっと小粋な話IPHP研究所」による）

瞬発力：瞬間的に起こる力
敏捷に：すばやく
よすが：助け
雑草：農作物、草花などの生長をじゃまする草
はびこる：いっぱいに広がる

問題 人生を豊かにするために、筆者がすすめる時間の使い方はどれか。

1. 少しでも時間が空いたら、小さな仕事を片づけるようにする。
2. 脳の刺激になるように、沢山の仕事を一度に集中して行う。
3. 大切な仕事は、あまりあせってしないで、慎重に処理する。
4. 忙しい人生の中、ハンパな時間ぐらいはゆっくり過ごす。

（2004年日本語能力試験1級　正解：1）

② 中篇文章

字　　數：500字左右。
文 章 數：3篇。
文章內容：多為散文、評論、解說類的文章。
測驗題數：一篇文章3題，共9題。
測驗內容：測驗對文章關鍵資訊和因果關係的理解能力。包括以劃線形式測驗對文章細節的理解，測驗對文章主題主旨的掌握，以及測驗對指示詞指代關係的理解。

例題　①手紙というのが、どうも苦手である。手紙を書く必要に迫られたりすると、とつぜんクシャミがとまらなくなったり、おなかをこわしたりする。もともと、文章を書くのがいやだ、ということもある。が、それ以上に手紙を書くのがいやなのは、あの形式のせいである。 まず、「拝啓」というのが気に入ら

ない。拝啓というのは「つつしんで申し上げる」というイミらしいが、いまどきそんなことを知っている人は、あまりいない。イミもわからずに、なぜ「拝啓」なんて書かなければいけないのか、ぼくにはまったく理解できないのだ。（中略）ま、いちがいに「形式」がいけないとは言わない。もともと形式というのは、みんなの便利さのためにあるものだ。形式があるからこそ、ぼくたちは②余分なことに余計に神経を使わずにすむ。もし、手紙の形式というものがなかったら、ぼくたちは手紙を書くたびに、「どう書き出せばいいだろうか」とか、「こう書いたら失礼にならないだろうか」とか、あれこれこまかいことに気をつかって、書かないうちから**クタクタになってしまう**かも知れない。 が、そういう形式の**効用**は十分認めたうえで、なおいまの手紙の形式は死んでいる、とぼくは思う。で、それがぼくたちの首やからだに巻きつき、ぼくたちの手紙を窒息状態に追いこんでいると思う。形式を**ちゃんとこなせば**こなすほど、手紙からどんどん**生気**が失われていくのだ。

（天野祐吉『バカだなア』筑摩書房による）

クタクタになる：とても疲れる
効用：役に立つこと
ちゃんとこなす：うまく使う
生気：生き生きした力

問題 1 ①手紙というのが、どうも苦手であるとあるが、その一番の理由は何か。

1. 文章を書くのが好きではないから
2. 手紙の形式が好きになれないから
3. 手紙をどう書き出せばいいかわからないから
4. 手紙を書こうとすると体の具合が悪くなるから

問題 2 ②余分なことに余計に神経を使わずにすむとは、たとえばどんなことか。

1. 疲れたり、体の調子が悪くならないように心配しなくてすむこと
2. 書き始めの表現や相手への礼儀を表す言葉を考えなくてすむこと
3. 相手の使う形式に合わせて、自分の手紙の形式を変えなくてすむこと
4. 自分で考えた言葉をどんどん使って、相手に失礼になっても気にしないこと

問題3 筆者は手紙の形式についてどのように考えているか。

1. 形式はないと不便だが、現在の形式は手紙を書く意欲を奪うものだ。
2. 手紙の形式のもともとの意味を知れば、よい手紙が書けるようになる。
3. 相手に対して失礼な手紙を書きたくないなら、形式は無視した方がよい。
4. 形式があるからこそ、自由に好きなように相手に手紙を書くことができる。

（2003年日本語能力試験1級　正解：2、2、1）

③ 長篇文章

字　　數：1,000字左右。
文 章 數：1篇。
文章內容：多為解說、散文、小說類的文章。
測驗題數：4題。
測驗內容：測驗對長篇文章中具體句子、語境等細節部分的理解能力。包括句意分析類題型、指示詞類題型、原因理由類題型等，還會出現針對文章主題主旨的對錯判斷類題型。

例題　消費の個人主義化は、ある意味では消費の民主化と言い換えることもできる。その結果生ずるものの個人所有は、所有の民主化だといえるかもしれない。また、所有の民主化は、個々人をますます**ばらばらの**存在にしていく。（中略）ものによってしきりができるからだ。ひとつの道具を**共有する**ことは、好むと好まざるとにかかわらず、共有しているメンバーとの集団的なつながりが形成される。

「平等な消費」という思考は、<u>①個人の欲望にしたがった消費を許す</u>ということで、それは集団主義（全体主義）から個人主義への流れを強化していった。こうした傾向は、社会的な共同体だけではなく、家庭にまで及んだ。<u>②それ</u>は、さまざまなもののデザインにおいても見ることができる。多くのものが、集団で使うことよりも個人で使用できるようなデザインになっていった。小型のラジオや電話は、**ポータブルになった**結果、その使い方が変化したが、それだけではなく、使用者を個人化したのである。

携帯電話の出現は、家を単位としていた電話の概念を根底から変えてしまった。電話の**子機**の段階では、家の電話とつながりを持っていた。携帯は家とのつながりをしきってしまったのである。 携帯電話の持ち主がはたして住居に住んでいるかどうかもわからない。

電車やバスなどの公共交通機関の中では、携帯電話の使用の禁止を呼びかけている。心臓の**ペースメーカー**に悪い影響を与えるからと呼びかけているが、禁止についての明確な理由はあまり説得的ではないようだ。結局、多くの携帯電話使用者は、電話による会話ではなく、メールを使うようになった。しかし、携帯電話でコミュニケーションしていることには変わりない。どれほど、多くの他人に囲まれていようと、携帯電話を使った会話にしろメールにしろコミュニケーションが始まると、意識は電車やバスの中にあるのではなく、**ネット**空間の中に入り込んでしまう。どれほど、多くの他人に囲まれていようと、そこにいる他人とは全く異なった空間の中にしきられているのである。はたして、そのことと関連するかどうかはわからないが、携帯電話の普及と同時代の現象としてよく見られることになったのが、電車の中で、女性が**メイクアップ**をしている光景だ。それまでは、メイクアップは他者には見せないものであった。しかし、電車の中にあって、メイクアップをする女性たちは、意識的には、他者とはまったくしきられた空間にいるのである。③ちょうど携帯電話でコミュニケーションしているときと同じように。

家庭内の個人主義的傾向は、日本では 1980 年代に**顕著になった**。住宅のデザインは、子どもの個室を持つことが一般的になり、子どもの個室には電話や**音響製品**などが置かれ、**自足した**ものとなった。個室や電話や**家電**の**パーソナル化**によって、家族の人間関係が**希薄になりアトム化**がすすんだ、という意見が語られてきた。家族が個人主義化することを、個室やパーソナル化した家電や家具類のデザインが促進したことは否定できないが、そうしたもののデザインは、集団主義から個人主義へと向かうわたしたちの近代に**内包されていた**傾向を反映しているのである。

ばらばらの：別々でまとまりがない
共有する：共同で所有する
ポータブルになる：持ち運びできる大きさ、重さになる
子機：電話機本体に付いていて家の中で持ち歩ける電話機
ペースメーカー：心臓の働きを通常に保つための器械
ネット：インターネット
メイクアップ：化粧
顕著になる：はっきりと目立つようになる
音響製品：音楽や歌を聴くための製品
自足する：ここでは、必要なものがすべてそろう
家電：家庭用電化製品

パーソナル化：ここでは、個人用になること
希薄になる：ここでは、弱くなる
アトム化：孤立化
内包されている：内部に含まれている

問題1 ①個人の欲望にしたがった消費を許すとは、どういうことか。

1. ある道具を様々なデザインでいくつも持てる。
2. 欲しいものはどんなものであっても持てる。
3. 一人一人がそれぞれ自分のための道具が持てる。
4. 好むと好まざるとにかかわらず道具が持てる。

問題2 ②それは何を指しているか。

1. 消費という行動が個人主義化されていったこと
2. 消費により集団的なつながりが形成されること
3. 平等な消費という思考が共有を否定したこと
4. 個人の欲望に従い欲しいものが何でも買えること

問題3 ③ちょうど携帯電話でコミュニケーションしているときと同じようにとあるが、どのような点が同じか。

1. 他人とは違う空間にいて、他人の存在を意識しなくてもいい点
2. 同じ電車に乗っていて、たくさんの人達に取り囲まれている点
3. 多くの人に囲まれていて、その人達を意識させられてしまう点
4. 意識が今いる場になくて、周囲の人達の存在が気にならない点

問題4 本文の内容と合っているものはどれか。

1. もののデザインや所有の仕方が人間関係に影響することも、後者が前者に影響することもある。
2. もののデザインや所有の仕方が人間関係に影響することも、後者が前者に影響することもない。
3. もののデザインや所有の仕方が人間関係に影響することで、後者はますます難しくなる。
4. もののデザインや所有の仕方が人間関係に影響することで、前者はますます強化される。

(2009年日本語能力試験1級　正解：3、1、4、3)

(2) 綜合理解（即比較閱讀）

字　　數：600字左右。
文 章 數：2～3篇。
文章內容：針對同一話題但觀點不同的幾篇文章。
測驗題數：2～3題。
測驗內容：比較分析兩篇文章，掌握對同一現象或問題的相同或不同看法。多會圍繞兩篇文章共同的觀點或不同的主張來提問。

例題

A

子どもの昆虫採集について、生命尊重や希少種保護の観点からの批判的な意見が聞かれる。これに対しては、子どもが採集する数など微々たるものなのだから、自然と触れ合うことのメリットを重視すべきだという反論もある。

確かに幼少期の自然体験は自然観の形成に必要ではあるが、実際に子どもの昆虫採集の様子を見ると、子どもが魅力を感じているのは捕獲の瞬間だけだ。子どもの興味に任せるだけではただの遊びにしかならない。そのため、昆虫採集をより有意義な体験にするには、大人からの働きかけが必要だ。昆虫の体や生態を見て知る姿勢を教え、子どもが種の多様性に気づくようにすることが大切だ。

B

虫取りに夢中になって時間を忘れてしまう子や自分のつかまえたバッタに見入ってしまう子は、もうその活動の中にその子どものよさや可能性が秘められている。「どこがおもしろいの」と訪ねれば、彼らは根拠を持って今自分が価値を持って見つめているものについて答えてくれるだろう。彼らの学びは、もうすでに始まっているのだ。

学びを通して、自然に対し自分なりの意味を構築していく中で「生命観」も「自然観」も進化していく。それに伴って、「生命愛護」「自然環境との共存」という心情も深化していくものだろう。

（中略）

そのように考えるとき、自然に対して自分なりの意味を見いだせるかということ、実感を伴った理解が行われるかということを抜きにして、「生命愛護」も「自然環境との共生」も語ることはできないだろう。

（角屋重樹・森本信也編著『小学校理科教育はこう変わる――ニューサイエンスを求めて』による）

バッタ：昆虫の一種

問題1 子どもが昆虫をつかまえることについて、AとBはどのように考えているか。

1. Aは観察する姿勢を身につけさせれば有益になると考え、Bは実感を伴った自然の理解に役立つと考えている。
2. Aは子どもの興味に任せるだけでは十分ではないと考え、Bは興味を持った子どもには積極的に勧めたほうがいいと考えている。
3. Aは自然を知るきっかけにはならないと考え、Bは子どものよさや可能性を伸ばすきっかけになると考えている。
4. Aは種の多様性を知る上で重要だと考え、Bは成長過程において欠かせない経験だと考えている。

問題2 AとBの認識で共通していることは何か。

1. 子どもの成長過程で、自然保護に対する心情が深められていく。
2. 子ども時代の自然との触れ合いを通した学びが自然観の基礎になる。
3. 子どもの自発的な体験や学びだけでは自然観の形成には十分ではない。
4. 自然体験が多い子どものほうが、自然保護の精神が強くなるわけではない。

（2015年日本語能力試驗1級　正解：1、2）

(3) 論點理解

字　　數：1,000字左右。
文 章 數：1篇。
文章內容：多為論說、評論性質的邏輯性和抽象性都很強的文章。
測驗題數：4題。
測驗內容：測驗對作者的主張、意見的歸納、理解能力。包括透過畫線形式測驗對文章細節的理解，以及測驗對文章主題主旨的掌握。但答案不是文章原句，考生應在掌握文章整體的基礎上，進行總結和歸納。

例題　最近、思想を表現する方法について考えることが多くなった。たとえば、文章は思想を表現する方法のひとつだけれど、その文章にもいろいろな表現形式がある。哲学の勉強をはじめた頃の私は、さまざまな形式のなかで論文という形式だけが、思想表現の方法にふさわしいと思っていた。

しかし、後に、この考え方を訂正しなければならなくなった。思想の表現として、論文が唯一の方法だということは絶対にない。私たちは、すぐれたエッセーや小説、詩をとおして、しばしば思想を学びとる。とすれば、思想を表現する文章のかたちは、自在であってよいはずである。

ところが、そう考えてもまだ問題はある。というのは、思想の表現形式は、文章というかたちをとるとは限らないのだから。絵でも彫刻でも、音楽でも、つまり実にさまざまなものを用いて、思想を表現するのは可能なはずである。そのなかには、かたちにならないものもある。

たとえば私の村に暮らす人々のなかに、自然に対する深い思想をもっていない人など一人もいない。村の面積の96パーセントを森や川がしめるこの村で、自然に対する思想をもたなかったら、人は暮らしていけない。ところが村人は、「自然について」などという論文を書くことも、文章を書くこともないのである。そればかりか、自分の自然哲学を、絵や音楽で表現しようとも考えない。

そんなふうにみていくと、村人は自然に対してだけではなく、農についての深い思想や、村とは何かという思想をもっているのに、それらを何らかのかたちで表現することも、またないのである。

とすると、村人たちは、どんな方法で自分たちの思想を表現しているのであろうか。私は、それは、「作法」をとおしてではないかという気がする。

（中略）

考えてみれば、もともとは、作法は、思想と結びつきながら伝承されてきたものであった。たとえば昔は、食事の作法を厳しくしつけられた。食べ物を残すことはもちろんのこと、さわぎながら食事をすることも、けっしてしてはいけなかった。それは、食事は生命をいただくものだ、という厳かな思想があったからである。茶碗の中の米だけをみても、人間はおそらく何万という生命をいただかなければならない。だから、そういう人間のあり方を考えながら、いま自分の身体のなかへと移ってくれる生命に感謝する。この思想が食事の作法をつくりだした。

ところが、近代から現代の思想は、このような、日々の暮らしとともにあった思想を無視したのである。その結果、思想は、文章という表現形式をもち、文章を書く思想家のものになった。そして、いつの間にか人間の上に君臨し、現実を支配する手段になっていった。

（內山節『「里」という思想』による）

問題 1 かたちにならないものとして筆者が挙げているのはどれか。

1. 自然
2. 生命
3. 感謝
4. 作法

問題 2 この文章の中で筆者は、自分の村に暮らす人々がどんな思想をもっていると述べているか。

1. 自然の中で生きるための思想や、農業や村のあり方についての思想
2. 自然を壊さずに暮らすために、農業や村人はどうあるべきかという思想
3. 自然に対する感謝を表すために、村人としてどうするべきかという思想
4. 自然を取り戻すための思想や、自然を利用する農業のあり方についての思想

問題 3 食事の作法は、次のどのような考え方と結びついているか。

1. 多くの労力がささげられて作られた食べ物が、いかに尊いものであるかという考え方
2. 何かを食べないでは生きてはいけない人間のあり方が、いかに罪深いものであるかという考え方
3. 食事は農が生み出したものをいただくものであり、農業を営む村人への感謝が必要だという考え方
4. 食事は他の生命を自分の身体に取り入れるものであり、それらの生命に感謝しなければいけないという考え方

問題 4 この文章中で筆者が述べていることはどれか。

1. 思想の表現は必ずしも文章や作品というかたちをとるとは限らず、かたちにならないものもある。
2. 思想は絵や音楽のようなかたちに表わされるものと考えられてきたが、深い思想とはかたちにならないものである。
3. 思想の表現には絵や音楽などもあるし、かたちにならないものもあるが、文章で表現されたものが最上のものである。
4. 思想は文章や作品のようなかたちになったものが尊重されるが、生活と結びついた深い思想はかたちにならないものである。

(2011年7月日本語能力試験1級　正解：4、1、4、1)

(4) 資訊檢索

字　　數：700字左右。
文 章 數：1篇。
文章內容：多為廣告、宣傳單、產品使用說明書、通知、商務文書等。
測驗題數：2題。
測驗內容：測驗從繁瑣的訊息中找到所需訊息的能力。多就文章中的某個訊息或多個訊息提問。

例題

やまかわ新聞の読者モニター募集

紙面に掲載された記事や広告に関するアンケートにお答えください。

募集概要

モニター契約期間：2016年4月から2017年3月まで
応募条件：1～5の条件をすべて満たしている方
1) モニター契約期間中、以下にお住まいの方
　関東1都3県（東京都、神奈川県、千葉県、埼玉県）
2) やまかわ新聞を朝・夕刊ともに自宅で購読中の方
3) 2016年4月2日時点で20歳以上の方
4) 新聞・マスコミ・広告関係の職業に従事されていない方
5) インターネットに接続できるパソコン等をお持ちの方
※過去に「やまかわ新聞読者モニター」をされた方は、応募できません。
募集人数：300人　　**締め切り**：2016年2月1日（月）
応募方法：はがきに「読者モニター希望」の旨と住所、氏名、年齢、性別、職業、メールアドレスをご記入の上、ご送付ください。
結果通知：3月下旬までにメールでご連絡します。

アンケート内容

内　　容：紙面に掲載された記事や広告についての評価など
実施回数：月2、3回程度
謝　　礼：回答1回につき図書カード500円分（任期終了時にまとめて発送）
手　　順：①アンケート実施1週間前にメールで「実施のお知らせ」が届きます。
②アンケート実施当日にウェブサイトのアンケート回答ページにアクセスして回答してください。
留 意 点：*アンケート実施前1週間分の紙面を保管しておいてください。アンケートはその中から当社指定の記事や広告について答えていただきます。
* 回答可能時間は、アンケート実施当日の午前7時から24時間です。
* 回答形式には自由記述式と選択式があります。自由記述式の箇所は空欄でも構いませんが、選択式の箇所が未入力であった場合、回答は受け付けられません。

<問い合わせ先>　やまかわ新聞読者モニター担当
電話：07-1234-9876（受付時間：土日祝日を除く午前10時～午後5時）

問題1 次の4人は、読者モニターに応募しようと思っている。全員インターネットを使えるパソコンを持っており、過去にモニターに応募したことはない。応募条件をすべて満たしているのは誰か。

名前	職業	年（2016年4月2日時点）	モニター契約期間中の居住地	購読中のやまかわ新聞
水野さん	大学生	22歳	神奈川県	朝刊のみ
ソウさん	広告代理店社員	24歳	埼玉県	朝刊と夕刊
チョウさん	旅行会社社員	27歳	東京都	朝刊と夕刊
山田さん	銀行員	32歳	千葉県（2016年8月に愛知県へ転出予定）	朝刊と夕刊

1. 水野さん　　2. ソウさん　　3. チョウさん　　4. 山田さん

問題2 アンケートに回答するときに、モニターがすべきことは何か。

1. 指定時間内に所定のウェブサイトを通じて回答する。
2. 保管しておいたすべての新聞を読み直して回答する。
3.「実施のお知らせ」を受信してから24時間以内に回答する。
4. 回答形式を問わず、すべての質問に回答する。

（2015年7月日本語能力試験1級　正解：3、1）

以上，我們對新日本語能力測驗N1讀解部分的測驗，做了大方向的重點歸納和分析。為幫助考生有效且快速的提高閱讀能力，本書按照新日本語能力測驗讀解部分考古題的出題方式，對內容理解、綜合理解、論點理解、資訊檢索這四大部分分別做了剖析，將題型具體歸納為主題主旨類、原因理由類、指示詞類、細節類、句意分析類、對錯判斷類、比較閱讀類、資訊檢索類八種，並分別進行練習。每類題的解題方法和技巧將在實戰篇第1章至第8章裡做具體講解。接著，我們先從整體上對新日本語能力測驗N1讀解部分的解題對策提供一個詳細的建議。

2 ▶ 新日本語能力測驗N1 讀解部分解題對策

透過梳理分析新日本語能力測驗讀解部分的題型和內容，我們可以看出N1讀解部分注重文章的實用性，著重測驗考生的閱讀能力。閱讀能力是一種綜合能力，不是一蹴可幾一下子就能提升，也不是讀幾篇文章就能有立竿見影的效果。考生必須在日常的學習中不斷的努力，拓展閱讀的廣度和深度。每天堅持練習，反覆思考，扎扎實實的理解文章內容，認真總結分析做過的每一道題，這樣一來，閱讀能力才能確實提升。

在做讀解練習時，要注意以下幾點：

• 通讀全文

雖說在做讀解題時，我們建議考生先看後面的問題，再閱讀全文。但是要注意，不要看了問題就去文章中捕捉問題的蛛絲馬跡，這樣做不利於掌握整體文章。在看完問題後，考生要養成通讀全文的習慣，先把文章從頭到尾快速流覽一遍，瞭解文章大意和篇章結構。這樣有利於考生釐清文章的脈絡，全方位的掌握文章內容。

• 先局部後整體

讀解題無非是測驗對文章某一部分或文章整體內容的理解。針對文章局部內容提問的題目相對簡單一些，只要弄清文章某個段落的語境及上下文關係就可以找到答案。我們建議考生先從這樣的題目下手，一方面可提高考生答題的信心，另一方面可以幫助考生理解局部的內容，進而加強對文章整體的掌握。對文章整體內容進行提問的題多會涉及文章的主題主旨、作者的主張等。在理解了局部的基礎上，考生還要注意文章的開頭、結尾、重點段落或文章中多次出現的詞語，這些都是選擇答案時不可忽視的重點。

• 先易後難

透過前面的分析可知，新日本語能力測驗**N1**讀解部分在文章長度方面分為短篇文章、中篇文章、長篇文章。我們應先從短的、讀起來容易的文章下手，逐漸再去讀長的、難的文章。

• 先分類後模擬

一開始就做模擬題或考古題，一來題量太大，二來題型太多，會讓考生無從應對產生恐慌感，進而打擊考生應試的信心。透過分析歷年的新日本語能力測驗考古題，可發現讀解題的問題設定有一定的規則可循。考生按照本書的訓練方法，透過大量的分類練習，確實掌握各種類型題目的閱讀方法和解題技巧，再做模擬題和歷年考古題，會得到更好的效果。

• 訓練閱讀速度

考試時間有嚴格的限制，而讀解部分的題量大，有相當多的考生沒有時間閱讀完全部文章。為了保證在考試時能順利讀完文章，平時練習時就要掌握好時間，透過設定閱讀時間有意識的不斷提高自己的閱讀速度。

第2章 閱讀文章基礎知識

在近年的考試中，讀解題占的比例越來越大，文法部分也會針對閱讀能力作測驗。想提高閱讀能力，瞭解文章的結構很重要。因此在本章裡，我們將對文章中最基礎的段落、文章整體結構以及閱讀的方法加以剖析，希望能幫助考生答題時達到事半功倍的效果。

1 ▶ 段落

段落簡稱段，是文章中最基本的單位。在內容上，它具有一個相對完整的意思。我們一般將其分成「形式上的段落」和「意思上的段落」。

在日語中，「形式上的段落」是指文章中空一格開始寫的那一個自然段。而「意思上的段落」是指從內容和含義上劃分的段落。也就是說，一個或幾個自然段合起來表示一個更完整的、相互有關聯的意思。

2 ▶ 段落的劃分

段落的劃分在這裡指的是「意思上的段落」劃分，我們可以透過以下幾步來劃分段落：

・按照文章原有的段落順序閱讀文章，並理解文章大意。
・留意文章中反覆出現的詞彙或句子，觀察它在全文中出現的位置。
・注意文章中列舉的例子，留意作者的想法和意見。
・注意句子的內容，哪幾句表達的意思相同或是相反。
・按照文章大意劃分段落。
・觀察文章以哪段內容為轉折，決定劃分段落的地方。

3 ▶ 文章結構

文章的結構有很多種，在這裡我們介紹最常見的兩大類。一類為「序論（序論）」、「本論（正文）」、「結論（結論）」型，另一類為「起（起）」、「承（承）」、「転（轉）」「結（合）」型。
第一類的「序論」、「本論」、「結論」型還可以細分為：

(1) **頭括型**（とうかつがた）

「結論」 → 「本論」

結論
↓ ↓ ↓
説明　説明　説明

搶分關鍵看這裡

例文 頭括型

親譲りの無鉄砲で小供の時から損ばかりしている。小学校に居る時分学校の二階から飛び降りて一週間ほど腰を抜かした事がある。なぜそんな無闇をしたと聞く人があるかも知れぬ。別段深い理由でもない。新築の二階から首を出していたら、同級生の一人が冗談に、いくら威張っても、そこから飛び降りる事は出来まい。弱虫やーい。と囃したからである。小使に負ぶさって帰って来た時、おやじが大きな眼をして二階ぐらいから飛び降りて腰を抜かす奴があるかと云ったから、この次は抜かさずに飛んで見せますと答えた。

> 提出結論。即主角從父母親那裡遺傳來的冒失性格，讓他從小就很吃虧。以下列舉了4個具體的例子加以說明。

> 例子1是主角在上小學時因為同學一句玩笑，就從學校二樓跳下去，導致自己一週都無法站立。說明他冒失的性格讓他吃了虧。

親類のものから西洋製のナイフを貰って奇麗な刃を日に翳して、友達に見せていたら、一人が光る事は光るが切れそうもないと云った。切れぬ事があるか、何でも切ってみせると受け合った。そんなら君の指を切ってみろと注文したから、何だ指ぐらいこの通りだと右の手の親指の甲をはすに切り込んだ。幸いナイフが小さいのと、親指の骨が堅かったので、今だに親指は手に付いている。しかし創痕は死ぬまで消えぬ。

> 例子2是主角他從親戚那裡得到一把小刀，朋友說了一句「不利吧？」，為證明刀很鋒利，主角就割了自己的大拇指。這說明他不顧後果的冒失性格帶來的傷害。

搶分關鍵看這裡

例子3是說主角和偷吃栗子的鄰居打架，他把對方絆倒，摔過籬笆，自己衣服的袖子也被對方弄破了。說明自己的冒失性格帶來了不利後果。

庭を東へ二十歩に行き尽すと、南上がりにいささかばかりの菜園があって、真中に栗の木が一本立っている。これは命より大事な栗だ。実の熟する時分は起き抜けに背戸を出て落ちた奴を拾ってきて、学校で食う。菜園の西側が山城屋という質屋の庭続きで、この質屋に勘太郎という十三四の倅が居た。勘太郎は無論弱虫である。弱虫の癖に四つ目垣を乗りこえて、栗を盗みにくる。ある日の夕方折戸の蔭に隠れて、とうとう勘太郎を捕まえてやった。その時勘太郎は逃路を失って、一生懸命に飛びかかってきた。向こうは二つばかり年上である。弱虫だが力は強い。鉢の開いた頭を、こっちの胸へ宛ててぐいぐい押した拍子に、勘太郎の頭がすべって、おれの袷の袖の中にはいった。邪魔になって手が使えぬから、無闇に手を振ったら、袖の中にある勘太郎の頭が、右左へぐらぐら靡いた。しまいに苦しがって袖の中から、おれの二の腕へ食い付いた。痛かったから勘太郎を垣根へ押しつけておいて、足搦をかけて向うへ倒してやった。山城屋の地面は菜園より六尺がた低い。勘太郎は四つ目垣を半分崩して、自分の領分へ真逆様に落ちて、ぐうと云った。勘太郎が落ちるときに、おれの袷の片袖がもげて、急に手が自由になった。その晩母が山城屋に詫に行ったついでに袷の片袖も取り返して来た。

例子4是兩件主角小時候曾做過的冒失事。一件是在別人家的蘿蔔地裡摔跤，糟蹋了蘿蔔。另一件是把別人灌溉稻田的出水口給堵住了，不得不賠償。 這兩件事都印證了主角在開頭對自己小時候性格的總結

この外いたずらは大分やった。大工の兼公と肴屋の角をつれて、茂作の人参畠をあらした事がある。人参の芽が出揃わぬ処へ藁が一面に敷いてあったから、その上で三人が半日相撲をとりつづけに取ったら、人参がみんな踏みつぶされてしまった。古川の持っている田圃の井戸を埋めて尻を持ち込まれた事もある。太い孟宗の節を抜いて、深く埋めた中から水が湧き出て、そこいらの稲にみずがかかる仕掛であった。その時分はどんな仕掛か知らぬから、石や棒ちぎれをぎゅうぎゅう井戸の中へ挿し込んで、水が出なくなったのを見届けて、うちへ帰って飯を食っていたら、古川が真赤になって怒鳴込んで来た。たしか罰金を出して済んだようである。

（夏目漱石「坊っちゃん」による）

(2) 尾括型（びかつがた）

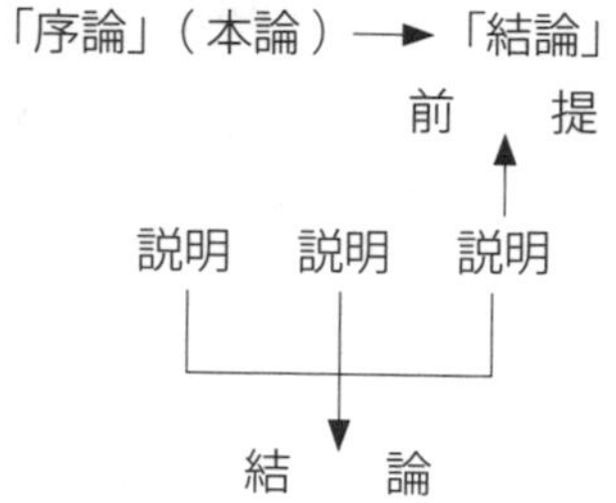

例文 尾括型

「日本語に革命をもたらす」とは、単に古い表現を捨て去り、新たな表現に変えるということにとどまらない。それまでの日本語になかった新しい表現のしかたを加えるということでもある。それまでなら表現しようのなかった感情やものの状態を新たに表現する。また今までにはなかった話法を広める。日本語に革命をもたらすとは、そのように日本語を変革して、さらに豊かな言語にするということなのである。

（松本修「どんくさいおかんがキレるみたいな」による）

(3) 双括型（そうかつがた）

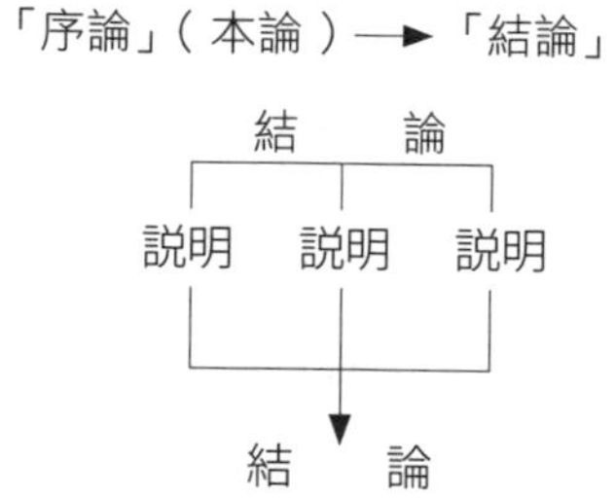

例文 双括型

哲学は先から先へと連続した思想の一系統であるが、多くの哲学者はまず議論の出発点となるべき基礎を探り求め、それを土台としてその上に理屈を築き上げようとつとめる。河に鉄橋をかけるときには、橋杭をだんだん深くまで打ち込み、もはや決して下るところのない堅固な岩に達すると、それで安心して、杭の上に橋桁をおいたり、欄干をつけたりするが、これはもっとも千万なことで、土台の定まらぬ間は、もちろん重い物をその上に積むことはできぬ。砂の上に楼閣の築かれぬはだれも知っているとおりである。哲学者もこれに見習うたものか、まず押してもたたいて

搶分關鍵看這裡

- 首先提出疑問：什麼是「為日語帶來的革命」。
- 反向說明，「革命」不僅局限於「丟棄舊的表達方式，改為新的表達方式」。
- 正向說明，「革命」還包括「添加日語中沒有的全新的表達方式」。
- 進一步正向說明。
- 再進一步正向說明。
- 最後得出結論，「為日語帶來革命」就是變革日語，讓語言更豐富。
- 首先得出結論：很多哲學家在建構理論體系之前，會先探求理論的出發點。
- 用淺顯易懂的比喻說明前面的結論。

把話題轉回到哲學家身上，再次對結論進行說明。
見習うた：見習った

も決して揺らぐことのないようなある物を求め、これを考えの基礎に用いようとするが、たいがいの物は疑えば疑えるもので、ありと思えばあり、ないと思えばないとも言えるゆえ、決して疑うことのできぬというような物をしいて求めると、結局はデカルトのごとくに「われは考える、ゆえにわれはある」というようなところに達する。十人十色で物の考え方は一人一人に違うても、何か動かぬ基礎の上に考えの一系統を組み立てようと欲することはほとんどすべての哲学者に共通の心理であるようにみえる。

透過說明印證開頭的結論，哲學家們想在一個不可動搖的基礎之上建構一套理論體系。
違うても：違っても

（丘浅次郎「我らの哲哲」による）

以上我們對「序論」、「本論」、「結論」型文章作了分析和介紹。下面我們再分析「起」、「承」、「転」、「結」型文章。這類型文章，中文稱為「起承轉合」或「起承轉結」型。這裡的「起」是起因，表文章的開始。「承」是事件的發展過程，「轉」是事件的轉折，文章的高潮部分。「合」是對該事件的結論，是結尾。「起」「承」「転」「結」型本是中國絕句的一種寫法，後來日本也沿用此說法。

例文 「起」「承」「轉」「結」型

首先指出車站肩負的使命。

具體解釋車站肩負的使命。

轉折。指出「アントニオーニ」電影裡的車站與其他車站有所不同。

總結「アントニオーニ」電影裡的車站的特點。

駅は鉄道の長い歴史の中で街の歴史や文化を担ってきた。駅の空間には市民の様々な人生への想いが込められ、そこから生まれた生々しいイメージが定着している。しかし、「アントニオーニ」映画に登場する駅はそのイメージを内に秘め、あくまでも空虚で冷ややかな表情を纏っている。それは人間の内面に奥深く迫ろうとする名匠の意図を汲んで、自在な変貌を可能とする駅空間の映画的な魅力を物語る。

（臼井幸彦『シネマの名匠と旅する「駅」　映画の中の駅と鉄道を見る』による）

但是，在閱讀大量的文章後，我們會發現以上講解的幾種類型在考試的文章中未必會規律完整的出現，而會有些變化。這就需要考生自己好好的運用上述的理論來閱讀、理解文章。

4 ▶ 讀解部分的閱讀方法

想要提高閱讀能力，就要掌握基本的閱讀原則。在此，簡單的介紹如下：

・快速流覽整篇文章，找出重點段落，並總結段落大意。

・理解前後段落之間的關聯。將自然段分成「意思上的段落」。

・注意連接詞的用法。連接詞的種類很多，有表示順接，例如「したがって」、「だから」；表示逆接，例如「が」、「けれど」、「しかし」；表示並列，例如「それに」、「しかも」等。此外，還有表示選擇的「あるいは」，表示補充説明的「つまり」等。

・注意指示詞的用法。幾乎每年的考試都會出現指示詞，所以要掌握好代表性指示詞「これ」、「この」、「それ」、「その」所指代的內容。具體的答題技巧請參照實戰篇的第3章。

・注意理解全文的中心思想。如何找出中心思想，可以參考本章的第3小節。

實際演練

實戰篇

第1章　主題主旨類題型
第2章　原因理由類題型
第3章　指示詞類題型
第4章　細節類題型
第5章　句意分析類題型
第6章　對錯判斷類題型
第7章　比較閱讀類題型
第8章　資訊檢索類題型
第9章　綜合練習

第1章 主題主旨類題型

1 ▶ 主題主旨類題型解題技巧

主題主旨類題型是新日本語能力測驗讀解部分最常見的題型，出題數量一般2～6題不等。常出現在內容理解的短篇文章和長篇文章中。題目具體分為兩種，一種是測驗對文章整體內容的把握，一種是測驗對作者意見或主張的理解。

做第一種類型的題目時，首先要抓住每個段落的關鍵句，弄清楚每一段作者主要闡述的內容。因為舉例或説明都會圍繞著關鍵句，所以了解了關鍵句的意思，就等於掌握了段落的基本內容。其次要注意「～ではないか」「～たい」「私は思う」「ということがわかった」等表達作者意見或主張的語句，把這些語句和各個段落的關鍵句結合起來，就能找出文章整體所要闡述的內容。

做第二種類型的題目時，首先要把作者闡述的事實、現象和作者的意見區分開來。一般作者為了強調自己的意見或主張，會在文章中用各種方式重複表述，尤其常在文章的末尾再次申述其意見或主張。另外，作者還會在文中提出質疑，緊接著對質疑做出解答，而作者做出的解答一般就是作者的意見或主張。

主題主旨類題型常見的出題方式：

- この文の内容と合っているものはどれか。
- 筆者の考えに合っているのは次のどれか。
- 筆者が伝えたいことはどれか。
- 筆者が言いたいことはどれか。
- 筆者が一番言いたいのはどれか。
- 筆者は○○についてどう思っているのか。
- 筆者は○○をどのようにとらえているか。
- 筆者が主張したいことはどれか。
- この文章のまとめとしてもっとも適当なものはどれか。
- この文章の中で筆者が述べていることはどれか。
- ○○に最も近いものはどれか。
- ○○とは、どのようなものか。
- ○○にはどうすればいいと筆者は述べているか。
- 筆者は○○をどのようなものだと考えているか。
- このメールの要件は何か。
- 筆者が○○を通して最も強く感じたことは何か。

搶分關鍵看這裡

作者以藝人說話的特點為例，指出說話會讓人感到喜歡不單單是因話題有趣，更重要的是要照顧到聽話人的感受。這就是本文的中心思想。

例題1：

芸人さんがモテるのは、面白いからだけじゃなくて「相手への気配り」が普段からできているからではないでしょうか。そういうことを意識してお笑い番組を見ていると、とても勉強になります。お客様と会った時にスラスラ話せるように、前もって会社で練習しておくことは大切です。でもそれだけでは、実際にお客様と相手にした時には、うまく伝わらないことも多いはずです。漫才にたとえるなら、ネタはしっかり覚えていて喋ることができるのに、どうにもウケない、アドリブのきかない芸人さんみたいなものでしょうね。

（川田修『仕事は99%気配り』による）

問題 筆者が言いたいことはどれか。

1. 芸人さんのように面白い話ができれば、仕事上のお客様対応がうまくいく。
2. 漫才のようにネタをしっかり覚えておけば、仕事上のお客様に喜んでもらえる。
3. よく練習した上でお客様の気持ちをくんだ話し方が大切である。
4. スラスラ話せるのが仕事上のお客様にいい印象を与える。

答案：3

搶分關鍵看這裡

例題2：

作者認為找工作或跳槽給了人們一個去思考活著的意義的機會。但這不是這篇文章作者想表達的中心思想。

用轉折的方式補充說明活著的意義與認識自我並不是同一件事。這才是作者真正想表達的中心思想。

在這裡用例子證明了即使找到了工作也並非「找到了自己」。

「どう働くか」は「どう生きるか」に直結している。就職や転職が「自分が生きる意味」について思いを馳せる絶好の機会になるのは、そのためだ。ただし、「生きる意味」について考えるといっても、「自分探し」とはまったくちがう。その点は誤解しないでほしい。

「自分はこれをするために生まれてきたんだ」と思えるもの、大仰にいえば「天命」や「天職」のようなものは、外を探し回って見つけるものではない。これだけは、はっきりいっておきたい。

やりたい仕事が見つからず、あせりを感じている人もいるだろう。採用してくれた会社にとりあえず入ったものの、「ここは自分を活かせる仕事はない」と落胆している人もいるだろう。だが、「いつか青い鳥が見つかるはずだ」と戯言を言いながらフラフラとさまよっても、求めるものは得られない。

（寺島実郎『何のために働くのか――自分を創る生き方』による）

問題 筆者の考えに合っているのは次のどれか。

1. 「働く」と「生きる」は緊密な関係があるため、ここから「人生の意義」がわかる。
2. 「どう生きるか」という疑問を抱いても、自分が見つけられるとは異なる。
3. 仕事を見つけても、合わなければ、会社のせいにしている人がいる。
4. 「自分に合う仕事が必ず現れる」と信じ、しっかりと働かない人が本当の人生を見つけない。

答案：2

2 ▶
主題主旨類題型實戰演練

本章譯文
請見P.243

① 言葉の変化

国語学者金田一春彦さんのお父さんの金田一京助さんは、日本語の動詞の活用の形が、平安時代には九種類にも分かれていたものが、次第に整理されてきたことに触れて、「この流動の進みこそ、個人を超越した大きな動きで、いかなる天才もかつて夢想だにしなかった雑多を整理する統一の作業を完成しつつあるのには、何人も驚嘆を禁じ得ない」と賛辞を贈っています。そして「言語の変化は言語の発達であり進化である、変化をよそにしては言語の生命がない」と断言しています。

（池上彰『日本語の大疑問』による）

關鍵詞彙

触れる：涉及，觸及。

いかなる：如何的，怎樣的。

雑多：各式各樣，五花八門。

主題主旨類特別練習：

筆者が伝えたいことはどれか。

1. 金田一京助さんは日本語の動詞の活用の形をよく整理した天才だ。
2. 平安時代に九種類もあった日本語動詞の活用の形が少なくなった。
3. 日本語の動詞の活用の形が変化したのは言語発達の表れである。
4. 日本語の動詞の活用の形の変化に対して皆驚嘆を禁じ得ない。

答案：3

解析 這是一篇「尾括型」的文章，也就是說，文章的最後一句是關鍵，即「言語の変化は言語の発達であり進化である、変化をよそにしては言語の生命がない」。文章中提到日語動詞的活用形由平安時代的九種減少為現在的五種，這證明語言本身是會發展變化的。選項1不符合常識，選項2和選項4太過片面，沒抓住文章主旨，所以正確答案是選項3。

難點：

1. ～だに：**接在名詞或動詞原形的後面，意為「連……也……」「只要……就……」。**

例 自分の作品が入賞するとは、夢だに思わなかった。／真是作夢也沒想到我的作品會入選。

例 あのことは、思い出すだに腹が立つんだ。／只要想起那件事就生氣。

2. ～つつある：**在動詞ます形的後面，意為「漸漸的……」「不斷的……」。**

例 生物多様性が失われつつあるのは人間による乱開発の代償だ。／生物多樣性不斷減少是人類胡亂開發導致的。

例 景気は回復しつつあるようだ。／經濟狀況似乎不斷的好轉。

3. ～を禁じ得ない：**接在名詞的後面，意為「禁不住……」「不禁……」。**

例 このようなテロが発生したことに驚きを禁じ得ない。／對於發生這樣的恐怖攻擊事件，我不禁感到震驚。

例 あの新聞の「ウソ」報道に怒りを禁じ得ない。／對於那家報紙的假新聞，我不禁感到憤怒。

4. ～をよそに：**接在名詞的後面，意為「不顧……」。**

例 病気にかかっている娘をよそに酒を飲みに行った父に失望を禁じ得ない。／對不顧生病的女兒跑出去喝酒的父親感到失望。

例 彼は両親の激しい反対をよそに、軍隊に入隊した。／他不顧父母的強烈反對從軍了。

② 自分のかっこ悪い部分を、あえて周囲に話してみる

逆境に陥ると、**誰しもが追い詰められた**気持ちになります。そういったプレッシャーに押しつぶされないためには、プレッシャーを感じている自分を認め、さらに物事を前向きに考えること。周りの環境に追い詰められるならまだしも、自分で自分を追い詰めないようにするべきです。

そのために有効なのは、自分のかっこ悪い部分や秘密にしておきたかった恥ずかしい部分を**あえて**人に話してみること。

自分の負の一面を人に見せるということは、自分を覆っていた鎧を脱ぎ捨てることです。これによって気持ちが軽くなり、困難な状況の中でも楽しいことや明るいことに目を向けられるようになるはずです。

（http://www.sinkan.jp/news/index_2667.html?news3202による）

關鍵詞彙

誰しも：不論誰，誰都。

追い詰める：追到走投無路。

あえて：勉強，硬要。

主題主旨類特別練習：

筆者が一番言いたいことは何か。

1. 周りの環境だけでなく、自分が自分を追い詰めるから、逆境に陥るのだと考えられる。
2. 自分のマイナスの面を人に見せるのは逆境のプレッシャーに勝つための有効手段だ。
3. 自分のかっこ悪い部分を周囲に話してみることによって、逆境に陥るのを防げるのだ。
4. 逆境に陥るとプレッシャーを感じるから、物事を前向きに考えることができないのだ。

答案：2

解析 這篇短文所要傳達的重點在最後一句，即「これによって気持ちが軽くなり、困難な状況の中でも楽しいことや明るいことに目を向けられるようになるはずです」。「これによって」表示方法，由此可知正確答案是選項2。選項1是陷入逆境的原因，選項3是防止陷入逆境的方法，選項4是陷入逆境帶來的後果，均為錯誤答案。

難點：

1. ～ならまだしも：接在名詞、動詞、形容詞、形容動詞的常體的後面，形容動詞和名詞後不加「だ」，意為「如果是……還算可以」。

   例 会議は1時間程度ならまだしも、2、3時間もかかると、途中で集中力が欠けてしまう。／1小時左右的會議還能堅持，長達2、3小時的話，會議中很難集中精神。

   例 誰に読まれても差し支えない内容のものならまだしも、この内容では、もし送る相手を間違えてしまうと大変なことになる。／如果是誰讀到都無所謂的內容還行，但這樣的內容要是發錯人了就慘了。

2. ～ということは～ことだ：接在名詞、動詞、形容詞、形容動詞的常體的後面，意為「所謂……就是……」。

   例 失敗をしないということは、何もしないということだ。／所謂不失敗就是什麼也不做。

例 本当に健康的に美しく痩せるということは、体重を減らすのではなく、脂肪の割合を減らすということです。／所謂真正健康的減肥，不是減輕體重，而是降低體脂率。

③ 管理と笑顔

ある有名な野球監督が、現役中、少なくともゲーム中には、実に無表情で誰に対してもニコリともしないと言うことで、有名だったそうだ。それが引退してから、ある新聞記者の問いに答えて、ある人間に笑顔を見せたと言うことになると、その人には親しみを持っているけれども他の人間にはそうでないと言うことの表示になる。だから自分は現役の間は、選手の個々と常に全部同じ距離を持っているということを示すために、表情を変えなかったんだということを言ったそうだ。

これは管理と言う行為を見事に表しているエピソードだと思うが、人と人が触れあって理解していくことを殺す作業であることははっきりしている。そこでは部下の「性格」理解は支配し操作する技術の一部となる。そればかりか、管理のための行為の繰り返しが、管理者の性格を限定し作り出していく。

（竹内敏晴『からだが語ることば──α＋教師のための身ぶりとことば学』による）

關鍵詞彙

ニコリ：微笑。

エピソード：逸事，趣聞。

主題主旨類特別練習：

筆者が言いたいことはどれか。

1. 野球監督が選手によく笑顔を見せると、野球チームの管理がしにくくなる。
2. 管理というのは被管理者の個々と常に同じ距離を持つことが大切である。
3. 野球監督は選手を平等に扱うために笑顔を見せずに無表情でいるべきだ。
4. 笑顔というのは人と人が触れあって理解していくことを殺す行為である。

答案：2

解析　這篇短文的重點在第二段，棒球教練的事只是作者舉的一個例子。而這個例子貼切地表現了管理這種行為的真諦。選項1和選項3都只是就事論事，沒有觸及本質。選項4的內容出現在第二段的第一句話，但所指的對象應該是管理這種行為，而不是笑容。所以正確答案是選項2。

難點：

1. ～（よ）うともしない：**動詞的意志形，表示沒有做該動作的打算。「びくともしない」「にこりともしない」為固定用法，前者意為「滿不在乎」「毫不動搖」，後者意為「一笑不笑的板著面孔」。**

   例　橋本選手は相手の挑発に、びくともしない。／橋本選手面對對手的挑釁不為所動　。

   例　メールを送ってやったのに、返事しようともしない。／發郵件給他了，但他卻連回都不回。

2. ～ばかりか：**接在名詞、動詞、形容詞、形容動詞的名詞修飾形的後面，但是名詞後不接「の」，意為「不僅……而且……」。**

   例　友だちのお母さんは歌うのが上手なばかりか、ダンスも上手なんです。／朋友的媽媽不僅歌唱得棒，舞也跳得好。

   例　柔道は若者の健康によいばかりか、人格形成にもおおいに役立つ。／柔道不僅對年輕人的身體健康有好處，而且對人格的培養也很有幫助。

④　書類送付のご案内

事務連絡

平成31年1月９日

各位

厳寒の候、益々ご清祥のこととお慶び申し上げます。平素は格別のご高配を賜り、厚く御礼申し上げます。

シンポジウム「誰もが参加できる国際文化交流プログラム」のチラシを送付いたしますので、貴施設内及び関係する皆様へのご案内やチラシ・ポスター等の設置、開催の周知について特段のご配慮をお願いいたします。

【開催概要】

・日時　平成31年2月8日（金）　18：00〜20：00

・会場　民芸術文化会館

【周知期間】

平成31年2月8日（金）まで

【事務局】

カルチャーセンター　担当：山口・田中

TEL：025-123-4567 FAX：025-456-7890

關鍵詞彙

益々：越發，更加。

清祥：幸福，康泰。

慶び：祝賀，道喜。

平素：平時，素日。

賜る：承蒙，蒙受。

シンポジウム：研討會，討論會，座談會。

プログラム：節目。

チラシ：傳單，廣告單。

周知：通知、宣傳。

配慮：關照，照顧。

主題主旨類特別練習：

この案内が最も伝えたいことは何か。

1. シンポジウムを行いたい。
2. シンポジウムの開催場所を知ってもらいたい。
3. シンポジウムのチラシを関係者に配布してもらいたい。
4. シンポジウムの詳細を知ってもらいたい。

答案：3

解析 這篇文章的體裁與前幾篇不同，是一篇應用文，但提問方式仍然是「……最も伝えたいことは何か」，所以可以判斷題目測驗的仍是文章的主題主旨。只是不同之處在於這類文章的開頭一般會出現問候語，這部分自然不是文章的主題或主旨。這篇文章的關鍵句是「貴施設内及び関係する皆様へのご案内やチラシ・ポスター等の設置、開催の周知について特段のご配慮をお願いいたします」，意為「煩請各位通知部門內部及相關人員，並留意宣傳單、海報等的張貼工作，以及研討會的宣傳等工作」，所以正確答案是選項3。

⑤ 失敗経験の大切さ

人は一つの成功経験によって、ともすると素朴な心を失ってしまう。自分が失敗したのはそのためだ。素朴な心を失わないこと。創造の方法の基盤となるのはそれではないか。……人が学び続けるには、小さくとも「成功経験」を数多く積んでいく必要がある。そのことは創造の段階に進んでからも当てはまることである。だが、凡人がすばらしいものを創造するには、成功経験を積むだけではだめなのではないか、時には成功にかけたと同じくらいの努力をして大失敗の経験をする必要があるのではないか。今の私はこう考えるのだ。なぜなら、創造性の本質も、創造の具体的な方法も、またその基底ある大切なことも、天才ではない私たちは、失敗することによって、身をもって習得していくほか道がないと思えるからである。

（広中平祐『生きること学ぶこと』による）

關鍵詞彙

ともすると：時常，往往。

当てはまる：適用，恰當。

積む：累積。

主題主旨類特別練習：

筆者が主張したいことはどれか。

1. 人間は成功経験を多く積めば、素朴な心を失いがちで、創造力がなくなる。
2. 創造の本質と方法を習得するには成功経験ばかりでなく、失敗経験も必要だ。
3. 成功経験と同じぐらいの失敗経験を積めば、素晴らしいものが創造できる。
4. 凡人がすばらしいものを創造するには失敗経験より成功経験のほうが大切だ。

答案：2

解析 這篇短文的關鍵句是「凡人がすばらしいものを創造するには、成功経験を積むだけではだめなのではないか、時には成功にかけたと同じくらいの努力をして大失敗の経験をする必要があるのではないか」。選項1與原文內容不符，文中並未提到這種關係。選項3也與原文內容不符，文中沒有提到失敗經驗多了就一定能創造出傑出的東西。選項4與文章所傳達的意思相反。所以正確答案是選項2。

難點：

1. ～こと：**接在動詞原形或動詞ない形的後面，意為「最好……」「應該……」。**
   - 例 最後に事務室を出る人はエアコンを消すこと。／最後離開辦公室的人應該關閉空調。
   - 例 ここは禁煙なので、たばこは吸わないこと。／這裡禁菸，請不要吸菸。

2. ～とも：**接在形容詞く形的後面，意為「不管」「即使」「儘管」。**
   - 例 その考えは正しくとも受け入れられない。／那種想法即使正確也無法接受。
   - 例 金はなくとも幸せな家庭だと思っている。／我認為即使沒有錢，家庭也很幸福。

3. ～をもって：**接在名詞的後面，意為「拿……」「用……」。**
   - 例 身をもって範を示す。／以身作則。
   - 例 自信をもって生きる。／自信的活著。

⑥ 大人になる君へ

「大人になる」ための要件というと、人は責任感を持つだの、社会的**役割**（**選挙**）を**引き受ける**だの、**とかく**「きれいごと」を語りがちだが、私見では多くの場合、大人になるとはすなわち感受性も思考も**凝り固まっていく**ことである。これは、さまざまな要素に**目配り**、**往々にして**因習的で定型的な判断、共同体の一員として生きていける「賢い」判断であることが多い。大人の入り口に立っている若者たちの耳に、自分の貧寒な経験から、**絶えず**「世の中そんなに甘くない」と**言い含める**大人が多いのは**困り**

ものである。

サルトルは、感受性や思考が型通りになってしまった人間を「**くそまじめな精神**」と呼んで最も軽蔑した。「くそまじめな精神」は、自分や他人の「本質」から**何もかも**引き出そうとする。Aは、「信用のおける男」だから信じていい、Bは「卑劣な男」だから付き合ってはならない、Cは「軽薄な男」だから**用心**しなければならない、というように。

だが、じつは一人の人間がなぜあるときある行為を実現するのか、その**メカニズム**は、まったくわからないのだ。ある行為の「原因」がほぼ無限大であり、追跡不可能であるのに、われわれは行為の「あとで」その**一握り**の要因を「動機」として選び出し、「それらが行為を動かした」というお話を**でっち上げている**だけなのである。

（中島義道『非社交的社交性——大人になるということ』による）

關鍵詞彙

役割：角色，擔任的職務。
選挙：選舉。
引き受ける：承擔，接受。
とかく：總之，反正
凝り固まる：凝結，凝固。
目配り：四下張望。
往々に：常常。
絶えず：不斷的。
言い含める：囑咐，詳細的説給對方聽。
困りもの：不好應付的人，令人操心的人。
くそまじめ：死認真，死腦筋。
何もかも：一切，全部。

用心：注意，警惕。

メカニズム：結構，機制。

一握り：一小撮。

でっち上げる：捏造。

主題主旨類特別練習：

この文章のまとめとしてもっとも適当なものはどれか。

1. 大人になるのには因習的で定型的な判断が必要である。
2. 人を自分の思考で判断し、分類する行為こそ一番大人だと言える行為だ。
3. 人の行為、発言のメカニズムは工夫すればその経緯が判明するはずだ。
4. 誰もある人のある行為に対し、当時の動機を決め付けることはできない。

答案：4

解析 這篇文章的第一段和第二段闡述了人們所謂的「成為成年人」的標準。其中著重提到了一些人的固有觀念，以及這些觀念是如何傳給即將步入社會的懵懂年輕人。此外，作者用「私見では」、「……のは困りものである」等直接或間接的表達了自己的觀點。而本文的中心思想則顯現在最後一段。作者先用發問的形式說明了人的行為本身就是不可解的，並提到在很多情況下所謂的原因有可能是捏造的。因此正確答案是選項4。

難點：

1. ～だの：**接在名詞、動詞、形容詞、形容動詞的常體後面，表示列舉。常以「～だの～だの」的形式出現，意為「……啦……啦」「……呀……呀」。**

   例 中学生の娘にスマホだのタブレットだのしつこくせがまれて困った。／上國中的女兒糾纏不休的拜託我買智慧型手機呀、平板電腦呀什麼的，真讓人頭疼。

   例 味がうすいだの脂っこいだの姑は毎日文句ばっかり言ってくる。／菜的味道太淡呀、太油膩呀什麼的，婆婆每天只會對我發牢騷。

2. ～がち：**接在名詞或動詞ます形的後面，表示容易出現某種傾向或某種情況，意為「經常……」「容易……」。常用於負面評價。**

   例 この部屋に住んでいる夫婦は共働きなので、留守がちになる。／住在這間屋子裡的夫婦在上班，所以他們家經常沒人。

例 糖尿病はついつい食べ過ぎてしまいがちな人が発病しやすい病気である。／稍不注意就容易吃多的人容易得糖尿病。

⑦ 意味と目的

「意味」とか「目的」とか「～のために」という観念は、人が現にとっている行動や表現と、そのむかう終局点との間の距離を何らかの理由で意識せざるをえなくなった時に発生する。バスに乗り遅れまいと懸命に走っている人は、たとえば走りながら疲れを感じて、その走りの過激な様子にふと疑いを抱いてしまった時などに、「自分はいったい何のために走っているのか」ということを意識する。また、めでたく間に合って努力が報われたと喜ぶ時などに、「何のために走ったか」が意識され、意識されると同時にこの問いが満たされるのを感じる。このように、意味や目的の意識とは、ある行動や表現の外側に出て、それらをその終局点の**見地**から対象化し、他の行動や表現に関連付けることである。

だが、人間は、自己意識を極端に発達させた動物である。自分の行動や表現にまつわる意識や感情を積み重ねて意識の**次元**で高次化させ、いわば意識についての意識とか、感情についての意識といったものを獲得してしまった。この場合に即して言い換えると、人間は、「意味」や「目的」の意識それ自体を独立して心の対象として扱うことを覚えてしまった。

さてこうなると、「意味」や「目的」は、自分の身体的、刹那的な行動範囲を超えた**あらゆる**観念の対象に適用することができる。人は至る所に「これには何の意味があるか」、「これは何の目的で行なわれるのか」というような**詮索**のまなざしを投げるようになる。

実際、人間の想像の能力も記憶の能力も巨大なものとなったし、またそのおかげで未来の行動をあらかじめ校正する能力も、身体の届く範囲を超えて飛躍的に拡張された。「意味」や「目的」の意識の自立は、そのことに見合っていたと言えるだろう。その限りではそれは必ずしも不要な拡大ではなかった。しかし「人生全体」といった包括的な観念に対してまで意味や目的を求めるに至って、そこに一つの転倒が起きたのである、そのつどの行動や表現をそのつどの意味や目的によってつなぎ合わせた連鎖の体系であるはずの「人生全体」の観念に、人は意味や目的の観念を適用しようとしてしまったのだ。

（小浜逸郎『なぜ人を殺してはいけないのか——新しい倫理学のために』による）

關鍵詞彙

ふと：偶然，忽然。
見地：立場，觀點。
次元：水準，立場。
あらゆる：所有，一切。
詮索：探索，探討。
まなざし：目光，眼神。
包括的：全面的，綜合性的。
転倒：顛倒。
つど：每次，隨時。

主題主旨類特別練習：

この文章の内容と合っているものはどれか。

1. 人間は人生全体といった包括的な観念まで意味や目的の観念を適用する。
2. 人間がよく人生に意味や目的を求めることは無意味なことである。
3. 人間は自分の行動の意味や目的がわからないと気がすまないのである。
4. 自分の行動に意味や目的を追究するのは人間しか持たない能力である。

答案：1

解析　這篇文章的第一段用一個具體的事例闡述了「意義」和「目的」的概念。接著在下一段中闡述了人的這種追問「意義」和「目的」的意識已經不局限於某個具體的行為，而是擴大到所有的概念，甚至對「人生」這樣全面性的概念也要追問其「意義」和「目的」。關鍵句是文章的最後一句，即「『人生全体』の観念に、人は意味や目的の観念を適用しようとしてしまったのだ」。選項2、3、4都不符合文意，所以正確答案是選項1。

難點：

1. ～ざるをえない：**接在動詞ない形的後面。當前面接サ行變格動詞時，要變成「せざるをえない」的形式，意為「不得不……」「只好……」。**

　例　言葉遣いは変わっていくものなので、元々は正しくないものだとしても多くの人が使うようになったら日本語の一部として認めざるをえないでしょう。／語言是發展變化的，即便是原本不正確的說法，用的人多了，也就不得不認可其為日語的一部分。

　例　貴方の言葉なら、信用せざるを得ませんね。／如果是你的話，我只好相信了。

2. ～まいと：**接在五段動詞原形、上一段、下一段動詞原形或ない形之後。サ行變格動詞的接續為「するまい」「すまい」「しまい」，カ行變格動詞的接續為「来るまい」「来まい」，意為「不想……」「為了不……」。**

　例　試合に負けた後、もう二度と負けまいと、今まで以上に厳しいトレーニングを始めた。／比賽失利後，為了不再失敗，我開始了比以前更加嚴格的訓練。

　例　強い風が吹いていたので、傘を飛ばされまいとしっかり押えた。／刮著大風，為了讓傘不被風吹跑，我緊緊的按著它。

3. ～に即して：**接在名詞的後面，意為「根據……」。**

例 現行の労働基準法は実態に即していない。／現行的《勞動基準法》和實際情況不符。

例 中国の証券取引所は時代の変化に即して発展すべきだ。／中國的證券交易所應該適應時代的變化來發展。

4. ～限りでは：**接在動詞原形或動詞た形的後面，意為「據……所知」「就……範圍來講」。**

例 新しいソフトの説明書を読んだ限りでは、同僚から聞いた機能はありません。／新軟體的説明書上沒有介紹從同事那裡聽到的功能。

例 ラジオで聞いた限りでは、今日、筑波から東京までの高速道路の交通状況は順調です。／據廣播所説，今天從筑波到東京的高速路交通狀況良好。

5. ～てまで：**接在動詞て形的後面，意為「甚至……」。**

例 お小遣いを削ってまで、子供を塾に行かせるべきか。／為了供應孩子上補習班，甚至不惜削減零用錢，真的應該這樣做嗎？

例 新入社員のころは、睡眠を削ってまで、目標を達成したかった。／還是新進員工時，我為了達成目標不惜縮減睡眠時間。

第2章 原因理由類題型

1 ▶ 原因理由類題型解題技巧

原因理由類題型也是讀解部分常見的題型之一，出題數量一般2～7題不等。它既可能出現在內容理解的短篇文章和中長篇文章中，也可能出現在論點理解的長篇文章裡。有時論點理解的4道題中包含了2道原因理由類題型。因此，掌握好此類題型的解題技巧十分重要。

一般來說，對原因和理由的提問大致可以分為兩種：

・詢問某件事的原因和理由。這些原因和理由一般是我們可以看見、發現的。
・針對某個人物的心情、想法詢問原因和理由。這些原因和理由一般隱含在文意之中。我們在做這種題型時，一定要注意文章中對出場人物的言語、態度和表情等的描寫，再作判斷。

在原因理由類題型中，常見的疑問詞有「なぜ」、「どうして」。回答時多使用「～から」、「～ので」、「～ため」的形式。

答題時，可將選項代入問題的「なぜ」處，檢驗看看。

原因理由類題型常見的出題方式：

・〇〇の理由は何か。
・〇〇のはなぜだと筆者は述べているか。
・筆者によると、なぜ〇〇のか。
・〇〇の理由をどのように考えているか。
・〇〇とあるが、なぜか。
・〇〇と筆者が考えているのはなぜか。
・筆者はどうして〇〇のか。
・筆者はなぜ〇〇だと考えているか。
・筆者は、自分が〇〇の原因はどこにあると考えているか。
・〇〇ことが何々になったのはなぜか。
・筆者はなぜ〇〇で何々をしたのか。
・誰々が〇〇と主張する根拠は何か。
・筆者が何々のは、なぜか。
・〇〇とあるが、その一番の理由は何か。

搶分關鍵看這裡

例題：

論文は、人の書いた論文を参考にして、それを批判・論評して自分の主張をつくらなくてはならない。人の論文を読んだら、少しでもよいので批判・論評する。それが先人への「礼儀」である。

作者首先提出了自己的觀點，是此段的關鍵句。之後是對此觀點的說明。

聖徳太子をもちだして「和」を尊ぶべきだという人がいる。それは確かだ。だが「十七条憲法」では、自己主張をして議論をつくすことを「和」としている。語らず黙することではない。それはこの憲法がもっとも禁じていることである。たがいに論理を批判しあう、それが相手を尊重することであり、「和」であり、「礼」である。この精神を忘れないでもらいたい。

對說明進行總結。解釋了為什麼要評論他人的論文，作者認為只有互相評論對方的不同論點才是對他人的尊重，才可以稱之為「和」，稱之為「禮」。

（小笠原喜康『新版　大学生のためのレポート・論文術』による）

問題 筆者はなぜ「論文は、人の書いた論文を参考にして、それを批判・論評して自分の主張をつくらなくてはならない」と述べているか。

1. 聖徳太子をもちだして「和」を尊重する人がいるから
2. 「十七条憲法」では、もっとも禁じていることだから
3. 「和」の精神を忘れないでもらいたいから
4. 議論や批判などは相手を尊重することであるから

答案：4

解析：

搜索「なぜ」的內容。

將選項的內容代入疑問詞的位置。

● **將選項1的內容代入問題中，即：**

なぜ 論文は、人の書いた論文を参考にして、それを批判・論評して自分の主張をつくらなくてはならない。

聖徳太子をもちだして「和」を尊重する人がいるから、論文は、人の書いた論文を参考にして、それを批判・論評して自分の主張をつくらなくてはならない。

不構成因果關係，為錯誤答案。

● **將選項2的內容代入問題中，即：**

「十七条憲法」では、もっとも禁じていることだから、論文は、人の書いた論文を参考にして、それを批判・論評して自分の主張をつくらなくてはならない。

↓

與原文中的「語らず黙することではない。それはこの憲法がもっとも禁じていることである」意思不符，為錯誤答案。

● **將選項3的內容代入問題中，即：**

「和」の精神を忘れないでもらいたいから、論文は、人の書いた論文を参考にして、それを批判・論評して自分の主張をつくらなくてはならない。

↓

雖然與原文中的最後一句話的意思相符，但並不是作者要說明的真正原因，為錯誤答案。

● **將選項4的內容代入問題中，即：**

議論や批判などは相手を尊重することであるから、論文は、人の書いた論文を参考にして、それを批判・論評して自分の主張をつくらなくてはならない。

↓

與原文中的「たがいに論理を批判しあう、それが相手を尊重することであり、『和』であり、『礼』である」意思相符，為正確答案。

2 ▶ 原因理由類題型實戰演練

本章譯文
請見P.247

① フェリーでの旅

それはただ、日本国民が長い間知らなかっただけのことである。たしかにスピードでは飛行機にはとても**太刀打ち**できない。値段だって日本全国を**網羅**する高速バスよりは**少々割高**かもしれない。しかし速さや安さだけが乗り物の素晴らしさを測る**物差し**ではない。特に「移動という**プロセス**も旅の楽しさのひとつであり、それを苦痛や束縛を**伴**わずに**満喫**できる」というところに価値を置けば、やはり**フェリー**にかなう交通手段はないのである。

（カナマルトモヨシ『「超実践的」クルーズ入門——自分だけの旅を作りたい人へ』による）

關鍵詞彙

太刀打ち：競爭，分出勝負。
網羅：網羅，涵蓋，包羅。
少々：少許，一點。
割高：價錢比較貴。
物差し：標準，尺度。
プロセス：過程，經過。
伴う：隨著，跟著。
満喫：享受，飽嚐。
フェリー：渡輪。

原因理由類特別練習：

筆者は「やはりフェリーにかなう交通手段はない」原因はどこにあると考えているか。

1. 日本国民が長い間知らなかったから
2. フェリーの値段は高速バスより高いから
3. フェリー移動という道程も満喫できるから
4. フェリーのスピードは飛行機より遅いから

答案：3

解析 這篇短文的關鍵句是「特に『移動というプロセスも旅の楽しさのひとつであり、それを苦痛や束縛を伴わずに満喫できる』というところに価値を置けば、やはりフェリーにかなう交通手段はないのである」。選項1意為「在過去很長一段時間裡，日本國民不知道（渡輪這一交通工具）」，選項2意為「渡輪的價格比高速巴士貴」，選項4意為「渡輪的速度比飛機慢」，這些都不是「渡輪是最棒的交通工具」的根本原因。所以正確答案是選項3。

難點：

1. ただ～だけである：與「ただ～のみである」意思相近，「のみ」是「だけ」的書面語。「ただ」與「だけ」之間使用名詞或動詞、形容詞的常體或形容動詞な形，意為「只」「只是」「只有……」。

   例 今は、ただ全員の無事を祈るだけです。／現在只能祈禱所有人平安無事。

   例 一番可愛がってくれたおばあちゃんが亡くなり、私の心にはただ寂しさだけが残った。／最疼愛我的奶奶去世了，我的心裡剩下的只有寂寞。

2. ～ずに：「ず」是日語古語的否定助動詞，接在動詞ない形的後面。「ずに」是「ず」的連用形，在句子中做副詞修飾或補語，意為「不……」「沒……」。

   例 彼らは汚れを気にせずに、被災地の復興に向けてボランティア活動を続けている。／他們不怕髒，為了災區的復興堅持參加志願者活動。

   例 マラソン部の部員たちは、前回の試合中のミスを忘れずに厳しい練習を重ねます。／馬拉松隊的隊員們不忘上次比賽中的失誤，堅持嚴格訓練。

② ある物理学者の回想

私たちの研究室は、できたばかりの物理学教室の二階にあった。周囲は農学部の**敷地**であった。南側の窓の向うに、北欧風の屋根の、傾斜の急な灰色の建物が見えている。壁の上には、一面に**つた**がはっている。その下で数匹の山羊が遊んでいる。山羊は、時々奇妙な鳴声をあげた。

毎日毎日、無限大のエネルギーという、**手におえない**悪魔を相手にしている私には、山羊の鳴声までが、悪魔の**あざけり**のように聞こえる。

一日じゅう、自分で考え出したアイディアを、自分でつぶすことをくりかえす。夕方、鴨川を渡って**家路をたどる**ころには、私の気持は絶望的であった。平生は、私をなぐさめてくれる京の山々までが、夕陽の中に物悲しげに**かすん**でいる。

あくる朝になると、また元気を出して家を出る。夕方には、がっかりしている。こんな日がしばらく続いた。

（湯川秀樹『旅人——ある物理学者の回想』による）

關鍵詞彙

敷地：地皮，用地。

つた：爬牆虎，紅葡萄藤。

手におえない：棘手，解決不了。

あざけり：嘲笑。

家路をたどる：往家走。

かすむ：朦朧。

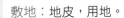

原因理由類特別練習：

作者はなぜ夕方にがっかりするのか。

1. 仕事場にいる山羊の鳴き声がうるさくてたいへん研究の邪魔になるから。
2. 家に帰る途中に見える物悲しげな景色がそういう気持ちにさせるから。
3. 毎日無限大のエネルギーという、手におえない悪魔を相手にしているから。
4. 一日中研究のアイディアを考えてはつぶしのくりかえしをしているから。

答案：4

解析 這篇短文的關鍵句是「一日じゅう、自分で考え出したアイディアを、自分でつぶすことをくりかえす」。關於選項1，文中提到了山羊的叫聲，但並沒有説其影響研究。關於選項2，文中是説作者自己的心情影響了所看到的景物的感受，而不是景物影響了心情。選項3是作者對自己工作內容的形容，但並不是作者感到絕望的原因。所以正確答案是選項4。

難點：

1. 〜げ：接在動詞ます形或形容詞、形容動詞的詞幹後面，意為「顯得……」「帶有……的樣子」。

   例 怪しげな男が家のまわりをうろついている。／形跡可疑的男子在家周圍遊蕩。

   例 その子は恥ずかしげに母親の後ろに隠れてしまった。／那個孩子有點害羞的躲在母親身後。

③ 乱れた日本語にムカつく

始めは間違った使い方でも、みんなが使うようになれば、やがて正しい使い方になると書きましたが。「間違っている」と断定できないまでも、「何だか変な使い方だなあ」と思う言葉の用法は、世の中にあふれています。使い方に違和感を覚えて、「日本語が乱れている！」と怒り出す人もいます。

私が「ムカつく」という言葉の新しい使い方に初めて接したのは1994年のことで

す。「週間こどもニュース」を担当するようになって、出演者の小学校四年生の女の子が使っているのを聞いたときでした。

単にがっかりしたり、ちょっと腹が立ったりしたことに対して「ムカつく」という表現を使っているのです。あまりに不快な使い方に聞いた私が思わずムカついてしまいました。「この言葉はね、とっても嫌な気持ちになったときにだけ使う言葉だから、簡単に使うと言われた相手が怒り出すよ」とお説教をしてしまいました。

言うまでもありませんが、「ムカつく」とは、吐き気がするほどの激しい不快感を表現する言葉です。こんな極端な表現を、ちょっと腹が立ったときに使ってしまう安易さや、元の語意に無頓着な使い方に、やりきれなさを覚えたものです。

（池上彰『日本語の大疑問』による）

關鍵詞彙

違和感：彆扭，不協調。

無頓着：不介意，不在乎。

やりきれない：難以忍受。

原因理由類特別練習：

作者はどうして思わずムカついてしまったのか。

1. 女の子は「ムカつく」という女の子が使ってはいけない言葉を使ったから。
2. 「ムカつく」という言葉の語意を間違え、使い方が正しくないから。
3. 番組で初めて小学生の口から「ムカつく」という嫌な言葉を聞いたから。
4. 小学生が作者に対して「ムカつく」という極端な表現を口にしたから。

答案：2

解析 這篇短文陳述了作者對「ムカつく」一詞被亂用的不滿。關於選項1，文中並沒説這個詞是女孩不能用的。關於選項3，雖然作者確實是在錄節目的時候，從小學生口中第一次聽到了這個詞的不恰當使用，但這個詞本身並不令人討厭，作者是對這個詞不正確的使用方法感到生氣。關於選項4，文中並沒有説小學生使用這個詞是在針對作者。所以正確答案是選項2。

難點：

1. ～ないまでも：**接在動詞ない形的後面，意為「即使不……」「雖然不……」。**

   例 意中の女性に好かれないまでも嫌われたくない。／雖然不被意中人喜歡，但也不想被討厭。

   例 数千人とは言わないまでも、少なくとも数百人は来場している。／即使不能説有到數千人，但至少也有數百人到場了。

④ 顔

顔は誰でもごまかせない。顔ほど正直な看板はない。顔をまる出しにして**往来**を歩いている事であるから、人は一切のごまかしを**観念**してしまうより外ない。いくら化けたつもりでも化ければ化けるほど、うまく化けたという事が見えるだけである。**一切合切**投げ出してしまうのが一番だ。それが一番美しい。顔ほど微妙にその人の内面を語るものはない。性情から、人格から、生活から、精神の高低から、叡智の明暗から、何から何まで顔に書かれる。仙人じみた風貌をしていて内心俗っぽい者は、やはり仙人じみていて内心俗っぽい顔をしている。**がりがり**な慾張でいながら案外人情の厚い者は、やはりがりがりでいて人情の厚い顔をしている。まじめな熱誠なようでいて感情に無理のあるものは、やはり無理のある顔をしている。

（高村光太郎『青空文庫』による）

關鍵詞彙

往来：大街，馬路。

観念：死心。

一切合切：全部，一切。

がりがり：自私自利。

原因理由類特別練習：

筆者はなぜ「顔ほど正直な看板はない」と言うのか。

1. 顔をまる出しにして往来を歩いているから
2. 美しく見えるように一切合切を投げ出すから
3. 顔は微妙にその人の内面を映し出すから
4. 顔は化ければごまかしがよく効くから

答案：3

解析 解題的關鍵句是「顔ほど微妙にその人の内面を語るものはない」。選項1闡述的是「顔は誰でもごまかせない」的原因，選項2的因果關係和文章中「一切合切投げ出してしまうのが一番だ。それが一番美しい」的意思不符，選項4和文章中「いくら化けたつもりでも化ければ化けるほど、うまく化けたという事が見えるだけである」的意思不符。用排除法可知正確答案是選項3。

⑤ 家とは何か

私がこの場を借りて論じようとしている家とは何か。もちろん、この家は、私がいつも接している中大生をはじめとした現代の若者たちが、日常会話の中で何気なく用いている、「僕の家は3LDKのマンションです」とか、「私の家は4人家族です」とかいった、単に家屋や家族そのものを意味するような、今日的用法のそれではない。ここでの家とは、年配の方々ならば**馴染み深い**はずの日本独特の家、言い換えれば、近世江戸時代はもとよりのこと、近代、それも戦前はおろか、戦後の高度経済成長期あたりまでの日本社会の体質を規定し続けた、あの家制度のことを指している。

21世紀も10年以上経った今日に至り、家制度の痕跡らしきものは、結婚式場のホールに**掲げられて**いる「〇〇家・××家披露宴会場」といった案内板や、墓石に刻まれている「〇〇家先祖代々の墓」といった墓碑銘を除くと、社会の表舞台からほとんど消え失せてしまったが、かつて家制度をめぐって**華々しい**議論を**繰り広げていた**社会学・民俗学をはじめとする諸学問の研究成果を踏まえ、日本の家の特色をあげるとすれば、それは「世代を超えた永続」ということに尽きる。

つまり、家とは家産と呼ばれる固有の財産と、家名と呼ばれる固有の名前、そして、家産を用いて営まれる家業——の三点セットを、父から嫡男へと父系の線で先祖代々継承することによって、世代を超えての永続を目指す社会組織なのである。

いわゆる「アラフォー」世代よりも若い方々には、実感として理解しにくいことかもしれないけれども、つい数十年前までは日本の各地でごく当たり前に見うけられた家こそはまさに、日本人の意識や行動、価値観などを長年にわたり律してきたものにほかならない。

（http://www.yomiuri.co.jp/adv/chuo/opinion/20130115.html　坂田聡による）

關鍵詞彙

何気なく：若無其事，不經意。

馴染み深い：熟識。

掲げる：懸掛。

華々しい：華麗的，華美的。

繰り広げる：展開，進行。

原因理由類特別練習：

> 作者はなぜ「家」を論じようとするのか。
> 1. 現代の若者が日常会話で良く使っている言葉の一つだから
> 2. 社会学・民俗学を始めとする諸学問の研究成果の一つだから
> 3. 長年日本人の意識や行動、価値観などを左右していたから
> 4. 父から嫡男へと父系の線で継承するという日本にしかない特色だから
>
> 答案：3

解析 這篇短文的關鍵句是文章的最後一句，即「つい数十年前までは日本の各地でごく当たり前に見うけられた家こそはまさに、日本人の意識や行動、価値観などを長年にわたり律してきたものにほかならない」。關於選項1，根據文章第一段的內容可知，現代年輕人所說的「家」和作者所要論述的「家」不是同一個概念。選項2是事實，但不是原因。選項4是日本的特點，但不是只有日本才有的特點。所以正確答案是選項3。

難點：

1. ～はもとよりのこと：**接在名詞的後面，意為「……自不用說」。**

例 私たちは、社内外のルールを守ることはもとより、社会常識をわきまえ、社会に信頼される高い倫理観を保ちます。／我們要遵守公司內外的規章制度，這點自不用說，同時還要懂得社會常識，保持為社會所信任的道德觀念。

例 著者は日本国内の各地はもとよりのこと、外国にも足をのばし、酒のあるところではかならず関係者のはなしをこまやかに記録しつづけてきた。／作者不但跑遍了日本國內各地，還到國外的酒產地，詳盡的記錄了當地相關人士的談話。

2. ～はおろか：**接在名詞的後面，意為「別說……就連……也」。**

例 一般の市民はおろか市議会の議員たちの間にも、この条例案の存在はあまり知られていない。／別說一般的市民了，就連市議會的議員們也不太知道有這個法案。

例 雪や氷に触れるのはおろか見るのすら初めてだ。／別說接觸冰和雪了，就連看也是第一次。

3. ～をめぐって：接在名詞的後面，意為「圍繞著……」「就……」。

例 その殺人事件をめぐって、さまざまなうわさが流れている。／圍繞著那起殺人事件，流言四起。

例 ごみ処理場の建設をめぐって住民の意見が分かれている。／圍繞著垃圾處理廠的建設問題，居民的意見產生了分歧。

4. ～にほかならない：接在名詞或動詞原形的後面，強調理由時常用「～からにほかならない」的形式，意為「不外乎是……」「無非是……」。

例 母親が子供を叱るのは、愛情があるからにほかならない。／母親訓斥孩子，無非是因為愛。

例 酒の回し飲みは他人に病気を与えることにほかならない。／輪流喝同一杯酒只會把病傳染給別人。

⑥ インターネットと子どもの心

携帯やゲームも含めて、インターネットによって生じたと思われる子どもの心の問題が最近話題となっています。

子どもを囲む環境が、子どもの心の健康に大きな影響を及ぼすことは昔から知られています。子どもを囲む環境とはまず、子どもの周りに家族・親類がいて、その周りに学校や地域があり、さらにその周りには現在の日本の社会・文化があり、それぞれが互いに影響を及ぼし合っています。英国では、特定の環境因子が、子どもの心の健康にとって危険因子や保護因子になる事を大規模な疫学調査で明らかにしています。

インターネットに注目すると、都市部では就学前からパソコンやゲーム機でゲームをしている子どもをよく見かけます。この背景には、子どもが安心して遊べる屋外の環境が減っている事や、携帯電話・スマートフォンの普及などがあげられるでしょう。

インターネットによる子どもの心の問題として

1. 普通なら接点のない人とネット上では簡単に出会えるため、「危ない」大人とのつながりができ、ネット関連の犯罪・被害に巻き込まれる

2. 大人向けの過激な情報が手に入る

3. 朝から晩までインターネットをすることで生活の乱れが生じ、不登校やゲーム中毒になる

4. 現実から解離して現実とネット上の世界が逆転し他人とのコミュニケーションが欠如する——といった可能性があります。

インターネットや携帯は便利な道具ではありますが、使いようによっては大きなリスクを持っています。子どもがインターネットをする事で失われる時間は、本来子どもが友だちや家族と一緒に過ごす時間であったはずです。

インターネットによる子どもの心の問題を防ぐためには、子どもに「**バーチャル**」でない「リアル」な世界の楽しみをたくさん教えることです。インターネットも含めて、子どもの環境を守る努力をすることは全ての大人の、社会全体の責任といえます。

(http://www.yomidr.yomiuri.co.jp/page.jsp?id=69249による)

關鍵詞彙

疫学：流行病學。

スマートフォン：智慧型手機。

欠如：缺乏，缺少。

バーチャル：虛擬。

原因理由類特別練習：

インターネットはなぜ子供の心の問題を引き起こすのか。

1. 子供を囲むインターネットの使用環境がいいとはいえないから
2. 大人はインターネットの正しい使い方を子供に教えていないから
3. インターネットをしすぎて、リアルな世界の楽しみを知らないから
4. 子供が安心してインターネットを使えるような場所が少ないから

答案：3

解析 這篇文章講述了網路引發了孩子的一些心理問題。關鍵內容是文章的倒數第二段，從中我們得知孩子由於過度沉迷網路，失去了和父母、朋友在一起的時間，也就是失去了和真實的世界相處的時間，進而引發了很多問題。選項1、2、4都只是單純描述了網路本身的不足，沒有觸及本質。所以正確答案是選項3。

難點：

1. ～向け：**接在名詞的後面，意為「專為……」「針對……」。**

例 イギリスの銀行は住宅ローンと企業向け融資を去年12月に大幅に増やした。／英國的銀行在去年12月大幅度增加了住房貸款和專為企業量身打造的融資。

例 高齢者向けの賃貸住宅は、建設が進む一方だ。／專為給老年人的租賃住宅在不斷的建設中。

2. ～ようによっては：**接在動詞ます形的後面，意為「要看如何……」「取決於……」。**

例 一度は断られたけれども、頼みようによっては、手伝ってくれるかもしれない。／雖然被拒絕過一次，但看在你求她的份上，也許她還是會幫忙的。

例 道路の混みようによっては、遅刻する可能性がある。／會不會遲到取決於道路的擁擠程度。

⑦ 地球時代の日本人

あるアメリカ人が、それこそ「本場の英語」を教えるために日本に招かれ、「教育の国際化」に貢献するために日本にやって来たのでしたが、高校での英語教師としての任期が終わり、日本を離れる直前に四国に旅をしました。

日本の「田舎」といわれるところを旅してアメリカに帰りたいと思っていた彼の**念願**がかなって、日本の友人たちのすすめで旅行先を四国に選んで一週間の旅をしたそうです。帰って来た彼は、目を輝かして「日本を離れる直前に本当に国際人だな、と思う日本人に会えましたよ。」と**真顔**で語りはじめたので、つい**引き込まれて**彼の物語にしばし耳を傾けました。

彼は一週間の旅程を終えて、最後の日、本州に戻る小さな船に乗るため、ある漁村で港に行くバスを待っていたそうです。歩き疲れたので、バス停らしき標識が立っているところで、バスが来るのを待つことにしましたが、上がり下がりの感覚がよく理解できないで困っていたそうです。すると、一人の年老いた女性が、**野良着**姿でバス停にやって来てバスを待つ様子で横に並びました。そこで**片言**の日本語で「すみません、港に行くのは、どっちの側のバス停で待てばよいのですか。」とたずねたところ、「あっち側だよ。」と指差してくれて「さっき出たばかりなのでもうしばらくは来ないよ。」と方言がまじったわかりにくい日本語で教えてくれたそうです。そして、そのおばあさんは、「どこから来なすったかね。」と聞くので、「横浜です。」と答えると、「ああ遠いところから来なすったね。四国の旅行は楽しかったかね。」と話しはじめ、自分のバスが来るまで約十五分ぐらいいろいろな話をしたそうです。

そのアメリカ人の日本語はお世辞にも上手とはいえないものですが、そのおばあさんは一度も「日本語がしゃべれるのか。」と驚いた言葉も出なかったし、そういう表情もしなかったというのです。

会話のなかで「ハシは使えるのか。」「サシミは食べられるか。」など、必ずといってよいほど問われつづけた質問は一切なく、明らかに西洋人であると分かるのに、堂々として「どこから？」という問いに「横浜から」との答えにも驚かず、まったく一人の人間として扱ってくれたことは信じられないほどの驚きだったということでした。

高校の英語教師の仲間、高校生、一般市民などは必ずといってよいほど「サシミ」や「ハシ」「日本語がしゃべれる」ことなどを話題にし「ガイジン」教師として絶えず意識をされていたのに、四国の漁村で、「本当の国際人」に出会った、それは自分を自然に受け入れてくれた素朴な一人の年老いた日本人だった、というのでした。

自分の母国語である英語を流暢にしゃべれる日本の英語教師でも、どこかで自分を「ガイジン」として扱っていること、そう考えて会話をしていることが感じとれたが、四国で出会ったおばあさんは、一切それを感じさせなかった。自分の顔を明らかに正視したにもかかわらず、「いわゆるガイジンの顔」をしていることなど意に介さず、日本人と接するのとまったく**分け隔て**することなく、「ごく自然に」扱ってくれたことは驚きであったし嬉しかった、というのでした。

（吉村恭二『地球時代の日本人——21世紀をともに生きるために』による）

關鍵詞彙

念願：願望，心願。

真顔：鄭重其事，一本正經。

引き込む：吸引。

野良着：農民的田間工作服。

片言：隻字片語。

分け隔て：區別對待。

原因理由類特別練習：

アメリカ人はどうして「日本を離れる直前に本当に国際人だな、と思う日本人に会えましたよ。」と言ったのか。

1. 四国の旅でやさしくて親切な地元のお婆さんに会ったから。
2. 四国で会ったお婆さんが自分を外国人扱いしなかったから。
3. 四国で困った時、地元のお婆さんが助けてくれたから。
4. 四国で会ったお婆さんが日本語が喋れるアメリカ人に驚いたから。

答案：2

解析 這篇文章主要講述一個美國人在日本總是被當外國人對待，但他在四國旅行時偶遇了一位老婦人，這位老婦人沒有把他當作外國人，而是當作一個普通人來對待，這讓他感慨遇到了真正國際化的日本人。選項1、3都是對事實的陳述，不是原因，選項4和文中內容正好相反。所以正確答案是選項2。

難點：

1. ～といってよいほど：接在名詞或「まったく」「必ず」等副詞的後面，意為「可以說到了……的程度」。

   例 まったくと言ってよいほど漢字が書けない。／可以說完全不會寫漢字。

   例 人気漫画作品は必ずと言って良いほど、アニメになります。／可以說受歡迎的漫畫作品一定會被製作成動畫片。

2. ～ということだ：接在名詞、動詞、形容詞、形容動詞的常體的後面，意為「聽說……」。

   例 留守番電話に伝言を残すことに抵抗のある人は、少なくないということだ。／聽說有不少人覺得電話留言很彆扭。

   例 日本人は酒を飲む時に「適量」をたしなむということだ。／據說日本人在喝酒時喜歡「適量」。。

第3章 指示詞類題型

1 ▶ 指示詞類題型解題技巧

指示詞類題型是每年新日本語能力測驗N1讀解部分必出的一種題型。出題數量不多，一般1～3題不等。它通常出現在內容理解的中長篇文章，和論點理解的長篇文章裡。

指示詞的基本作用是使話語或文章顯得簡潔，因而在許多情況下，指示詞可以用文章中的具體詞句替換。除此之外，指示詞還有加強文章上下文的聯繫，或避免提及不便明示的內容等作用。因此，如果不能正確理解指示詞所代替表示的內容，則可能造成誤讀或斷章取義。考生需瞭解指示詞的基本特點，加強對指示詞的理解及運用。

「コ、ソ、ア」系列指示詞的主要用法如下：

- 作者或說話人在接下來將要提到的話題一般用「コ」系列指示詞，這種用法在會話中很常見，而在文章中卻不常使用。

例 A：相談に乗っていただきたいことがあるのですが……
B：はい。なんでしょうか。
A：でも、この話はほかの人に内緒にしていただきたいのですが……

・作者或說話人提及之前說過的內容時一般用「コ」系列指示詞。

例 来月東京大学の大学院を受ける予定なの。でも、これはまだ親に内緒をしているの。

・「ソ」系列指示詞多指作者或說話人知道得很詳細，而聽話人不太熟悉的事物。

例 A：私のクラスに高橋というやつがいるんだけど……
B：どうかしたの？
A：その人がね……

・作者或說話人在提及別人或聽話人剛才提及的內容時，也多用「ソ」系列指示詞。

例 A：きのう、東京駅で大火事が発生して、20数人のけが人がでたらしいよ。
B：えー！それって嘘でしょう。

・作者或說話人在提及自認為讀者或聽話人瞭解、熟知的內容時，多用「ア」系列指示詞。

例 A：ねえ、今日はまたあそこのカラオケ店に行かない。
B：いいよ。今日もあの歌を歌おう。

指示詞類題型常見的出題方式：

・これ／それ／あれとあるが、何を指しているか。
・これ／それ／あれとは何のことか。
・その人／あの人とは誰のことか。
・「このように／そのように」とあるが、どのような意味か。
・このような／そのような○○は具体的にどんなこと／ものか。

根據「ソ」系列指示詞的用法，我們很容易推測出「そんなことではない」指的是「レポートで求められているのは、そんなことではない」之前的內容。而第一句話「レポートであるからには、背景の分析や原因の究明が必要だ」，即選項1是作者想要表達的觀點，與題目中「そんなことではない」不符，所以不是正確答案。而選項2的意思正好和作者的觀點相反，符合「そんなことではない」的要求，所以是正確答案。

例題：

レポートであるからには、背景の分析や原因の究明が必要だ。今何が起こっているかは、新聞を読み、インターネットを探せばすぐに出てくる。レポートで求められているのは、そんなことではない。「宗教は現代社会に危険だ」といいたければ、宗教の特質を示し、それが現代社会にふさわしいかどうかを示す必要がある。

（樋口裕一『やさしい文章術——レポート・論文の書き方』による）

問題 「<u>そんなこと</u>ではない」とあるが、なにを指しているか。

1. 分析と原因を究明する。
2. 必要な情報を新聞やネットで探し出す。
3. 宗教の特質を引き出す。
4. 現代社会にふさわしい要因を示す。

答案：2

2 ▶ 指示詞類題型實戰演練

本章譯文請見P.251

① 仕事ができることよりももっと大事なことがある

「あの人は仕事ができる」とか、「仕事ができる人は違う」とか、私たちは「仕事ができる」という言葉をふだん何気なく使っている。

会社の中で必要とされる人間でいるためには、「仕事ができる」ことが必須条件のように思われている。世の中では、自己啓発本の多くで仕事ができる人になるためのさまざまな**ノウハウ**が示され、仕事ができる人の習慣や勉強法を**綴った**ビジネス書があふれている。

しかし、私はあえて言いたい。

「仕事ができることは大切ですが、もっと大事なことがありますよ」、と。

幸か不幸か、私はおそらく日本で有数の仕事ができる社長に**仕えてきた**。できすぎる人を**間近**に見ていると、**逆立ち**しても真似できない、と思ってしまう。ふつうの人が真似できないことをいつも**やってのける**から、**とびきり**できる人なのである。

<u>それをしっかり真似しようとしたら</u>身体を壊したり、精神的に**まいって**しまう。実際、私は20代、30代、40代と10年にいっぺん**ぶっ倒れて**入院するはめになった。

無理は通そうと思っても無理なのだ。であれば、別のところで勝負するしかない。

（金児昭『気持ちよく働く——ちょっとした極意』による）

關鍵詞彙

何気なく：無意，無心，不經意。

ノウハウ：技能，本事，竅門。

綴る：拼接，裝訂。

仕える：服侍，侍奉，伺候。

間近：跟前，眼前。

逆立ち：竭盡全力。

やってのける：做完。

とびきり：出色，出眾。

まいる：受不了，吃不消。

ぶっ倒れる：猛的倒下，突然倒下。

指示詞類特別練習：

> 「それをしっかり真似しようとしたら」とあるが、「それ」は何を指すのか。
> 1. 有数の仕事ができる社長に仕えること
> 2. 仕事がとびきりできる人のやること
> 3. 仕事ができすぎる人と付き合うこと
> 4. 仕事ができる人の書いた本を読むこと
>
> 答案：2

解析　「それ」指代的內容應該在緊貼著的前一段中，前一段講述了作者本人的親身經歷，他曾在日本屈指可數的幾位能幹的老闆身邊工作，這些老闆的所作所為都是常人難以模仿的，所以正確答案是選項2。

難點：

1. あえて：**副詞，意為「敢於」「硬要」「勉強」。**

   例　言いにくいことをあえて言おう。／偏要說出難以啟齒的事。

   例　負けると知っていたけど、あえて彼に挑戦した。／雖然知道會輸，但偏要挑戰他。

2. ～はめになる：**接在動詞原形、動詞ない形的後面，意為「落到……地步」「陷入……」。**

   例　浮気がばれて、離婚するはめになってしまった。／婚外情敗露，陷入離婚的境地。

   例　あの二人は口喧嘩が絶えないから、いずれ別れるはめになるだろう。／那兩個人口角不斷，最終會分手吧。

②　会議では一人一人の目を見ながら話す

会議では、どのように発言するのが望ましいでしょうか。たとえば、企画を提案する場面を考えてみてください。

いちばんよくないのは、自信がなさそうな態度をとることです。声が小さく、オドオド、あるいはモジモジしながら発表するようでは、たとえ中身が優れていても、聞いている人は心を動かされません。

まず大切なのは自信を持つこと。そして、出席者の顔をしっかり見ることです。

その場合は、まずはキーマン、たとえば部長なら部長の顔を見て、それから徐々に視線を移していき、一人一人の顔を見つめつつ、語りかけるように話していきます。

出席者の顔を見渡すのですから、当然、書面に目を落としてばかりはいられません。むしろ書面を見るのは、内容を確認したり、話している内容が書面のどこに書いてあるか説明したりするときぐらいにとどめたいものです。

こうしたことができるようになるためには、提案する企画の内容をしっかりと自分のものにしておく必要があります。会議の直前に急ごしらえでまとめ上げるようでは、とても無理です。

ということは、事前の準備が重要になります。

つまり、企画をプレゼンテーションする行為は、企画を考える段階からすでに始まっているのです。会議でだけうまく発表しようと思っても、どだい無理なのです。

自信を持って発表するには、企画自体をしっかり練って自分のものにしておくことが大前提。それができたら、臆することなく、一人一人の目をしっかり見て、自信を持って発表することです。

（池上彰『伝える力』による）

關鍵詞彙

- オドオド：提心吊膽，戰戰兢兢，惴惴不安。
- モジモジ：扭扭捏捏。
- キーマン：中心人物，關鍵人物。
- 急ごしらえ：趕製。
- プレゼンテーション：演講，發言，簡報。
- どだい：本來，原本。
- 練る：推敲。

指示詞類特別練習：

「<u>こうしたこと</u>」とは何を指すのか。

1. 提案する企画内容の書面を頻繁に見るかわりに、聞いている人たちの顔を見渡しつつ語りかけること
2. 出席者の顔を見つめるより、提案する企画内容の書面を時々確かめるのを忘れないように心がけること
3. 出席者の一人一人の顔を見つめるかわりに、キーマンである部長の顔を見て語りかけること
4. キーマンである部長の顔ばかりではなく、出席しているのほかの人の顔にも視線を移すように心がけること

答案：1

解析　「こうした」指代的內容在前一段，前一段是說在提出方案時，不能只顧著看稿子，而應環視聽眾。只有選項1與此內容相符，所以正確答案是選項1。

難點：

1. ～てばかりはいられません：**接在動詞て形的後面，意為「也不能總……」「不能只顧著」。**

   例 就職が決まったからと言って、喜んでばかりはいられません。／雖說工作定了，但也不能只顧著高興。

   例 どんなにつらくても、泣いてばかりはいられない。もっと強く生きていかなければならない。／無論多痛苦，也不能總是哭，必須要更加堅強的活下去。

③　作家は行動する

日常生活のある瞬間に、われわれはある違和感におそわれることがないわけではない。自分が世界の外側に**ほうり出された**ような感じや、焦燥にとらわれることがあり、ある経験の意味を探りたいというやみがたい衝動に**とりつかれる**ことがある。そのとき、私は自分ではそれと知らずに現実の世界に接触しかけているのである。しかし、そのような瞬間は直観的にあたえられ、この手がかりを利用することのできるものはすくない。われわれは、日常語でこの直観を追いはじめるやいなや、その鮮明なイメージが**ぼけ**はじめ、強烈な感情が**しなび**はじめるのを体験する。ああいう種類のことは、ことばにはいいあらわせない。それがこのようなときのわれわれの**遁辞**であるが、そのとき、いわばわれわれは言葉と実在との**切点**に立っているのである。

ことば――日常語でいいあらわせないものがあるとすれば、当然そこには「言葉の彼方」の問題が**持ちあがる**と同時に、文学者とその他の人間との区別が生まれる。ことばでいいあらわせないから、いわないですませる。これは日常生活者の論理である。ことばでいいあらわせないから、いわなければならない。これが文学者の論理である。言葉でいいあらわせるものだけを書くこと、それは中間小説家の論理にすぎない。さて、そうであれば、われわれは現実の世界に到達するための行動をおこさなければならない。あの**悪辣**な日常語の**トリック**をうちこわし、「**わな**」から**抜け出す**ことが必要である。

（江藤淳等『基礎からの現代国語』による）

關鍵詞彙

ほうり出す：拋出去，扔出去。

とりつく：（被某種想法）纏住，迷住。

ぼける：模糊，變得不鮮明。

しなびる：枯萎，乾癟。

遁辞：推託之詞。

切点：接觸點。

持ちあがる：發生，出現。

悪辣：惡毒，陰險。

トリック：詭計，騙術。

わな：圈套。

抜け出す：擺脫，脫身。

指示詞類特別練習：

「そのとき」とはどんなときを指すのか。

1. 自分では現実の世界に接触しかけているとき
2. ある経験の意味をさぐりたい衝動があるとき
3. 直感の鮮明なイメージがぼけはじめるとき
4. 直感は言葉でいいあらわせないと感じるとき

答案：4

解析 這篇文章前半部分寫得比較抽象，必須整體掌握其內容，才能選出正確答案。這段話是說作家有時會產生一種衝動，想要探尋某種意義，這往往是一種直覺的感受，而如果用日常用語去描述和捕捉，其鮮明的影像就會變得模糊，強烈的感情也會弱化。面對這種情況，人們總是說「這種事情無法用語言表達」，所以緊接著的「そのとき」就是指有這種感受的時候。所以正確答案是選項4。

難點：

1. ～やいなや：**接在動詞原形的後面，意為「一……就……」「剛剛……立刻……」**。

例 携帯ゲーム機「PSVita」が発売されるやいなや売り切れ店が続出した。／手機遊戲機「PSVita」剛剛發售，就接連有商店販售一空了。

例 その音を聞くやいなや、子犬は逃げて行きました。／一聽到那個聲音，小狗就逃走了。

④ 私の個人主義

私は常からこう考えています。第一にあなたがたは自分の個性が発展できるような場所に尻を落ちつけるべく、自分とぴたりと合った仕事を発見するまで邁進しなければ一生の不幸であると。しかし自分がそれだけの個性を尊重しうるように、社会から許されるならば、他人に対してもその個性を認めて、彼らの傾向を尊重するのが理の当然になって来るでしょう。それが必要で**かつ**正しい事としか私には見えません。自分は天性右を向いているから、彼奴が左を向いているのは**怪しからん**というのは不都合じゃないかと思うのです。つまり**元来**をいうなら、義務の付着しておらない権力というものが世の中にあろうはずがないのです。あなたがたは教場で時時先生から叱られることがあるでしょう。しかし叱りっ放しの先生がもし世の中にあるとすれば、その先生は無論授業をする資格のない人です。叱る代わりには**骨を折って**教えてくれるに決まっています。叱る権利を持つ先生はすなわち教える義務を持っているはずなのですから。同時に私の考えによると、責任を解しない金力家は、世の中にあってはならないものなのです。金銭というものは至極重宝なもので、何へでも自由自在に**融通が利く**。たとえば今私がここで、**相場**をして莫大な金を儲けたとすると、その金で家屋を建てることもできるし、書籍を買うこともできるし、または豪勢な海外旅行をすることもできるし、つまりどんな形にでも変わって行くことができるのだから恐ろしいではありませんか。すなわちそれを**振り撒いて**、人間の**徳義心**を買い占める、すなわち人の魂を堕落させる道具とするのです。ただ金を所有している人が、相当の徳義心をもって、それを道義上害のないように使いこなすよりほかに、人心の腐敗を防ぐ道はなくなってしまうのです。

（夏目漱石『夏目漱石全集10』による）

關鍵詞彙

かつ：並且，且。

怪しからん：粗魯，不像話。

元来：原來，本來。

骨を折る：盡力。

融通が利く：隨機應變。

相場：投機買賣。

振り撒く：隨意分發。

徳義心：道德心，良心。

指示詞類特別練習：

「それが必要でかつ正しい事」とあるが、それとは何を指すのか。

1. 自分とぴたりと合った仕事を発見するまで邁進すること。
2. 自分の個性が発展できるような場所に尻を落ち着けること。
3. 社会から許されるように自分の個性に責任を持つこと。
4. 自分の個性を尊重すると同時に他人の個性も尊重すること。

答案：4

解析 「ソ」系列指示詞指代的內容一般就在它前面的那句話中，即「しかし自分がそれだけの個性を尊重しうるように、社会から許されるならば、他人に対してもその個性を認めて、彼らの傾向を尊重するのが理の当然になって来るでしょう」。觀察4個選項，可以發現選項4的內容和這句話意思相符，所以是正確答案。

難點：

1. ～べく：接在動詞原形的後面，意為「為了……」「要……」。

例 政府は違法伐採に歯止めをかけるべく、樹木に無線追跡装置をとりつける。／政府為了禁止違法砍伐，在樹上安裝了無線電跟蹤裝置。

例 彼はアメリカに留学するべく、2年前から英語教室に通っている。／他為了去美國留學，從兩年前開始上英語課程。

2. ～うる：**接在動詞ます形的後面，意為「能……」「可以……」。**

例 あなたは私たちの期待に応えうる人材ですか。／你是值得我們期待的人才嗎？

例 人生の目的は何かという問題に対してみんなが納得しうる答えを出すのは難しい。／人生的目的是什麼？對於這個問題，很難給出一個大家都認同的答案。

3. ～代わりに：**接在動詞、形容詞、形容動詞的名詞修飾形的後面，意為「作為補償」「報答」。**

例 家事の手伝いをしてもらう代わりに英語を教えている。／作為幫我做家事的報答，我教他英語。

例 おごってもらった代わりに今日は私がおごる。／上次你請我，今天換我請你。

4. ～よりほか（に／は）ない：**接在名詞或動詞原形的後面，表示除此之外沒有別的辦法，意為「只能」「只好」。**

例 この事は君に頼むよりほかにしかたがないのだから、無理にでも引き受けてください。／這件事情非求你辦不可，即使你不願意，也請你幫幫忙。

例 逃げるよりほかにしかたがない。／除了逃走別無他法。

⑤ 頷き過ぎにご用心

相手に向かって、否定的な言葉を発するばかりが、否定的な表現ではない。

我々は相手によっては、**あからさまに**否定することができない局面をたくさん持っている。そういう場面の演出方法である。

私たちは、他人の話を聞くときに、同意していようがいまいが、多少は**頷か**なければならない。しかし、頷いているからといって、必ずしも同意しているわけではない。<u>そのこと</u>を表現したいときにはどうすべきか。そんな時は、間や話の切れ目に関係ないところで頷くのである。相手の流れと無関係に頷けば、本当に頷いたことにはならない。

また、「同意の頷き」は過不足なく行われる。「頷かない」のも否定なら「頷き過ぎ」も実は否定であることが多い。「ハイ」と一回返事すれば同意だが、「ハイハイ」ならば**不承不承**というのと似ている。

目安でいうと、四回以上続けて頷くと「否定」である。政治家の討論番組などを見ていると、野党の議員が喋っている間中、**与党**の議員が頷き続けていることがある。これは実は相手の話をまったく聞いていないということになる。「ハイハイ、あんたの言うことはいつもそればっかりだ。わかってますよ」というメッセージなのである。

頷くばかりではない。与党の議員が発言している間中、野党の議員は首を横に振り続けているということがある。もちろん、首を横に振っているのだから、否定である。

つまり回数やタイミング次第で、首は、縦に振っても、横に振っても、同じような意味になってしまうことがあるのだ。

相手の意見を否定する時には、殆ど**腕組み**がされている。腕組みは「その話は**聞き入れ**られない」という態度の表れである。組まれた腕は、相手から自分を守る盾である。俳優が演技をするときも、この**仕草**は効果的だ。だから演出家としては、「相手の意見を受け入れていないのだから、腕を組んでくれない？」と注文を出すことになる。

そんな訳で私は稽古中腕組みをしないようにしている。俳優の演技を受け止めるのが演出家の仕事である。腕組みをすると、俳優が不安がることがあるのだ。

ベテランの演出家の手は**丸太**を抱くように、軽く手を組んだ状態で、自然に足の上に置かれているものだ。

とはいっても、「まずいな、このシーン何とかよくする方法ないかな」などと考えながら、稽古をしていると、つい無意識に腕を組んでいたりするものだが……

（竹内一郎『人は見た目が9割』による）

關鍵詞彙

あからさま：直言不諱，直率。

頷く：點頭，首肯。

不承不承：勉勉強強。

目安：大致目標，頭緒。

与党：執政黨。

腕組み：雙臂交叉。

聞き入れる：答應，聽從，採納。

仕草：樣子，表情。

ベテラン：老手，老練的人。

丸太：（剝掉樹皮的）圓木頭，木料。

指示詞類特別練習：

「<u>そのこと</u>」とは何を指すのか。

1. 聞いているかどうかわからないような頷き方
2. 同意する態度を表明できるような頷き方
3. 賛成しないような頷き方
4. 聞くのを拒否するような頷き方

答案：3

解析「そのこと」前面的那句話就是問題的答案，即「頷いているからといって、必ずしも同意しているわけではない」，意為「就算點頭，也未必表示同意」。所以正確答案是選項3。

難點：

1. ～（よ）うが～まいが：**表示不管前項如何，後項都不變，意為「不管……還是……」。**
   五段動詞意志形＋が＋五段動詞原形＋まいが
   上一段、下一段動詞意志形＋が＋上一段、下一段動詞原形或上一段、下一段動詞ます形＋まいが
   サ行變格動詞的接續：しよう＋が＋するまいが／すまいが／しまいが
   カ行變格動詞的接續：来よう＋が＋くるまいが／こまいが
   例 彼が来ようが来まいが私にはどうでもいいことだ。／他來不來我都無所謂。
   例 あなたが行こうが行くまいが、私は行きます。／不論你去還是不去，我都要去。

2. ～次第で：**接在名詞的後面，表示後項的結果由前項的條件決定，意為「取決於……」。**
   例 気分次第で、営業します。／根據心情營業。
   例 努力次第で店舗を黒字化できるかもしれない。／根據努力的程度，店鋪也有可能有盈餘。

⑥　声に出すことの大切さ

このところ、テレビのコマーシャルでひんぱんに出てくるから気になってしかたないのが、数の数え方である。

「この商品はヒトタバ（一束）千円ですが、サンタバ（三束）まとめてお買い求めになる場合は二千五百円、お買い得になります」

アナウンサーは**こともなげ**に「ヒトタバ」と読み「サンタバ」と読んで平気だ。そこで、私のような老人はテレビの前で怒鳴る。

「サンタバじゃないよ、ミタバだ！」

最初に「一束」をヒトタバと数え始めたら、次の「二束」はフタタバ、「三」はミタバ、「四」はヨタバ、「五」はイツタバと読んでほしい。

かつては、日本語の数の読み方は複雑だった。「イチ、ニイ、サン」でラジオ体操をやり、「ひい、ふう、みい」と**お手玉**で遊び、子どものころから**すりこまれて**いた。

「一日」の読み方でも、「一日中元気」はイチニチ、「十年一日の如く」となればイチジツ、と使い分け、今も昔も自然にそう読んでいる。

能の「高砂」に「四海波静かにて」という文句があるが、こちらはシカイと読む。芝居の幕の数も、一幕目から数える場合、ヒトマク、フタマク、ミマク、ヨマク、イツマクであり、昔はサンマクかヨンマクとは読まなかった。歌舞伎の「四千両」はシセンリョウだが、今はヨンセンリョウと読む人は多いだろう。

武士が切腹するときに使う短刀を「九寸五分」というが、クスンゴブと読めるだろうか。「九尺二間の**裏長屋**」もクシャクであり、キュウシャクではない。こうした**厄介**な日本語の数字の古い読み方が、だんだん使いこなせなくなってきた。

少し古い歌謡曲だが、「内山田洋とクール・ファイブ」の**ヒット**曲「**西海ブルース**」に「九十九島の磯辺にも」という歌詞がある。カラオケなどで歌っているのを聞いていても、誰もが間違えずに「クジュークシマ」と歌っている。決して「キュウジュウキュウシマ」とは歌わない。これは、地名でもあり、耳なじんでいるせいもあるが、くりかえし聞いて耳になじめば、自然にこうした読み方が身につくのだ。

鳥の数も、一羽、二羽、とまでは誰でも同じ読み方をするが、次の「三羽」「四羽」になると、「サンバ」か「サンワ」か、「ヨンワ」か「シワ」か、今は迷うことだろう。

パソコン、**スマホ**が全盛の時代だ。便利さにかまけてみんな無言で操作しているようだが、発音や発声、そして読む力の弱体化が心配である。

私たち昭和**ヒトケタ世代**は、小学校時代の国語の教科書を「読本（とくほん）」といった。声に出して読むことは無駄にならない。日本語にとって大切なことなのである。

日本語はむずかしいとよく言われるが、これは世界に向かって誇るべきで、その難しさこそ、繊細にして豊かな表現力を持つ日本言語文化の特長なのである。

「ひい、ふう、みい」と遊んだお手玉など、どこかへ行ってしまった。

（山川静夫『東奥日報』による）

關鍵詞彙

こともなげ：若無其事，滿不在乎。

お手玉：丟布做的小沙包遊戲。

すりこむ：揉搓進去，碾碎混入。

裏長屋：大雜院。

厄介：麻煩，難解決。

ヒット曲：暢銷歌曲，名曲。

ブルース：布魯斯樂曲，藍調音樂。

スマホ：智慧型手機。

ヒトケタ世代：頭十年。

指示詞類特別練習：

「こうした読み方が身につくのだ」とあるが、何を指すのか。

1. 数字「九」の読み方
2. 地名に出るような変わった読み方
3. 古い歌謡曲の歌詞の読み方
4. カラオケに出る歌の読み方

答案：2

解析 畫線句子所在段落主要是講大家不會唸錯日本一些歌曲中出現的和數字有關的詞，其原因是「これは、地名でもあり、耳なじんでいるせいもあるが」。這是作者舉的一個例子，說明人們能自然而然的記住經常聽到的特殊讀法。所以正確答案是選項2。

難點：

1. ～てしかたない：**接在動詞て形、形容詞て形、形容動詞て形的後面，意為「……得不得了」「非常……」。**

   例 彼氏に会いたくてしかたない。／非常想見男朋友。

   例 仕事中なのに眠くてしかたない。／工作時睏得不得了。

2. ～にかまけて：**接在名詞的後面，意為「只顧……」「專心於……」。**

   例 日々、大勢の人の命をあずかっている航空会社が、内紛などにかまけていていいはずはない。／每天運載著許多旅客的航空公司，不該只忙於內部的糾紛。

   例 ゲームにかまけて、勉強しなかった。／只顧著玩遊戲不學習。

3. ～にして：**接在名詞的後面，表示兼有兩種性質或屬性，意為「既……又……」。**

   例 バラは高貴にして華麗な花である。／玫瑰是既高貴又華麗的花。

   例 彼は流通界の実力者にして、歌人である。／他既是流通領域的領軍人物，又是一位和歌詩人。

⑦ 旅について

人生は旅、とはよく言われていることである。芭蕉の「奥の細道」の有名な句を引くまでもなく、これはだれにも一再ならず迫ってくる実感であろう。人生について我々が抱く感情は、我々が旅において持つ感情と相通ずるものがある。それは何故であろうか。

どこからどこへ、ということは、人生の根本問題である。我々はどこから来たのであるか、そしてどこへ行くのであるか。これは常に人生の根本的な謎である。そうである限り、人生が旅のごとく感じられることは我々の人生感情として変わることがないであろう。いったい人生において、我々はどこへ行くのであるか。我々はそれを知らない。人生は未知のものへの漂泊である。我々の行き着くところは死であると言われるであろう。**それにしても**死が何であるかは、誰も明瞭に答えることのできぬものであろう。どこへ行くかという問いは、翻って、どこから来たかと問わせるであろう。過去に対する配慮は未来に対する配慮から生じるのである。漂泊の旅にはつねにさだかに捉え難い**ノスタルジア**が伴っている。人生は遠い、しかも人生は**あわただしい**。人生の行路は遠くて、しかも近い。死は刻刻に我々の足もとにあるのであるから。しかもかくのごとき人生において人間は夢みることをやめないであろう。我々は我々の想像に従って人生を生きている。人は誰でも**多かれ少なかれユートピア**である。旅は人生の姿である。旅において我々は日常的なものから離れ、そして純粋に観想的になることによって、平生は何か自明のもの、既知のもののごとく前提されていた人生に対して新たな感情を持つのである。旅は我々に人生を味わわせる。あの遠さの感情も、あの近さの感情も、あの運動の感情も、私はそれらが客観的な遠さや近さや運動に関係するものでないことを述べてきた。旅において出会うのは、つねに自己自身である。自然の中を行く旅においても、我々は絶えず自己自身に出会うのである。旅は人生のほかにあるのでなく、むしろ人生そのものの姿である。

（三木清「旅について」による）

關鍵詞彙

一再：多次。

行き着く：抵達，到達。

それにしても：儘管如此。

翻って：反過來，回過頭來。

さだか：清楚，確實。

ノスタルジア：鄉愁。

あわただしい：匆忙，慌忙。

多かれ少なかれ：或多或少。

ユートピア：烏托邦。

指示詞類特別練習：

「そうである限り」とあるが、どんなことを指しているのか。

1. 人生に対する感情は旅における感情と相通ずること
2. 人生は旅という一再ならず迫ってくる実感のこと
3. 人生の根本問題は謎のように解けないこと
4. どこからどこへという人生の根本問題に答えること

答案：3

解析 「ソ」系列指示詞指代的是前面那句話，即「どこからどこへ、ということは、人生の根本問題である。我々はどこから来たのであるか、そしてどこへ行くのであるか。これは常に人生の根本的な謎である」。和這句話意思相符的是選項3，所以選項3是正確答案。

難點：

1. ～までもなく：**接在動詞原形的後面，意為「沒必要……」**。

例 企画案については、改めて説明するまでもないだろう。／關於企畫案，我沒有必要重新説明吧。

例 読むことも書くことも話すことも全くできなかった私は、当然テストを受けるまでもなく初級コースからのスタートであった。／完全不會讀、寫、説的我沒有必要考試，直接從最初級的課程開始學習。

2. ～ごとく：**動詞原形或「動詞た形（＋が）＋ごとく」或「名詞（＋の）＋ごとく」，意為「恰如……」「好像……」「宛如……」**。

例 専門家の言うごとく市場はまもなく安定した。／就像專家説的那樣，市場不久就變穩定了。

例 ウサギのごとくに逃げ出した。／像兔子一樣逃跑了。

3. ～ごとき：**動詞原形或「動詞た形（＋が）＋ごとき」或「名詞（＋の）＋ごとき」，意為「如同……」「像……」**。

例 逝く者は斯くのごときかな、昼夜を舍かず。／逝者如斯夫，不舍晝夜。

例 夢のごとき新婚生活の後に悲劇が訪れた。／夢一樣的新婚生活過後，悲劇就來了。

4. ～に従って：**接在名詞的後面，意為「根據……」「按照……」。**

例 プランに従ってことを行ってください。／請照計畫行事。

例 これらのカレンダーはヨーロッパの慣例に従って月曜日を週の始まりとし、日曜日を最後の日としています。／這些日曆按照歐洲的慣例，把週一作為一週的開始，把週日作為一週的結束。

第4章 細節類題型

1 ▶ 細節類題型解題技巧

從歷年的考題來看，細節類題型包含的內容很豐富，出題數量比較多，一般在10題左右。它遍佈了整個讀解部分，換句話說，它在內容理解、綜合理解、論點理解和資訊檢索這四大版塊裡都會出現。而細節類題型大致又可以分為：時間類、人物類、地點類、方法類、注意點與重要點類。下面我們分別講解各類型問題的解題技巧。

(1) 時間類

時間是我們在閱讀過程中常常會碰到的資訊，它經常會成為我們理解文章大意的線索。文章中關於時間的線索大致可以分為以下3種：

- 現在→過去→現在
- 現在→過去a（距離現在很近的過去）→過去b（距離現在很遙遠的過去）→現在
- 過去b（距離現在很遙遠的過去）→過去a（距離現在很近的過去）→現在

其次，在文章中常出現的、表示時間推移的表達方式有：「もし～と知っていたら」、「～た時期もあった」、「～ただろうに」、

「昔の～だったら」、「今思うと」、「～たことがある」、「記憶がよみがえった」、「思い出した」、「かつて」、「その昔」等。

時間類細節題常見的出題方式：

・「○○」と思われたのはいつか。
・「○○」とあるが、それはいつのことか。
・「○○年前」とあるが、○○はどれか。
・「○○」とあるが、「○○」は起きたのか、起きていないのか。
・筆者が考える○○とはいつのことか。
・○○のは、どんなときか。

搶分關鍵看這裡

例題：

作者提到自己常常做類似的惡夢，但時間不明確。

私は時々、こんな悪夢にうなされる。黄色い帽子をかぶり、ランドセルを背負って、小学校一年生の子供に戻っている。緑のおばさんの導きで、手を挙げて横断歩道を渡りかける。信号はもちろん青だ。と、カンガルーをも跳ね飛ばす鉄パイプで前面を固めたRV車が、猛烈な勢いで迫ってくる。恐怖に立ちすくむ私。左手に握り締めた携帯電話に向かって何やら話しかけながら、えへらえへらと笑っているドライバーの顔が、視界に飛び込んでくる。正面を向いてはいても、彼は何も見ていない。だからブレーキも踏まない。私は笑われながら跳ね殺されるのだ。

そこで目が覚める。下着もスーツも、脂汗でぐっしょりと濡れている。夢だとわかって一息つくものの、自分を殺したへらへら顔が脳裏に焼きついて離れず、その後は眠れなくなる。

1998 年的夏天，作者在一本雜誌上發表了一篇文章。

今から十四年前の一九九八年夏、岩波書店の月刊誌「世界」に載せた「普及する携帯電話　軽くなる命」の書き出しです。「精神の瓦礫」というタイトルの連作ルポの四回目で、現在は講談社文庫『バブルの復讐～精神の瓦礫』に収められています。

白状します。この書き出しに登場させた悪夢のエピソードのすべてが事実だったわけではありませんでした。

あの頃の私がうなされていた悪夢の主人公は、実は当時まだ小学生だった愛娘なのです。だけど、そんな本当のことを書いたら、悪夢が正夢になってしまいそうな気がして恐ろしく、あの時は私自身に置き換えて書きました。彼女もすでに成人し、とりあえず一安心ですので、ここで打ち明けます。こういうことまで「ヤラセ」とは言われないでしょう。

（斎藤貴男『私がケータイーを持たない理由』による）

與第一段中提到的常常做惡夢的時間是一樣的。在這裡表明了做惡夢的主角，其實是作者的女兒。

「あの時」所在句子的意思是：那時「我」把自己當作主角寫了篇文章。而那篇文章被刊登的時間是 1998 年夏天，所以「那時」是指 14 年前在雜誌上刊登文章的時候。

問題 「あの時」はいつか。

1. 悪夢にうなされた頃
2. 私の小学一年生の頃
3. 今から十四年前の夏
4. 娘が成人した後

答案：3

(2) 人物類

人物類細節題也是讀解部分常碰到的一類考題。首先，人物是文章中不可缺少的一個成分，有時一篇文章除了作者本人外還會涉及若干個與情節相關的人物。所以在做這種類型的題目時，一定要弄清楚文章描述的場景，以及時間、地點、登場人物的關係、事件、原因等。

人物類細節題常見的出題方式：

- 「○○」とはだれのことか。
- 「○○」と答えたのはだれか。
- 「自分」と思われたのはだれか。
- 「○○」とあるが、だれが○○のか。
- 「○○」とあるが、だれがだれに何をさせておいたのか。
- 「○○」とあるが、だれがそう思っていたのか。
- ○○しているのは誰か。
- 次の○○人のうち、○○の応募条件を満たしているのはだれか。

例題：

九十年代後半からグーグルの創業者たちが検索エンジンの開発に没頭していたとき、彼らの頭の中にビジネスモデルは全く描けていなかった。利用者にとって素晴らしく便利なものを作れば、ビジネスは後からついてくるだろうと考えていた。検索エンジンを事業化する試行錯誤の末に、今世紀初頭になってやっと検索連動広告という事業が立ち上がった。以来あれよあれよという間に、年間売上高が一兆円を超え、莫大な利益を叩き出すようになり、その後も成長のスピードは衰えない。二〇〇八年、つまり創業から十年が経った時点で、年間売上高二兆円超、純利益五千億円超の企業となっていることだろう。

しかし、グーグルの事業はなぜこれほどまでに急成長し、なぜこんなに儲かっているのだろうか。

まず検索エンジンが「もうひとつの地球」における「世界の結び目」の役割を果たす存在となったことが最も重要なポイントである。だからこそ全世界で月に五億人以上の人々がグーグルを利用するまでになったのだ。ユーザは自らの関心を「検索キーワード」という形で表明して検索結果を得る。グーグル側では、その瞬間にユーザ全体を個々の関心によって自動的にふるいわける。ここに、技術と事業を結ぶカギがある。

検索連動広告とは、検索結果の画面上に検索キーワードに関連した広告へのリンクを表示し、ユーザがその広告へのリンクをクリックした瞬間に初めて広告主に課金される仕組みである。「ある検索キーワードを入力した人がこの広告を見てくれるなら一人いくらまでは出してもいい」という単位となる金額を、媒体側ではなく広告主側が決め、オークションで競り落とすのである。

（梅田望夫『ウェブ時代をゆく——いかに働き、いかに学ぶか』による）

搶分關鍵看這裡

指出用戶可以透過檢索關鍵字來得到檢索的結果，但是並沒有提到檢索需要支付費用。

這句話是重點。這句話告訴大家，當使用者點擊廣告連結時，打廣告的一方就需要付錢。透過這句話可判斷正確答案是選項４。

指出廣告商需要支付的金額不是由媒體那方決定，而是由廣告商決定。

搶分關鍵
看這裡

第一段內容表明谷歌致力於搜尋引擎的開發與研究，繼而把網路和廣告結合在一起。透過這項業務營業額提高很多。很顯然的廣告費不是由谷歌支付的。

問題 「ある検索キーワードを入力した人がこの広告を見てくれるなら一人いくらまでは出してもいい」と言っているが、お金を出すのはだれか。

1. グーグル
2. ユーザ
3. 媒体側
4. 広告主側

答案：4

(3) 地點類

地點類細節題一般為直接理解題，此類問題大多直接與原文掛鉤，只要讀懂文章，並注意文章中出現的與地點相關的詞句，就能從原文中找到答案。考試中出現此類問題的機率不高，出題形式單一，難度也相對較低。

地點類細節題常見的出題方式：

・○○はどこか。
・○○の場所はどこ／どれか。
・○○はどこで○○か。
・「○○」とあるが、どこにある／いるか。
・○○はどこから／どこまでか。
・○○で何が行われたか。

例題：

首先注意動詞「開設」，句子意思是《每日新聞》原分部設在辛巴威的首都哈拉雷。

然後注意動詞「移す」，句子意思是分部從辛巴威的首都搬到了約翰尼斯堡。

毎日新聞は1980年にジンバブウェの首都ハラレに支局を開設し、1993年に南アのヨハネスブルクに支局を移しました。記者一人が常駐しており、サハラ砂漠以南48国の取材を担当しています。私は七代目のアフリカ駐在特派員でした。

私は大学時代に初めてアフリカを旅し、その後、大学院でアフリカ政治の研究を専攻し、新聞社に入社してからは日本国内で勤

表明作者就職後一直在日本國內工作。派駐約翰尼斯堡是他的夢想。

表明他的夢想得以實現。由此可以推斷「異動」是指從日本到約翰內斯堡。所以正確答案是選項4。

務しながら、ずっとヨハネスブルク駐在を希望してきました。そして、入社十年目の2004年になって、ようやく当時の上司である外信部長から異動の内示をもらい、学生時代からの十数年来の夢が実現する喜びを噛みしめていました。

（白戸圭一『日本人のためのアフリカ入門』による）

問題　「異動」はどこからどこへか。

1. ジンバブウェ→ハラレ
2. ハラレ→ヨハネスブルク
3. 日本国内→ハラレ
4. 日本国内→ヨハネスブルク

答案：4

（4）方法類

方法類細節題包括直接理解題和語義理解題兩種，根據問題難易度的不同，有時可以直接從文中找到答案，有時則需針對原文句子作語義上的轉換，或者根據上下文得出結論。此類問題難度雖然不大，但出題形式多樣，選擇題、判斷題、排序題等均有可能出現。解題時需要先理解全文，再使用用關鍵字查找、語義轉換、相關詞句定位等閱讀技巧。

方法類細節題常見的出題方式：

・○○の正しい手順はどれか。
・○○の方法／対策は何か。
・○○のやり方は以下のどれか。
・○○はどんなことをするか。
・どのような方法を通して問題を解決したか。
・○○とあるが、何が間違いだったのか。
・○○にするには、まず何が必要だと述べているか。
・○○とあるが、筆者は○○をどのように説明しているか。
・○○を○○には、どうしたらよいか。
・○○の方法は以前のものとどのように違うか。

・○○のために○○はどうしなければならないか。
・筆者によると、○○するためにできることは何か。
・○○はどのようにするか。
・○○するためにはどのような手続きが必要か。

搶分關鍵看這裡

例題：

文章開頭先介紹了勸退員工的一般性作法。

作者接著提到了一些具體例子，說明一般性辦法其實也有行不通的時候。這也是為了引出下一段的具體例子。

用具體例子說明一般性辦法的弊端。

這裡暗示了被勸退的員工對於這種一般性辦法的反感和厭惡。與問題直接相關。

たとえば九十年代には、労務に長けた人事担当者が工場や支店などの職場を訪問し、辞めてほしい社員と水面下で接触し、数回の面談を通じて退職勧奨する手法が一般的であった。人事担当者が部署に顔を出すだけで、椅子に座っていた課長がいきなり直立不動になり、課内に緊張が走ったというエピソードもある。しかし、このやり方では労力と手間がかかる。また、いかになだめすかしても「上司からは聞いていないし、辞めるつもりはない」と突っぱねる社員もいる。

九十年代後半に同じような仕事を経験した造船会社の人事担当者は、こう振り返る。「私の担当は二十人でした。営業所や工場に行き、社員に会うことは事前に部門長に連絡してあります。もちろん、部門長は退職勧奨をすることも了解済みです。実際に社員と会うときは、仕事はどうですかとか、なごやかな雰囲気で面談をします。時には帰りに飲みに誘うこともあります。お互いが親近感を持てるようになったところで、最後に退職の件を切り出すのです。ほとんどの人が納得してくれましたが、中には驚いて辞めたくないと言う人もいました。

ある人が二回目の面談で、しょんぼりした顔をしていたんです。どうしましたかと尋ねると『上司の事業部長からあなたと会う理由は配置転換の話だと聞いていました。だから職場に戻って部長に、退職を勧められましたがどういうことですか？と問い質すと、部長は、なんだ、人事がそんなバカなことを言っているのか、俺が掛け合ってくると言って席を立って出ていったのです。ところが、その日は帰ってきませんでした。結局逃げちゃったんです。職場が自分を必要としていないことがよくわかりました』と

搶分關鍵看這裡

文章的最後提出，不直接談離職事宜其實會給員工造成傷害，拐彎抹角的隱藏真相、逃避反而適得其反。可以從這裡找到問題的答案。

言うのです。かわいそうでしたが、ちゃんと伝えない上司も悪いと思いましたね。それからまず、上司がしっかりと引導を渡すように徹底することにしました。」

（溝上憲文『非情の常時リストラ』による）

問題 社員にとって受け入れやすい退職勧奨のやり方は以下のどれなのか。

1. 自分が納得できるまで数回の面談をすること
2. お酒を飲みながら、半分冗談のように打ち明けること
3. 配置転換だと格好付けて誰も知らないようにすること
4. 部門長が逃げず隠さずに、きちんと訳を伝えること

答案：4

（5）注意點與重要點類

細節題顧名思義就是測驗文章的細節，除了測驗文章中所涉及的人物、時間、地點、方法等之外，還會就文章中提到的具體事件的進展、筆者獨特的觀點或者畫線部分提問，也可以測驗關鍵字句，這些都可以稱為注意點與重要點類細節題。

由於考試時間緊迫，考生很容易忽略細節，所以可以先看後面的問題以及選項，然後有針對性的閱讀文章。正確選項有時會明確的出現在文章中，有時在文章中有內容較為相似的表述，比較容易選擇。錯誤選項往往不注意文章的邏輯順序或作者的觀點，以偏概全，缺乏對細節的掌握，甚至有時會背離整篇文章的主旨。因此除了注意畫線部分的意思之外，還應關注前後的接續詞是逆接還是順接，需注意「……が、実は……」、「……とはいえ」、「……にもかかわらず」、「ばかりではなく」、「だけか」、「しかも」、「まして」、「ただし」、「……んじゃないか」、「……一方で」、「けれど」、「したがって」、「ところで」等表示上下文關係的表達方式。

注意點與重要點類細節題常見的出題方式：

・「○○」はこれからどうなるか。
・「○○」とはあるが、これはどういう意味か。
・「○○」について、Aはどう主張しているのか。
・「○○」は具体的にいえば何のことか。
・「○○」について筆者はどういっているか。
・○○の重要性はどこにあるか。
・○○とあるが、どのような点で○○だと筆者は考えているか。
・○○とは何か。
・○○とあるが、どのような状態か。
・○○とあるが、それはどのような現象か。
・○○とあるが、○○とは何を指しているか。
・○○とは何を指すか。

例題：

「もう俺、死ぬわ」

「死ねばいいやん」

滋賀県大津市の市立中学校で2011年10月、二年生だった男子生徒が自宅マンションの十四階から飛び降りて亡くなりました。男子生徒はその前日に、同級生との間でこんなメールのやり取りをしていたといいます。

罪もない子どもがまたしても、「いじめ」の毒牙にかけられたのです。「いじめ」とカッコでくくるのは、男子生徒が受けていたのであろう暴力や屈辱が、こんな言葉で表現できるような生やさしいものであるはずがなかったと考えるからです。なにしろ、飛び降り自殺の練習までやらされていたというのです。（中略）

2012年の夏、日本中を震撼させた大事件です。前後して、愛知県蒲郡市の中学校で男女九人の生徒が、一人の男子生徒を対象に「自殺に追い込む会」を組織して「いじめ」ていた実態や、兵庫県赤穂市の中学生五人が一人の小学生男児を殴ったり、蹴ったりし、その様子を撮影した動画がネットサイトに投稿されていた事実な

搶分關鍵看這裡

這句話說明霸凌現象在日本學校裡司空見慣，並且有很多無辜的受害者。

受害者被迫練習自殺。

搶分關鍵看這裡

說明經常發生的霸凌現象由於沒有公諸於世，大家都不知道霸凌現象有多嚴重，公佈後大家才開始重視。

正義的憤怒導致施暴者本人和他的家人朋友，甚至同名同姓的人也遭到了譴責。讓人重新思考正義到底是什麼。

說明人們所謂的正義其實跟施暴者的行為本質是一樣的。

どが報じられました。例によってこの国の社会では、何か大きな事件が表沙汰になってテレビのワイドショーが騒ぐと全体が同じ方向を向く一方で、日頃はいかな重大な問題でも無視か黙殺というのが通り相場ですから、直接の関係がある人以外には知られずじまいになった不幸が日本中にどれほどあるものか、見当もつきません。

大津の事件は、やがてすさまじい展開を遂げていきます。加害少年やその親たちの実名や顔写真、自宅の住所などの個人情報がネット上にさらされ、匿名の人々による罵詈讒謗が浴びせられたのです。個人情報には間違いも多く、姓が同じだというだけで、事件とは何の関係もないのに中傷されたり、大量の脅迫状や脅迫電話を受けた高齢の女性もおられました。

匿名の主たちは、「正義の憤り」のつもりなのかもしれません。でも、これでは加害少年らの「いじめ」と本質的には何も変わりません。関係のない人までをも日頃のうっぷんのはけ口にして、リンチにかけただけではないですか。

（斎藤貴男『私がケータイーを持たない理由』による）

問題　「正義の憤り」とあるが、筆者はどのように考えているか。

1. みなが力を合わせて、いじめの加害者を探り出すべきだ。
2. 正義だと思って振舞うが、それが逆に他人を傷つけてしまったかもしれない。
3. 携帯やインターネットを利用し、いじめの実態を世に晒すべきだ。
4. 加害者は犯罪者であるため、脅迫の電話がたくさん来てもしょうがない。

答案：2

2 ▶ 細節類題型實戰演練

本章譯文
請見P.256

① 海外の学生との共同シンポジウムから触れ合う学習

ある年、北京の滞在先のホテルに、国務院の局長が訪ねて来てくれたことがある。私の学生の一人がパジャマと部屋履きスリッパで朝食にロビーに姿を現したのを**目敏**く見つけ、「今年もベビー・シッターですね」と、そこまで指導しなければならない私に同情してくれたものである。真冬に秋の服装で参加し、高熱を出し緊急入院する学生、ホテルの部屋で器物を壊してしまうことなど、社会との**接点**で、問題が生じた場合にどのように対処しなければならないのか、研修を運営することも重要な学習の一環だと学生には説明する。

中国の大学では、学生たちはキャンパス内の寮生活が基本である。私が北京大学や清華大学などで客員教授として滞在する中で、学生の日常の生活に触れてきた。早朝からキャンパスの**そこかしこ**で、声をあげて英語の朗読に**いそしむ**学生、夕食を餐庁（レストラン）で我々教師と一緒していたと思うと、その後は、十一時までは図書館での学習だという生活パターンが、一年を通しての光景である。実社会から隔絶された生活をしているかと思いきや、一方で、「六、七割の学生はインターネットで株取引をしていますよ」と、学生たちが説明してくれるほど、実社会に厳しく触れる側面もある。

（http://www.yomiuri.co.jp/adv/chuo/education/20130131.htmによる）

關鍵詞彙

目敏い：目光敏銳。

ベビー・シッター：保姆。

接点：接觸點。

そこかしこ：這裡那裡，到處。

いそしむ：努力，勤奮。

細節類特別練習：

「今年もベビー・シッターですね」とあるが、だれが言ったのか。

1. 作者
2. 国務院の局長
3. 学生
4. ホテルの人

答案：2

解析 這類問題一方面要理解畫線部分的意思，另一方面要讀懂上下文。這句話意為「你今年又是孩子的保姆啊」。這是因為作者帶的一名學生穿著睡衣拖鞋在飯店吃早餐，被前來拜訪的國務院局長撞見，局長對作者表示同情才說了這句話。顯而易見，正確答案是選項2。

難點：

1. ～と思うと：**接在動詞た形的後面，意為「剛……就……」。**

   例 太陽は流れる曇にさえぎられ、光が射したと思うと次には暗くなる。／太陽被流動的雲彩遮住，剛透出光來就又變暗了。

   例 ゆうべはなかなか眠れなくて、やっと眠くなったと思うと、気が付いたらもう朝だった。／昨晚怎麼都睡不著，好不容易想睡了，一看已經是早上了。

2. ～と思いきや：**接在名詞、動詞、形容詞、形容動詞的常體的後面，表示「原以為……」「以為……沒想到……」。**

例 宝くじに当たったかと思いきや、番号を見間違えていた。／原以為彩券中獎了，沒想到是看錯號碼了。

例 李さんは10年もアメリカにいるので、英語がペラペラかと思いきや、私より下手だった。／小李在美國待了10年，本以為他英語很棒，沒想到比我還差。

3. ～一方で：**接在名詞、動詞、形容詞、形容動詞的名詞修飾形或「名詞／形容動詞＋である」的後面，意為「一方面……另一方面……」。**

例 彼の仕事は夏は非常に忙しい一方で、冬は暇になる。／他的工作夏天非常忙，冬天卻很閒。

例 彼女は女優として活躍する一方で、親善大使として貧しい子供たちのために世界中を回っている。／她一方面活躍於娛樂圈，另一方面作為親善大使，為貧窮的孩子在世界各地奔走。

② 公衆電話

誘拐**サスペンス**の名作に、黒澤明監督の「天国と地獄」がある。**身代金**の**指図**をするため、犯人が会社役員宅に電話を入れる。硬貨の投入音、続いて「昼日中にカーテン閉め切って何やってんだ」。録音を聞いた刑事たちは、高台の豪邸を見通せる電話ボックスを**絞り込み**、包囲網を狭めていく。

モノクロで描かれる知恵比べは、携帯電話では成立しない。昭和の昔、戸外の通信手段といえば数に限りのある公衆電話である。私事になるが、合否の報告も、上司からの怒声も「公衆」だった。

1960年代の普及期に出た『赤電話・青電話』（金光昭著）にこんな一節がある。「赤電話は用事があって探したものだが、昨今は赤電話を見ると用事を思い出す」。思いつきの用件やおしゃべりは、携帯メールが引き継いだ。

個人端末が**あまねく**行き渡り、人の数だけ電話が歩いているような世である。あらゆる喜怒哀楽に介在し、85年に93万台を超えた公衆電話は4分の1に減った。店先の赤は**とうに**消え、なじみの緑も**間引き**が急だ。

しかし公衆電話には、災害時につながりやすい利点があるらしい。携帯サービスがダウンした大震災では、帰宅難民が並んだ。そこでNTTは、春から設置場所をホームページで知らせるという。

街角の電話たちが**頼もしく**見えてくる。古いやつにも使い道はあるんだと、公衆世代はつぶやいてみる。

（『天声人語』2012年1月12日付による）

關鍵詞彙

サスペンス：懸疑。

身代金：贖金。

指図：指示。

絞り込む：鎖定。

モノクロ：單色。

あまねく：到處，普遍，遍。

とうに：老早，早就。

間引き：拉長間隔。

頼もしい：可靠的，靠得住的。

細節類特別練習：

赤電話、青電話が急減したのはいつか。

1.『赤電話・青電話』という本が出版された時代
2. 黒澤明監督の映画がはやっていた時代
3. 携帯電話が普及した時代
4. 携帯サービスがダウンした大震災の時

答案：3

解析 這是一道時間類細節題，文章的時間線為「過去b（距離現在很遙遠的過去）→過去a（距離現在很近的過去）→現在」。文章介紹了日本昭和時代早期、中期以及目前公用電話使用的變化。從文中可知，「赤電話、青電話」實際上代表公用電話。從第4段可知，公用電話的減少是在1985年，而且第一句話「個人端末があまねく行き渡り、人の数だけ電話が歩いているような世である」就是指手機的普及。所以正確答案為選項3。

難點：

1. ～きる：**接在動詞ます形的後面，意為「完全……」**。

例 すべてを出して使いきる。／用光所有的（錢）。

例 コーンポタージュ缶のコーンを残さず飲みきる方法がすごい。／能一點都不剩的喝光罐子裡的玉米湯，這方法真了不起。

2. ～だけ：**接在動詞可能形、形容詞原形、形容動詞な形的後面，表示某個範圍內的最大程度，意為「盡量……」「能……就……」**。

例 どうぞ好きなだけ、食べてください。／喜歡吃多少就吃多少。

例 彼は銀行からお金を借りられるだけ借りて家を買った。／他從銀行貸了最大額度的款買了房子。

③　むだ

むだ遣い、むだ足、むだ口……「むだ」を冠した言葉にろくなものは無い。むだはよろしくないのである。行為、言動にはそれなりのプラスの効果、益がないといけない。ましてや税金のむだ遣いなど益を損なうことには大いに憤慨してしかるべきである。

さて、江戸の川柳につぎのようなものがある。

あいさつに女はむだな笑ひあり（『柳樽』二編）

ことを功利的に判断すれば、挨拶の時に浮かべる微笑に特段の意味はない。むだといえばむだなものである。ただし、この川柳の眼目は、ふだんはむだとも思わずにいたものについて（むしろ逆に快いものと皆思っているはず）、斜に構えた別の角度から価値判断をしてみせたところにある。つまり、**そもそも**があってよいものという社会的合意の中にある「むだ」の指摘なのである。

けじめを失した政治家のむだ口など「むだ」では済まされない。文化的未熟を露呈して傍ら痛いだけではなく、国の品格を**おとしめる**ことは甚だしい。シャレをはじめとした言葉のジョークが江戸で「むだ」と称されていたことについて今一度立ち戻ろう。この称には江戸人の**けじめ**、分別が現れている。公の**たてまえ**に照らせば「むだ」としか言いようのないものであるが、たてまえをたてまえとして尊重するところで私的世界の本音を温存したのは、江戸人の知恵であり、時代の文化的成熟そのものであろう。公私のけじめを**わきまえ**、場の**空気を読み**、そして発せられる「むだ」は生活を潤すのである。幸いまだまだこの「むだ」の文化は現代にも生き残っている。磨きをかけて次代につなげなくてはならない。

（http://www.yomiuri.co.jp/adv/chuo/opinion/20130304.htmlによる）

關鍵詞彙

むだ遣い：亂花錢。

むだ足：白跑一趟。

むだ口：閒聊，閒話，廢話。

川柳：川柳，日本雜俳的一種，由五、七、五共計十七個假名組成的詼諧短詩，多含諷刺意味。

そもそも：本來，原本。

傍ら：一邊……一邊……。

おとしめる：藐視，輕蔑，瞧不起。

甚だしい：非常。

けじめ：區別，區分。

たてまえ：方針，原則。

わきまえ：辨別，識別。

空気を読む：察言觀色。

潤す：潤，滋潤。

細節類特別練習：

「斜に構えた別の角度」とあるが、別の角度とはどういう角度を指すのか。

1. あってよいものという社会的合意の角度
2. ことを功利的に判断するという角度
3. 江戸時代の川柳という風刺詩の角度
4. 日本独特のたてまえという文化の角度

答案：1

解析 這篇文章主要講述了從功利的角度來看，無論是冠以「むだ」的詞還是其行為本身都是不被認可的。作者以一首川柳為例，從另一個角度來看待「むだ」，指出其能夠滋潤生活。畫線句子後面跟的是「つまり」，「つまり」表示解釋說明前面的內容。所以正確答案是選項1。

難點：

1. ～てしかるべき：**接在動詞て形的後面，意為「理應……」「應該……」「……理所當然」。**

　例　先生にはそれ相応の敬意を払ってしかるべきだ。／應當給予老師相應的尊重。

　例　そういう人は謝罪してしかるべきだ。／那樣的人理應謝罪。

2. ～てみせる：**接在動詞て形的後面，意為「決心要做給……看」。**

　例　必ず痩せてみせる。／一定要瘦給你看。

　例　絶対、彼を奪ってみせる。／一定要把他奪過來。

④　出荷日のご案内

各位

平成32年4月1日

株式会社武田

事業部　高橋

030-2567-7652

平素は格別のお引き立てを賜り厚く御礼申し上げます。

さて、このたび、震災の影響により弊社の工場が被災したため、お客様におかれましては大変なご不自由をお掛けしておりますこと、深くお詫び申し上げます。

3月15日付でご注文いただきました製品の出荷について、ご案内致します。なにかご不明な点がありましたら、いつでもお気軽にお問い合わせください。

記

1. 品　名：コピー用紙

　出荷日：4月20日

2. 品　名：**クリアファイル**（白）

出荷日：4月30日

（黄色、青色のクリアファイルは原材料調達中のため、出荷日は**後日 改めて**ご案内いたします。）

以上

關鍵詞彙

出荷：發貨。

クリアファイル：文件夾。

後日：日後。

改めて：重新，再。

細節類特別練習：

クリアファイルの出荷日について、この文章は何を知らせているか。

1. 出荷日は3月15日である。
2. 出荷日はコピー用紙と同じ20日である。
3. 出荷日は色を問わずすべて30日である。
4. 白いクリアファイル以外は出荷日が未定である。

答案：4

解析 這是一篇商務信函，文章的開頭是問候語。題目問的是資料夾的發貨日期，也就是細節類題型裡的時間問題。這時我們只需要抓住重點來閱讀文章即可。這篇文章的關鍵句是「黄色、青色のクリアファイルは原材料調達中のため、出荷日は後日改めてご案内いたします」，意為「黃色和藍色的文件夾因原料採購，發貨日期日後另行通知」，所以正確答案是選項4。

難點：

1. ～におかれましては：**接在名詞的後面，語氣比「には」更客氣，通常用於書信中，是非常鄭重的書面表達方式，意為「關於……的情況」。**

   例　貴社におかれましては、念願の日本進出を果たされたとのこと、誠におめでとうございます。／聽說貴公司實現了進軍日本市場的夙願，在此表示祝賀。

   例　猛暑厳しい折ですが、先生におかれましてはご壮健のことと存じます。／酷暑之時，老師您身體還好嗎？

⑤　アフガンに降る爆弾と東京に降る雪

その時、内山さんは、JICA（独立行政法人国際協力機構）の専門家として**ジャララバード**の農業プロジェクトに派遣されていた。**アフガニスタン**で主食第2位の米の国内生産高を高めることがプロジェクトの目的であり、内山さんは2名の農業専門家と一緒に、プロジェクトの調整役として現地に**赴いて**いたという。

9.11直後にウサマ・ビンラディンが潜伏していたと言われている洞窟のすぐそばで反政府組織が潜伏している地域に近いだけに、現地では日常的にあちこちで**爆弾テロ**が起きていたそうだ。

「テロで道路が封鎖され出勤が遅れたアフガン人スタッフも、青森で言うところの雪が降ってちょっと道が渋滞していました程度の感覚で出勤してきます。東京の人たちがちょっとの雪で**あたふた**している姿を目にすると、あららと思っていましたが、きっと、ジャララバードの人たちにしてみれば、ちょっとの爆発であたふたしている私たちが、あららと思われているのかもしれません。」

内山さんは、戦地に生きるアフガン人の日常を、日本との文化の違いに戸惑いながらも、平易な言葉で、感じるままに**書き連ねている**。

内山さんの文章を選んだ中学校の先生は、彼女の原稿には、説明的な文章と、筆者の所感がほどよく織り混ざっており、作問に適していた。そして何よりも、女子中学校を希望する受験生に、女性が世界という舞台で様々な事に悩みながらも活躍しているということを知ってもらいたかった——それが、最終的に内山さんの原稿を選んだ理由である、と伝えてきている。

（http://www.yomiuri.co.jp/adv/chuo/people/20130117.htmlによる）

關鍵詞彙

ジャララバード：賈拉拉巴德（阿富汗地名）。

アフガニスタン：阿富汗。

赴く：奔赴，前往。

爆弾テロ：炸彈恐怖攻擊。

あたふた：慌慌張張，驚慌失措。

書き連ねる：列舉。

織り混ざる：交織。

細節類特別練習：

「あららと思っていましたが」とあるが、だれがそう思ったのか。

1. アフガン人のスタッフ
2. 作者
3. 内山さん
4. ジャララバードの人たち

答案：3

解析　「あらら」是驚訝時發出的感嘆聲。文中提到阿富汗的工作人員已經習慣了恐怖攻擊導致的通勤不便，文章將這種情況和東京人因下點雪就驚慌失措作了對比。這段話是作者引用在阿富汗工作的內山女士説的話，所以有這種感嘆的人自然是內山女士。就像內山女士看到東京人因下點雪就驚慌失措十分驚奇一樣，內山女士猜測恐怖攻擊對賈拉拉巴德的人來説已是家常便飯，他們看到自己因爆炸而驚慌失措時，可能也會感到驚奇。所以正確答案是選項3。

難點：

1. ～だけに：**接在名詞、動詞、形容詞、形容動詞的名詞修飾形的後面，名詞不加「の」，意為「正因為……」。**

 例 このバッグは安いだけに、すぐ壊れてしまった。／正因為這個包便宜，所以一下子就壞了。

 例 グローバルに人と接する仕事だけに、自国の文化や歴史に詳しくなければならない。／正因為這份工作需要和全球各地的人打交道，所以必須十分了解本國的文化和歷史。

2. ～にしてみれば：**接在名詞的後面，意為「從……來看」。**

 例 プロジェクトの進捗状況については何度か上司に報告する必要があるが、こちらが適切と思ったタイミングでも、上司にしてみれば遅すぎるかもしれない。／關於這個項目，需要多次向上司彙報進展的情形，可是即使選擇自己認為合適的時機，上司也會覺得彙報不及時。

 例 私にしてみれば、この仕事はとんでもない詐欺だ。／在我看來，這個工作是個荒唐的欺騙。

⑥ 求められる英語運用能力

グローバル化の大波の中で、英語はその話者を急激に増やしてきた。現在、母語話者約4億、それよりはるかに多い約15億人が、英語を第2、第3言語として日常的に使用しているとされる。世界での英語使用の拡大を「英語帝国主義」とよび脅威としてみなす向きもあるが、残念ながらそれらの批判は非建設的なものであることが多い。英語使用の世界的拡大は、グローバル化による人々の**意思疎通**や相互理解のニーズの高まりが背景にあり、そのニーズまで無視することはできない。もちろん、英語使用の拡大により、他の言語が喪失されること、あるいは軽視されること、ましてや母語の発達・使用が**疎か**になることに対しては最大の注意を払い、回避するべきである。英語使用拡大も、また、両刃の剣なのであり、負の側面を**精査**したうえで、対策を講じることが重要である。

日本では、英語教育のあり方について常に論争が**巻き起こっている**。**文法訳読式**の伝統的な授業は生徒のコミュニケーション能力を育成しないと批判されて久しいが、読解力育成においては一定の役割はあるだろう。2009年の高等学校の新学習指導要領に**打ち出された**「授業は英語で指導することを基本とする」に対しては、その効率性、効果について専門家から批判の声が上がっている。小学校への英語教育導入についても**賛否両論**が絶えない。子供は確かに発音を真似したり、臆せず発話することに向いているが、「早ければ早いほどよい」と単純には言えないと筆者は考える。グローバル化に伴い、日本人学習者が目指すべきは従来の高学歴の英米の母語話者モデルとは限らないことがはっきりしてきた。重要なのは、日本人**なまり**があっても、文法が多少間違っていても、自分の意図するところを場面に即して、できるだけ的確に相手に伝え、相互の友好的関係を構築することができる能力なのである。これは年齢が進み認知力や情緒面が発達するにつれて、段階的に身に着けることができる能力であり、その習得には時間を要する。

（http://www.yomiuri.co.jp/adv/chuo/research/20130221.htmlによる）

關鍵詞彙

意思疎通：心意相通。

疎か：草率，不認真。

精査：詳細的調查。

巻き起こる：掀起，捲起。

文法訳読式：語法翻譯法。

打ち出す：提出。

賛否両論：贊成和反對兩種意見。

なまり：口音。

細節類特別練習：

> グローバル化の時代に求められる英語力とは何か。
> 1. 文法訳読式の伝統的な授業で培われた読解力
> 2. 英米の母語話者の真似をして臆せず発話する会話力
> 3. 相手との相互理解をはかるコミュニケーション力
> 4. 母語と同じように日常的に使用する運用能力
>
> 答案：3

解析 解答這道題的關鍵是理解文章中「重要なのは……自分の意図するところを場面に即して、できるだけ的確に相手に伝え、相互の友好的関係を構築することができる能力なのである」這句話。觀察4個選項，可以發現選項3的意思與此相符。所以正確答案是選項3。

難點：

1. ～向きもある：**接在動詞原形或動詞ない形的後面，表示行為、動作的傾向，意為「也有……人」「也有……傾向」。**

   例 首都機能が東京に移った際、明確な遷都の法令が発せられなかったので、京都御所を現在も皇居とみなす向きもある。／首都功能移到東京的時候，由於沒有頒佈明確的遷都法令，現在也有人認為京都御所是皇居。

   例 彼はともすると考え過ぎる向きがある。／他總是想得很多。

2. ましてや：**副詞，意為「更何況……」。**

   例 イライラしたり、ストレスがたまったりした時に、「恋愛がしたい！」と思うことはないですよね。ましてや、不機嫌な時に、恋愛が上手くいくはずもありませんよね。／煩躁、倍感壓力的時候，從來都不會想談戀愛。更何況不開心的時候，戀愛也不可能順利。

   例 時間の感覚は日本人同士でも人によって違います。ましてや国が異なれば違うのも当たり前です。／即使是日本人，時間觀念也因人而異。更何況是來自不同的國家，有差異也是理所當然的。

3. ～に伴い：**接在名詞、動詞原形的後面，意為「伴隨著……」。**

   例 このたびの大雪の被害に伴い、災害救助法が適用された地域のお客さまを対象として、以下の支援措置を実施します。／伴隨著這次大雪災害，以《災害救助法》適用的地區的客人為對象，實施以下的救援措施。

例 このあたりはどんどん人口が増加している。それに伴い、スーパーや銀行もでき、便利になってきた。／隨著人口不斷增加，這一帶也有了超市、銀行，變得更方便了。

⑦ 「夢中になれる才能」を持つ者

中学生の時、成毛さんは同級生と賭けをしたそうです。

「将来サラリーマンには絶対ならない。もしサラリーマンになったら**初任給**を相手に払う」と。

時が過ぎて1977年、中央大学商学部を卒業した成毛さんは、大企業に行く仲間を尻目に、北海道の自動車部品メーカーに就職。学者になった同級生には、約束通り初任給を渡した。しかし新入社員の時からサラリーマンらしからぬサラリーマンだったという。

「人生は遊ぶためにあり、仕事も**道楽**のひとつだ。」

この**ポリシー**の下、若い頃から会社は**食い扶持**を稼ぐ場所と考え、衣食住のみならず生活のあらゆる場で他との差別化を試みたそうだ。無茶をして、困った奴だと**呆れられ**、時に社長から**大目玉をくらい**ながらも、**アマノジャク**な社会人生活を堅持したという。

転勤を命ぜられた大阪の地が肌にあわなかった成毛さんは、自動車部品メーカーを辞めてしまった。東京に戻り転職した「アスキー」で、入社当日に「アスキーマイクロソフト」へと**出向**を命じられる。後のマイクロソフト日本法人だ。

当時ソフトウェアのことなど何も知らずパソコンも満足に使えなかった成毛さんは、未知なる世界にかえって面白みを感じたという。1日は40時間あると考えて、朝も夜も関係なく**がむしゃら**に働いた結果、5年後の35歳には社長に就任。しかし、社長職を９年続けたところで退任してしまう。アマノジャクの血が騒ぎ、パソコンの普及とともに、ソフトウェアを売るというビジネスに飽きてしまったのだ。

マイクロソフトを辞めた成毛さんは、投資兼コンサルティング会社「インスパイア」を設立し、**コンサルティング**や**ベンチャー企業**への投資などを始めた。

時には、「どうして株価をあげる必要があるのか？」「利益を出すということはどういうことなのか？」などの旧態依然とした経営者の問いに**脱力**しながら、コンサルティングによって企業の収益を上げ、その結果としての株価上昇で利益を得る。

一方で、未公開のベンチャー企業に出資もする。注目するのはそのアイディア。「ベンチャー企業は独創的で**リアリティ**がなければならない。そして経営者は外交的で楽天的であること、若いことが絶対の条件だ。」と成毛さんは言う。

また成毛さんは、経営者には、知識もノウハウもMBAも必要ないと断言する。

むしろ、子どものようなこだわりの強さ、がむしゃらさ、鈍感さの方がずっと大切であり、「夢中になれる才能」を持つ者が、ビジネスの世界で成功を引き寄せることができると説く。

ビジネス界**きっての**読書家である成毛さんの自宅には、本が溢れている。その量たるや、数える単位は「トン」だ。地下には本が詰め込まれた本棚が**びっしり**、リビングには50冊以上の本が置いてある。寝室にもトイレにも、通勤用の鞄の中にも——周り中が本で埋め尽くされているという。

「本を読まない人間はサルと同じだ。本を読むのに必要とされる『想像力』を持たぬ生き物は、人であって人でない。」と、成毛さんは厳しい。

（http://www.yomiuri.co.jp/adv/chuo/people/20120112.htmによる）

關鍵詞彙

初任給：第一份工資。

道楽：愛好，嗜好。

ポリシー：原則，方針。

食い扶持：伙食費。

呆れる：驚訝，呆若木雞。

大目玉をくらう：挨了一頓罵。

アマノジャク：矯情。

出向：調職。

がむしゃら：冒失，魯莽。

コンサルティング：諮詢。

ベンチャー：風險，投機。

脱力：四肢無力。

リアリティ：真實感，現實感。

きっての：最好的，一流的。

びっしり：滿滿的。

細節類特別練習：

成毛さんの勤めた会社の順番は次のどれか。

1. 自動車部品メーカー→アスキー→インスパイア
2. 自動車部品メーカー→マイクロソフト→コンサルティング
3. アスキー→マイクロソフト→インスパイア
4. アスキー→インスパイア→ベンチャー企業

答案：1

解析 從文章中的「北海道の自動車部品メーカーに就職」這句話可知，成毛先生的第一份工作是在汽車零件製造廠，所以答案應該在選項1和選項2中產生。另外要知道「マイクロソフト」是「アスキー」旗下的，這點從文章中「入社当日に『アスキーマイクロソフト』へと出向を命じられる」這句話可知。而「コンサルティング」是成毛先生創建的公司「インスパイア」的業務之一。所以正確答案是選項1。

難點：

1. ～を尻目に：**接在名詞的後面，意為「無視……」「不顧……」。**

   例 飢える国民を尻目に核兵器を開発した。／不顧饑餓的國民，堅持研製核子武器。

   例 倒れている老人を尻目に45人が通り過ぎる。／45個人無視倒下的老人，從他的身旁經過。

2. ～たるや：**接在名詞的後面，提示並強調主題，表示說話人認為值得一提的不同尋常的事物，意為「說起……」。**

   例 日曜日の原宿たるや、まともに歩けないくらい若者であふれている。／說起星期天的原宿，到處都是年輕人，簡直寸步難行。

   例 東日本大震災たるや、全世界を驚かす未曾有の惨事だった。／說起東日本大地震，真是令全世界震驚的、前所未有的災難。

第5章 句意分析類題型

1 ▶ 句意分析類題型解題技巧

句意分析類題型多以畫線題的形式出現，也有人叫它是「更換措辭題」，也就是用另一種表達方式來解釋文章句子的意思。這類題有時不單是要解釋一個短語或者句子，往往還需要聯繫上下文，並結合文章的主題等相關知識才能解答。在讀解題中，句意分析類題型屬於涉獵面廣、難度偏大的一類。在N1讀解部分的文章中，每篇文章都可能出現這種類型的題目，每次考試總共有2～3題。

此類題的解題方法如下：

第一種：在保持原句結構基本不變的前提下，分析關鍵詞彙或者詞組→尋找答案
（如果找不到答案，按照第二種方法繼續解題）

第二種：根據上下文分析句意→尋找答案
（如果還找不到答案，按照第三種方法繼續解題）

第三種：在掌握文章主題的前提下，原句作一歸納→尋找答案

總之，這類題的解題步驟就是分析句子結構，找出關鍵字和關鍵詞所指的具體內容，最後結合整篇文章的中心思想，歸納句子。多數情況可以採用刪去法找出正確答案。

句意分析類題型常見的出題方式：

・○○とは何か。
・○○とは何のことか。
・○○とはどんな意味か。
・○○とはどのようなことか。
・「○○」とあるが、どういうこと／もの／内容／意味か。
・下線を引いている文に近い表現はどれか。
・下線部の正しい解釈は以下のどれか。

例題：

言葉の歴史をたどるには、どうしても文献の調査が必要である。文献と言っても、言葉の歴史が書いてある参考文献ではなく、問題にしている言葉が実際に使われている一次文献のことである。松本さんは、徳川宗賢先生などに相談したこともあってであろうが、文献から言葉を探す必要性を認識して、書籍化にあたってそこを補ったようだ。東京の古書店に電話をして、目指す言葉が載っていそうな文献が収められている書物を、次々に買っていく様子は、乏しい予算で研究している我身を悲しくさせたが、大きく共感した部分があった。言葉を求めるために、書物に索引があれば、そこで求める言葉を探す習慣が付いてしまったというあたりである。そして書店の店頭でなにげなくその習慣を実行したことによって、重要な使用例を見出す。

（松本修『どんくさいおかんがキレるみたいな』による）

問題　「大きく共感した部分があった」とあるが、何に共感したか。

1. 言葉の歴史をたどるには徳川宗賢先生に相談する必要性があることに共感した。
2. 言葉の歴史を研究するには一次文献にあたってその言葉を探す必要性があることに共感した。
3. 言葉の歴史をたどるには東京の古書店に電話をする必要性があることに共感した。
4. 言葉の歴史を研究するには予算の乏しさを悲しむべきことに共感した。

答案：2

解析：

何に共感したか → 哪兩個問題性質相同？
從前文搜索問題的內容

⇩

Ⅰ言葉の歴史をたどるには、どうしても文献の調査が必要である。文献と言っても、言葉の歴史が書いてある参考文献ではなく、問題にしている言葉が実際に使われている一次文献のことである。

⇩ → 哪方面的性質相同？
從Ⅰ和Ⅱ裡總結歸納

Ⅱ 言葉を求めるために、書物に索引があれば、そこで求める言葉を探す習慣が付いてしまったというあたりである。

⇩

言葉の歴史を研究するには一次文献にあたってその言葉を探す必要性に共感した。

2 ▶ 句意分析類題型實戰演練

本章譯文
請見P.261

① 人生とは

人生をして人生たらしめる条件として、私は邂逅と謝念をあげた。それを愛という言葉であらわしてみたが、それとともに死という事実のあることを忘れてはならない。人間は有限なるものだ。死によって確実に限定されているものだ。どんな人間もこれから逃れることはできない。われわれは平生健康なときには死を忘れているが、死の方は一刻もわれわれを忘れていない。いついかなるとき、それがふいに襲いかかってくるかわからない。われわれが生きるということは、そういう死に対して準備することだともいえるだろう。邂逅のあるところ、やがて別離がある。愛のあるところ死がある。これは世の常であるが、もし免れえぬ運命であるなら、われわれは恐れるところなくこれを凝視し、これに対し身構えて、しっかり心の準備をしておこうではないか。

死の観念はわれわれの心を浄化してくれるであろう。「死」を自分の前にはっきり据えたとき、はじめて自分のぎりぎりの生がみえてくるのではないか。つまりは自分の本音の存するところ、心からの願いがみえてくるはずだ。そのとき、いかに多くの自己欺瞞や他人への思惑によって自分が生きているかを悟るであろう。

「私」とは「他人」の複合物ではないか。あれこれと他人の眼をおそれ、他人の思惑のみ気にして、小心翼々と生きているのだが、人間は、いざ死ぬときはたった一人で死ぬものだ。人間はただ一人で死ぬ。だから生きているときもただ一人であるように行動せよ、ということをパスカルの「瞑想録」で読んだことがある。

（亀井勝一郎『亀井勝一郎人生論集〈第1〉人生の思索』による）

關鍵詞彙

謝念：感謝。
いかなる：如何的，怎樣的，什麼樣的。
ふいに：突然。
やがて：不久，馬上。
免れえぬ：不能避免，無法擺脱。
身構える：做好準備。
据える：安放。
思惑：看法，議論，評價。
パスカル：巴斯卡，法國思想家。

句意分析類特別練習：

「『私』とは『他人』の複合物ではないか。」とあるが、その解釈として正しいものはどれか。

1. 人間は他人の言行を必要以上に気に留めるから
2. 人間ははだれでも他人に迷惑をかけながら生きているから
3. 人生たらしめる条件は他人との邂逅と他人への謝念だから
4. 「死」を自分の前に据えたときはじめて他人との関係を悟るから

答案：1

解析 文章中緊跟在畫線句子後面的內容其實就是對這句話的説明，「あれこれと他人の眼をおそれ、他人の思惑のみ気にして、小心翼々と生きているのだが」，意為「人過於在意別人的臉色、言行等，小心翼翼的活著」。所以正確答案是選項1。

難點：

1. ～なる＋名词：**接在名詞或形容動詞詞幹的後面，是古代日語在現代日語中的殘留。接在名詞後相當於現代日語的「である」，接在形容動詞詞幹後相當於現代日語的「な」。**

   例 母なる大地のふところに我ら人の子の喜びはある。／人類的喜悅來自大地母親的懷抱。

   例 漫画とは何かという問に対して明確なる定義を下すことは困難であろう。／漫畫是什麼？對於這個問題，很難給出一個明確的定義。

2. ～（よ）うではないか：**接在動詞意志形的後面，意為「一起……吧」。**

   例 腹いっぱい食べようじゃないか。／讓我們一起吃得飽飽的吧。

   例 元気を出そうじゃないか。／讓我們打起精神吧。

② サボることに罪悪感を持たない

課された仕事をきちんと**こなす**ことは、仕事では基本中の基本で、これができないようでは評価や信頼は落ちてしまいます。しかし、あまり正直に与えられた仕事を全てこなそうとしていると、自分への負荷がどんどん大きくなってしまいます。これでは「スッキリ」した状態からは**程遠い**だけでなく、積み重なると心身の病気の原因にもなります。

そうならないために、常に全力投球ではなく緩急をつけて上手に「サボる」ことは、今や生きていくうえで重要なスキルなのかもしれません。

「サボる」というとネガティブなイメージがありますが、その時間は戦略的に充電していると前向きにとらえることも必要です。

心配事やストレス、不満を感じるのは現代に生きる人間の宿命ともいえ、完全に取り除くことはできないのかもしれません。ただ、考え方を変えたり工夫することで軽減させることはできるので、毎日がうっ屈している人や、日々の生活に楽しみを見いだせない人は、<u>本書で取り上げられているやり方を取り入れてみるといいかもしれません</u>。

(https://www.sinkan.jp/news/3202?page=1による)

注：「本書」＝新刊JP「心のモヤモヤ・憂うつを減らす3つの方法」（西多冒規著、宝島社刊『脳がスッキリする技術』書評）

關鍵詞彙

こなす：做完。

程遠い：相當遠。

うっ屈：抑鬱，鬱悶。

句意分析類特別練習：

「<u>本書で取り上げられているやり方を取り入れてみるといいかもしれません</u>」とあるが、どういうやり方なのか。

1. いい評価が得られるように、与えられた仕事をきちんとこなすようなやり方
2. 心配事やストレスを完全に取り除くようなやり方
3. 普通評価されない『サボる』という仕事に対する態度を見直すようなやり方
4. 心身の病気にならないようになるべく不満を感じないようなやり方

答案：3

解析 這篇文章的關鍵句是「『サボる』というとネガティブなイメージがありますが、その時間は戦略的に充電していると前向きにとらえることも必要です」。選項1、2、4都與作者的主張不符，所以正確答案是選項3。

難點：

1. ～ようでは：**接在動詞、形容詞的常體的後面，或接在形容動詞な形的後面，意為「假如……」。**

例 高利貸しが儲かると思っているようではお金持ちにはなれない。／如果你認為高利貸可以賺錢，那你成為不了有錢人。

例 人間は小さなことで感情的に怒るようでは大業は成就しない。／如果因為一點小事就生氣，那這個人是成不了大器的。

2. ～うえで：**接在動詞原形的後面，意為「在……方面」。**

例 就職先を選ぶうえで一番重要な要素って何なの。／在選擇就職單位時最重要的是什麼？

例 働くうえでの基礎知識を知っておきたい。／想提前瞭解一下這份工作的基礎知識。

③ 今日と明日の芸術

現代人は歯みがきを買うのではなくて、広告やデザインに現れた歯みがきのイメージを買うのだという冗談がある。

実際歯みがきに実質的な違いはない。明るい包装、胸の**はずむ**宣伝文句、そしてテレビに現れていた美女の微笑を含めて、人々は1個の歯みがきが**担っている**雰囲気を買うのである。それにだいたい、現代人は何のために歯みがきというものを使うのか。口の衛生のためなら**一つまみ**の食塩で足りるのだから、味や香りや、**どのみち**感覚的なイメージにすぎないものが歯みがきの実質だろう。我々は朝の気分をほんの少し**かき立てる**ために、薔薇色のチューブから空色のクリームを象牙色のブラシの上に**絞り出す**。だとすれば、その空色が「地中海の**ウルトラマリン**」であったり、薔薇色が某女優の唇の色であったりしても、歯みがきの実質は豊かにこそなれ損なわれるということはない。我々はまさにそういう美しい夢を買っているのであり、現実生活の中でそうしたイメージそのものを「消費」しているのだと言ってもよい。

（山崎正和「今日と明日の芸術」による）

關鍵詞彙

はずむ：（情緒）高漲。

担う：擔負，承擔。

つまみ：一小撮。

どのみち：總之，反正。

かき立てる：激發，提振。

チューブ：管，筒。

絞り出す：擠出。

ウルトラマリン：深藍色。

句意分析類特別練習：

「<u>そういう美しい夢を買っている</u>」とあるが、夢とは具体的に何を指すのか。

1. 歯みがきの味と香りが歯を磨く気分にさせること
2. 歯みがきのかわりに食塩を使って歯を磨くこと
3. コマーシャルやデザインに現われたイメージのこと
4. 女優の唇のような薔薇色の歯みがきを買うこと

答案：3

解析 這篇文章用牙膏舉例，指出現代人購買的不是產品，而是產品的廣告和設計包裝出的一種感覺。文章的第一句話就表達了文章的主旨。選項1是廣告和設計造成的結果，選項2是作者的一個假設，選項4只提到了廣告和設計包裝出的一個印象。所以，正確的答案是選項3。

難點：

1. ～とすれば：接在名詞、動詞、形容詞、形容動詞的常體的後面，意為「如果……」。

   例 かりに核戦争が起こったとすれば、人類は滅亡するだろう。／如果爆發核戰，人類就會滅亡吧。

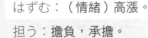

例 京都に行くとすれば、お勧めのスポットはどこでしょうか。／如果去京都，您推薦哪些觀光景點呢？

2. ～こそなれ／～こそすれ～ない：**書面語，強調只會是前項，而絕不會是後項。意為「唯有……決不……」「只會……絕不會……」。接續方式如下：**

名詞で＋こそあれ／名詞＋こそあれ

形容詞く＋こそなれ

形容動詞に＋こそなれ／すれ

動詞ます形＋こそすれ

例 彼は友人でこそあれ、敵ではない。／他只會是朋友，不會是敵人。

例 彼には感謝こそあれ、不満は一切ありません。／對他只有感謝，沒有任何不滿。

例 この化粧品を使えば美しくこそなれ、決してシミが残るようなことはない。／用了這個化妝品只會變美，絕不會留下斑點。

例 元気にこそなれ、病気になることはない。／只會變得健康，絕不會生病。

例 この村から人が出ていきこそすれ、新しいものが住み着くことはまずない。／這個村子只會有人出去，恐怕不會再有新人來定居了。

④ 幸福を求める心

幸福について語る前に、なぜ幸福について**かくも**くりかえし語られるか、その理由を考えてみたい。古今東西を通して無数の幸福論がある。月々の雑誌をみても、何らかのかたちで論ぜられていない月はない。人はあらゆる幸福論を求めて、しかも決して満足していないのであろうか。それほどまでに人生は不幸に**みちている**のか。私は時々**うんざり**することがある。くりかえされる幸福論の前に、もうそれを求めまいと思うのだ。幸福について考えたり、求めるよりも、与えられた現実に**堪え**、自分なりに苦闘してゆけば足りるのではないか。敢て幸不幸を問う必要はないではないか。幸福論とは精神の一種の贅沢のように思われることさえある。

しかしそうは言ってみても、心や生活の平安を求め、何らかの意味で快楽を欲していることはたしかだ。もしこれらを幸福と呼んでいいなら、私もやはり幸福をどこかで求めていることになる。ただあまりにくりかえされた「幸福」という言葉にあきているのかもしれない。人生そのものは不安定だ。何びとも自分の未来に対し、明確な見とおしをもつことは出来ない。この未来の不可測の故に、幸福の追求はいつまでもくりかえされるんかもしれない。自分の生の未来の謎にむすびついているからだ。幸福を求める心は、この謎に答えを求めようとする心だと言ってもよかろう。しかしどんな「幸福論」も完璧には答えてはくれまい。まだ何かありそうなものだと私は夢みる。

しかし大切なのは、今の現実の生である。幸福について考えるたびに私が思うのは、幸福な未来という観念で現在を飾ってはならないということである。人は現在を生きずに、未来を生きようとする。そして日々の現実に愚痴をこぼしがちだ。おそらく永久に満ち足りた日は来ないだろう。いわば幸福論が、現実の空虚を蔽いかくすために用いられてはならないということだ。自分の今の貧しさやから逃避するために幸福論を弄んではならない。

（亀井勝一郎『亀井勝一郎人生論集〈第1〉人生の思索』による）

關鍵詞彙

かくも：如此。
みちる：充滿。
うんざり：厭煩。
堪える：忍受，忍耐。
見とおし：預見，推測。
愚痴をこぼす：發牢騷，抱怨。
おそらく：恐怕，或許，大概。
蔽いかくす：遮蓋，掩飾。
弄ぶ：玩弄。

句意分析類特別練習：

「まだ何かありそうなものだと私は夢みる」とあるが、その理解として正しいものは次のどれか。

1. 自分の未来に対し、明確な見通しを持てるように夢見ている。
2. 不可測の未来の謎に完璧に答えてくれる幸福論を期待している。
3. 未来の謎にいかなる幸福論でも答え切れない部分があると期待している。
4. 幸福を求める心は未来の謎に答えを求める心であってほしい。

答案：3

解析 這句話所在的段落的後半部分是關鍵，前半部分是作者個人的感受。後半部分談到因為人生不是一帆風順的，未來不可預測，所以人們對幸福的追求實際上和尋找未來之謎的答案有關。但是正如作者説的「どんな『幸福論』も完璧には答えてはくれまい」，作者期待著「幸福論」無法回答的那部分。因此可以判斷正確答案是選項3。

難點：

1. ～を通して：**接在名詞的後面，表示在整個期間或空間的範圍之內，意為「在整個……範圍內」。**

   例 年間を通して花粉症は存在します。／一年四季都有可能得花粉症。

例 渡辺さんは一生を通して孤児の世話に没頭した。／渡邊先生一生致力於照顧孤兒。

2. ～なりに：**接在名詞、動詞、形容詞、形容動詞的常體的後面，名詞和形容動詞後不加「だ」，意為「與……相應的」「與……相符的」。**

例 仕事はそれなりに面白いので、うまくやりたいと思っている。／因為工作也有其樂趣，所以我想好好做。

例 お金がなければないなりに節約して生活する。／如果沒有錢，就節儉的過日子。

⑤ 青春について

わたしは、もう一度言うが、青春らしいものを所有しないことによって青春の存在を痛切に知ったのであった。二十歳の私にとっては、ある日、日の光に照らされている一少女の頬を、自分のものとして所有しないことが、生きていないのと同様のことに思われた。

もし、体面や礼節というものがわたしを妨害しなかったならば、わたしはその少女を白日の下に抱きしめたであろう。その時、私はそれをしなかった。その「しなかった」ということは、生命を**しめ木**にかけて絞るような痛切な非存在感で私の心に傷をつけた。わたしはそこで血を流し、そしてその痛切さにおいてわたしは生きた。そのようなものの連続がわたしの青春であった。

実は、その時、その少女は、わたしには、**エゴ**ある人間として見えずに、ももの実の熟したような肉体の感覚として、また、感覚のみでいきている心理的女性として見えたのであった。その時わたしの目に見えたその少女は、人間の実在からいえば、**ぬけがら**であった。しかも、わたしの青春は、そのぬけがらを実体と見、それを**ただち**所有することをわたしに命じた。わたしは、その時は、そのような認識に妨害されて行動を中止したのでなく、習慣や**体裁**に妨害されて中止したのであった。そのことは残念なことではあったけれども、わたしは幾度か、そのようにして辛くも青春に欺かれずに済んだ。そして、別な時、わたしは幾度か欺かれた。欺かれたときに、わたしはその空虚さに気がつき、そして欺かれなかった時のことを理解するようになった。

（伊藤整「青春について」による）

關鍵詞彙

しめ木：用木頭做成的壓榨東西的工具，也形容身體像被壓榨了一樣很難受的狀態。

エゴ：自我，自己。

ぬけがら：空殼。

ただち：立刻，馬上。

体裁：體面，體統。

幾度：多少回，幾次。

欺く：欺騙。

句意分析類特別練習：

「そのようなものの連続がわたしの青春であった。」とあるが、その理解として正しいものは次のどれか。

1. 好きな少女を白日の下で抱きしめることができなかったのは、青春時代の悔しい思い出の一つだ。
2. 体裁に妨げられて、したいことを我慢するつらさの繰り返しを青春時代によく味わった。
3. 青春の存在を確かめるために、青春時代にいつも青春らしいものを所有するように努力した。
4. 体面や礼節もかまわず、好きな少女を白日の下で抱きしめた経験は作者が所有している唯一の青春らしいものだ。

答案：2

解析　這是一篇比較難理解的文章，問題的答案並沒有在文章中明示，只有完全理解了全文，才能選出正確答案。這篇文章主要闡述了作者對青春的理解和感悟。文章的第一句話就是作者的主張，意為「因為沒有擁有像樣的青春，才切身體會到青春的存在」。緊接著作者用一個青春期很有代表性的例子對自己的主張進行說明。作者20歲時，由於顧慮面子和禮節，壓抑了自己渴望在陽光下擁抱一個女孩的衝動，進而感到很痛苦。擁抱女孩只是作者舉的象徵青春的一個例子，青春年少時，有很多類似這樣的壓抑自己行為的事。但作者在文章最後指出，壓抑自己的行為並不讓人後悔，反而「そのようにして辛くも青春に欺かれずに済んだ」。所以正確答案是選項2。

難點：

1. ～からいえば：**接在名詞的後面，意為「從……來看」**。

例　客の立場から言うと、この店は入り口がせまくて入りにくい。しかし、店側からいえば管理しやすい。／從客人的立場來說，這家店的店門太窄不好進。可是站在店家的角度，這便於管理。

例　この作文は、日本語力からいえばまだまだだが、内容はいい。／這篇作文從日語程度來看不怎麼樣，但內容不錯。

2. ～ずに済んだ：**接在動詞ない形的後面，意為「用不著」「不……也可以」**。

例　そうしたら、私たちは別れずに済んだかもしれない。／那樣的話，可能我們也就不會分手了。

例　昨日はそんなに風が強くなかったので、布団は飛ばされずに済んだ。／昨天的風不是太猛烈，所以被子沒被吹走。

⑥　三太郎の日記

ある人が**なし得る**処をある人はなし得ない。ある人が到達し得る処にある人は到達し得ない。ゆえにあることをなし得るか得ないか、ある点に到達し得るか得ないかを主要問題とする時、各個人の天分はその性質について問題となるのみならず、またその大小強弱について問題となる。この方面から見れば各個人の価値はほとんど宿命として決定されていることは**否む**ことが出来ない。

しかし観察の視点を外面的比較的の立脚地より内面的絶対的の立脚地に遷し、成果たる事業の重視より追求の努力の誠実の上に移し、天分の問題より意志の問題に遷す時、吾人の眼前には忽然として新たなる視野が展開する。従来如何ともすべからざる対照として厳存せしものは容易に融和する。そうしていっさいの精神的存在は同胞となって相くつろぐ。この世界にあっては各々の個人がその与えられたる天分に従ってそれぞれ彼自身の価値を創造するのである。そうしてこの創造によって「人間」としての意義を全うするのである。

内面的絶対的見地よりすれば、三尺の竿を上下する蝸牛は、千里を走る虎と同様に尊敬に値いする。そうして虎は蝸牛を軽蔑することの代わりに、千里の道を行かずして休まんとする自己を恥ずる。蝸牛はその無力に絶望することの代わりに、三尺の竿を上下する運動の中にその生存の意義を発見する。

（阿部次郎「三太郎の日記」による）

關鍵詞彙

なし得る：達成，完成。

否む：拒絕。

相：互相。

くつろぐ：放鬆。

全うする：完成。

句意分析類特別練習：

「吾人の眼前には忽然として新たなる視野が展開する。」とあるが、新たなる視野とは何を指すのか。

1. 各個人の価値はほとんど宿命として決定されているということ
2. 天分の差があるにもかかわらず努力すればみんな同じようにできること
3. 天分によって各個のなし得ることと到達し得る点が違うのは否めないこと
4. 各個人は異なる天分に従って自分なりに価値をつくり出すということ

答案：4

解析 這個問題的答案就在畫線部分之後，即「この世界にあっては各々の個人がその与えられたる天分に従ってそれぞれ彼自身の価値を創造するのである」。與這個意思相符的只有選項4，所以正確答案是選項4。

難點：

1. ～のみならず：**接在名詞、動詞、形容詞、形容動詞的名詞修飾形的後面。但是，名詞後不接「だ」，或是以「形容詞詞幹＋である／名詞＋である」的形式。意為「不僅……而且……」。**

   例 この機械は性能が優れているのみならず、操作も簡単だ。／這機器不僅性能優良，而且操作簡單。

   例 漫画カメラは9月11日の公開から、日本のみならず、中国や韓国、最近ではフランスでもDL数が伸びている。／漫畫照相機自9月11日公開之後，不僅在日本，在中國、韓國甚至法國的下載次數都在增加。

2. ～に値する：**接在名詞或動詞原形的後面，意為「值得……」。**

   例 彼女の行為は賞賛に値する。／她的行為值得讚揚。

   例 日本の年金制度は中国にとって参考に値する。／日本的養老金制度值得中國參考。

3. ～んとする：**前接動詞ない形，意為「馬上……」「就要……」。**

   例 日はまさに沈まんとしていた。／太陽馬上下山了。

   例 私の言わんとすることを言葉で表すのは困難です。／我想說的內容很難用語言表達。

⑦ 「見える」ことの落とし穴

トプカプ宮殿の秘宝展を見たいと思っていたが、なかなか時間が取れなくて会場へ足を運ぶことができない。そんな時に、テレビの「日曜美術館」で「イスラムの華・トプカプ宮殿秘宝展から」と題して放送されるのを知って、チャンネルを回した。

イスラム文化についての専門家が二人も解説につき、**至れり尽くせり**の紹介であった。

カメラアングルもていねいであり、**クローズアップ**も**当を得た**ものであった。混雑が予想される会場へ直接行くより、もしかしたらきちんと鑑賞できたのではないか。

しかし、その時ふと思った。「こういうことが、これからもっともっと増えていくのではないだろうか。」

こういうこととは、直接会場なり現場なりに行かないことである。

すでに野球やラグビーがそうだ。ぼく個人について言えば、球場へは数回足を運んだことがあるけれども、ラグビーの試合はまだ直接見たことはない。全部テレビ中継で**堪能**してきた。

「そんなのは堪能したとは言えない。やはり現場へ行かなくちゃ。臨場感が全然違う……」と、よく言われる。おそらくそうだろうと思う。しかし内心では、テレビ中継だって**まんざら**じゃないよと**つぶやいて**いる。カメラがうまい具合に試合を切り取ってくれるし、ポイントポイントをクローズアップしてくれる。ある意味では現場へ行くより「よく見える」ことだってあるのだ。

「日曜美術館」にしても、美術愛好者たちは、「現場を見ない鑑賞なんて、鑑賞とは言えないよ。」と切り捨てるかもしれないが、先に述べたように当を得たクローズアップなどがあり、これも現場で見るよりもっと「よく見えたりする」のだ。

カメラを通したものはニセモノであり、肉眼で見たものだけがホンモノなのだ、という論は**まっとう**であり、それはそれで反論する気はないけれども、テレビの機能がこれだけよくなり、これだけ便利になってくると、ニセモノだっていいや、ホンモノとニセモノにいったいどれだけの差があるのだ、と**うそぶき**たい気分になることも正直言ってしばしばある。

ただかんじんなのは、「見える」ものに対してそれなりの警戒心を働かすことである。われわれは「読む」ということには、けっこう警戒心を持つ。別の言い方をするならば、想像力を働かせながら読み、時には疑う能力を発揮したりする。ところが、「見える」ものには、われわれは**からきし**弱いのである。すぐに信じてしまう癖がある。

いちばん危険なのはテレビのニュース、特にニュースショーのニュースだ。アナウンサーが原稿を読んでいるうちはいいが、リポーターがマイクを持って現場へ駆けつける映像を見たとたん、**すっと**警戒心を失ってしまい、リポーターのことばを**やみくも**に信じてしまう。カメラの選択が正しいかどうか疑うこともすっかり忘れ、まさに現場の「真実」をのぞいた気分になる。ここに「見える」ことの落とし穴がある。

以前、旅番組について書いたことがあるが、角度を変えて言えば、あれは「見える」ことを最大限利用した番組で、視聴者をつい「現場へ行ったような気分」にさせてしまうのである。グルメ番組も同様で、活字ではなかなかそうはいかないけれどもテレビでは**いとも**簡単に、そして恐ろしいことについ「食べた気分」にさせるのだ。

テレビは、こういった「見える」ことを最大の武器にした**あやふい**ジャンルなのだ。このあやふいところを愛し、またゆだんせずにつきあっていくならば、今後テレビはそのふしぎな能力をますます増殖させていくだろう。

（清水邦夫『現代の国語』による）

關鍵詞彙

至れり尽くせり：十分周到，無微不至，體貼入微。
カメラアングル：鏡頭的角度。
クローズアップ：特寫。
当を得た：恰當，合理。
堪能：擅長，精通。
まんざら：（後接否定）並非完全，未必一定。
つぶやく：唸唸有詞，嘟囔。
まっとう：正經，認真。
うそぶく：佯裝不知，若無其事。
からきし：（後接否定）簡直，完全。
すっと：一下子。
やみくも：胡亂。
いとも：十分，非常。
あやふい：危險的。「あやうい」的老式說法。

句意分析類特別練習：

「今後テレビはそのふしぎな能力をますます増殖させていくだろう。」とあるが、ふしぎな能力とは何を指すのか。

1. 会場なり現場なりに行かなくても中継で番組を見ることができる能力
2. テレビの機能がよくなり、ニセモノもホンモノのように見える能力
3. 映像によって見る人に信じさせ、現場の真実をのぞいた気分にさせる能力
4. テレビの映像による、想像力を働かせ、疑う力を発揮し、警戒心を働かす能力

答案：3

解析 文章中「カメラの選択が正しいかどうか疑うこともすっかり忘れ、まさに現場の『真実』をのぞいた気分になる。ここに『見える』こと……最大限利用した番組で、視聴者をつい『現場へ行ったような気分』にさせてしまうのである。」這句話是關鍵，它

告訴我們電視裡的畫面具有讓人深信不疑、身歷其境的能力。選項1是電視本來就有的功能，算不上不可思議。選項2是電視根本不可能有的功能。選項4和文章內容不符。所以正確答案是選項3。

難點：

1. ～なり～なり：**用法為「名詞／動詞原形＋なり＋名詞／動詞原形＋なり」，意為「或是……或是……」「……也好……也好」。**

例 韓国なりフランスなりへ行く。／或是去韓國，或是去法國。

例 冬休みになったら、海外旅行に行くなり故郷に帰るなりする。／到了寒假，要麼去海外旅行，要麼回老家。

2. ～にしても：**接在名詞、動詞、形容詞、形容動詞的常體的後面。但是，名詞和形容動詞不接「だ」，有時用「名詞＋である／形容動詞詞幹＋である」的形式，意為「即使……也……」。**

例 先生にしてもそんなことは無理だろう。／就算是老師，也沒辦法做這種事吧。

例 外国人であるにしても、交通違反をしたら、罰を受けなければならない。／就算是外國人，違反了交通規則的話，也必須接受處罰。

3. ～たとたん：**接在動詞た形的後面，意為「一……就……」。**

例 私は先生の顔を見たとたん、立ち上がった。／我一看見老師的臉就站了起來。

例 店に入ったとたん、急に腹が空いてきた。／一進店突然肚子就餓了。

第6章 對錯判斷類題型

1 ▶ 對錯判斷類題型解題技巧

對錯判斷類題型在新日本語能力測驗N1讀解部分中的出題數量不多，一般1～2題不等，分佈在內容理解的中長篇文章和論點理解裡。但是，對錯判斷類題型的測驗很全面，提問點多變，有時候是測驗作者的寫作意圖，比如作者的立場、作者的寫作動機等，有時則是測驗文章中的一些細節。甚至有時候僅僅是測驗考生的詞彙理解能力。有的文章會用一兩個句子點明正確選項，有的則只是在字裡行間透露作者的觀點。因而在判斷時，不僅要整體掌握全文，注意文章邏輯的前後統一，還應注意細節，遇到不認識的詞彙時，要根據作者的寫作思路進行邏輯推理，千萬不要望文生義，以免造成判斷失誤。

對錯判斷類題型常見的出題方式：

・○○の説明として正しいものはどれか。
・○○という言葉に対する理解として正しいものはどれか。
・○○の例として、最も適切なものはどれか。
・○○について正しくないものはどれか。
・筆者の主張について理解が正しいのはどれか。
・○○の理解として最も適切なのはどれか。

例題：

意識到他人的存在，並和對方進行比較，作者認為這是一種防禦性的行為。

每個人的「思考能量」總和，都差不多，如果把這個能量都用於防禦性的行為，那用於達成自己目標的能量，也就是用於進攻性行為的能量勢必就會減少。

相反，把這個能量都用於達成自己的目標，像運動員在比賽時那樣心無旁騖，就一定會取得勝利。也就是說，專注於進攻實際上是把所有用於防禦的能量都轉向了進攻。

チャレンジとは独自の目標に対する挑戦であり、他人との競争ではない。他人との競争意識が過熱すると、そこに気を取られ、目標そのものの達成のための精進にマイナスの力が加わる。そこに落とし穴がある。他人を意識し、自分との比較に明け暮れ、嫉妬心が強まり、批判を気にする。つまり、人間が防御的になる。人間の思考力には限界がある。個々の人の思考エネルギーの総和は、誰も似たり寄ったりのものだろう。その貴重なエネルギーを防御に向ければ、その分だけ、自分の目標に集中するエネルギーは減る。「攻撃は最大の防御」という言葉は、思考エネルギーの経済学の立場から見ても真理をついている。目標達成に全力を挙げていれば、他人との比較に注意を向ける余裕さえなくなるはずだ。優れたスポーツマンは、一度試合に臨むと、最終的な勝敗さえ忘れて、いいプレーをすることに全力を挙げる。結果的には、それが勝利につながるのである。チャレンジの対象は、結局は自分という姿を執った人間性そのものかもしれない。他人との競争でないことは確かだ。

（高等院校日語專業四級考試2014年考古題節選）

問題　「攻撃は最大の防御」という言葉に対する理解として正しいものはどれか。

1. 攻撃より防御する方がエネルギーがいらない。
2. 攻撃は防御ほどエネルギーがかからない。
3. 攻撃に集中すればするほど防御に使うエネルギーは増える。
4. 攻撃の場合は攻撃だけに集中すればよい。

答案：4

2 ▶ 對錯判斷類題型實戰演練

本章譯文
請見P.266

① 毎日の生活で、自己解放できていますか

自己解放というのは、あるがままの自分を見つめ、抑圧されることなく、表現することです。

何か問題にぶつかったとき、自己解放できているひとは、恐れることなく、また、卑屈にもならずに、なぜそうなるのかと、問いかけることができます。

所詮、世の中は知っているか、知らないか、ですから知らないことは聞けばいいのです。自己解放ができていないと、新しいOSや、新しいマシンについて、素直に尋ねることができません。したがって、欲しい情報もわからないし、そこにたどり着くのに膨大な時間が掛かってしまいます。

仕事の上でも、同じでしょう。知らないことは恥ではありません。聞かずに間違った方向に向かう方がずっと困ります。だから、自分のことを分析して、自分を愛している人なら、表現することは**たやすい**はずです。

芸術家はこの自己解放ができないと、作品が描けません。**プログラマー**も同じでしょう。**クリエイティブ**な仕事に携わっている人はみな、自己解放を知らず知らずやっています。

明日からは週末、ゆったりとした気分で自分のことを見つめ直してみると、新しい発見があるかもしれません。

關鍵詞彙

所詮：最終。

たやすい：容易的，不難的。

プログラマー：程式設計師。

クリエイティブ：獨創的。

對錯判斷類特別練習：

自己解放について正しいものはどれか。

1. 自己解放できている人は仕事上の知らないことは恥だと思い、聞こうとしない。
2. 自己解放は芸術家などクリエイティブな仕事に携わる人しか持たない能力である。
3. 自己解放できるかどうかは自分を愛しているかどうかにつながっている問題である。
4. 自分のことを見つめ、恐れることなく、素直に表現できるのが自己解放である。

答案：4

解析 這篇文章的關鍵句是「自己解放というのは、あるがままの自分を見つめ、抑圧されることなく、表現することです」。選項1和文章所要表達的意思正好相反。選項2太局限，自我釋放是人人都可以嘗試的，並不是只有某種類型的人才具有的特殊能力。選項3的內容在文章中並沒有被提及，文章中只是説愛自己的人更容易表達自己的想法。所以正確答案是選項4。

難點：

1. ～がまま：**接在動詞原形或動詞被動形的後面，是一種慣用的表達方式，意為「任憑……」。**

   例 あるがままの姿を見てもらいたい。／想讓你看到原有的樣子。

   例 言われるがままに、はんこを押してしまった。／按照吩咐蓋了章。

2. ～ことなく：**接在動詞原形的後面，意為「沒有……就」「不……就」。**

   例 心臓は休むことなく動き続けている。／心臟在永不休止的跳動。

例 最近は迷うことなく自分の直感を信じるようにしている。／最近，我毫不猶豫的相信自己的直覺。

② 美について

これは少々**ゴシップ**じみた話であって恐縮だが、五代菊五郎は夫婦喧嘩をしながら、倒れた女房の形が悪いといってまた文句をつけたという事である。話の真偽は知らないが、この名優の美意識の強さを語っていておもしろい。徳川時代にはその封建制度の形式に応じて美の基準が一般にきまっていた。一般人は安心してその基準に**よりかかって**自己の美意識を育てた。各自が持って生まれた感受性に鋭鈍の差こそあれ、各自が有するその美の基準にしたがっての批判眼には自信を持っていた。一般大衆は日常の美意識に生きることができた。**大老、老中**のお歴歴から九尺二間の住人に至るまで、**ともかくも**美なるものは美なるもの、醜なるものは醜なるものという確かな意識を堅持していた。**妄り**には宥さなかった。その上、美の無いところに文化の無い事を無意識に知っていた。九尺二間の破れ畳に住んでいる町人の山の神でも格子の桟はきれいに拭いた。拭かない奴は町内の**面汚し**として皆に**にらまれた**。**三座**に芝居も狂言が悪いとなれば誰も見にゆかなかった。その代わりよいとなれば**工面**をして見に行った。まずいもの、醜なるものを決してゆるさぬ美意識が一般人に**ゆき渡っていた**。美の基準があまりにきまりすぎていて、その批判眼がある**埒外**にまで及ばぬ憾があり、そのため真の新しい美が多くの迫害をうけた例も少なくないが、それもやがて美の新種であることが認識されれば、**たちまち**「こいつはいい」ということになった。

（高村光太郎「美について」による）

關鍵詞彙

ゴシップ：閒話。

よりかかる：依靠，依賴。

大老：大老是日本江戶時代在德川幕府中的官職名。大老輔助將軍管理政務，地位在老中之上，是臨時性的最高職位。一般該職位只由一人擔任，平時沒有日常事務，僅在將軍做出重要決策時參與行政。

老中：老中是日本江戶時代在德川幕府中的官職名。老中輔助將軍管理政務，地位在大老之下。

ともかくも：總之，無論如何。

妄り：胡亂，隨便。

面汚し：丟臉，恥辱。

にらむ：注視，盯上。

三座：也稱為江戶三座，指中村座、市村座和森田座。被公認為歌舞伎的三大劇場。

工面：設法，籌措。

ゆき渡る：普及，遍及。

埒外：範圍外。

憾：遺憾，可惜之處，缺點，缺陷。

たちまち：轉瞬間，立刻，馬上。

對錯判斷類特別練習：

文章によって正しいものに○を、間違ったものに×をつけなさい。

1. 名優の五代菊五郎さんは美意識の強い人なので、女房の格好が悪いということで、夫婦喧嘩しました。（　）
2. 江戸時代には身分の高い人と町人の感受性に差があったので、それぞれ独自の美意識が形成された。（　）
3. 德川時代は美意識が一般人にゆき渡っていたので、新しい美を抵抗なく受け入れやすい時代でした。（　）
4. 現代と違って江戸時代には身分の高い人から一般庶民まで統一した美の基準を持っていました。（　）

答案：1 × 2 × 3 × 4 ○

解析

1　從文章中「五代菊五郎は夫婦喧嘩をしながら、倒れた女房の形が悪いといってまた文句をつけたという事である。話の真偽は知らないが、この名優の美意識の強さを語っていておもしろい」這句話可知，這位名演員在吵架時指責摔倒的妻子姿勢不好看，而不是因為妻子的姿勢難看而吵架，由此可以判斷選項1是錯誤的。

2　從文章中「徳川時代にはその封建制度の形式に応じて美の基準が一般にきまっていた」、「大老、老中のお歴歴から九尺二間の住人に至るまで、ともかくも美なるものは美なるもの、醜なるものは醜なるものという確かな意識を堅持していた」這兩句話可知，德川時代的審美標準和身份地位無關。所以選項2也是錯的。

3　從文章中「美の基準があまりにきまりすぎていて、その批判眼がある埒外にまで及ばぬ憾があり、そのため真の新しい美が多くの迫害をうけた例も少なくないが」這句話可知，德川時代由於對審美標準規定得太死，有很多新興的美在一開始遭到了排斥。所以選項3也是錯誤的。

4　從文章中「徳川時代にはその封建制度の形式に応じて美の基準が一般にきまっていた」、「大老、老中のお歴歴から九尺二間の住人に至るまで、ともかくも美なるものは美なるもの、醜なるものは醜なるものという確かな意識を堅持していた」這兩句話可判斷選項4是正確的。

難點：

1. ～じみる：**接在名詞的後面，意為「彷彿……」「好像……」。**

例　清水さんの考え方は、理想と現実の区別もつかず、子供じみている。／清水分不清理想和現實，想法有點孩子氣。

例　幸子さんは子供がいるのに所帯じみたところがない。／幸子雖然已經有孩子了，卻看不出來。

2. ～から～に至るまで：**接在名詞的後面，意為「從……到……」。**

例　面接試験では、食べ物の話から経済問題に至るまで、広範囲にわたって質問される。／在面試時，從食品到經濟，提問的範圍很廣。

例　大昔から現代に至るまで、火は我々の生活に役立っている。／從古至今，火在我們的生活中發揮了很大的作用。

③　威張りすぎは嫌われる

「誰とでも公正に接しなさい」とか「立場の弱い人や自分よりも若い人に対して、**横柄**な態度で接してはならない」と、私たちは子供のころから教えられるが、これを実行するのは**至難の業**である。

威張るのは気持ちがいいし、**ペコペコ**するのは嫌なものだ。しかし、立場が上の人に対しては嫌でもペコペコしなければならないから、反動で立場が弱い人に対して威張って当然と思ってしまう。

とくに長になりたてのころは、「威厳をつけねば」とか「長であることを周りに認めさせなければ」という気持ちが働いて、威張りたくなる。

私は課長になったころ、威厳をつけねばと、いろいろと試してみた。もともと気が小さい性格だったから、威厳とか風格に欠けていた。そこで、部下の人たちに対してちょっと威張った態度をとってみた。

しかし、私の**目論見**はなんの効果もあげなかった。それどころか、「金児君は課長になったらずいぶん威張っているらしいな」と、どこからか**聞きつけた**上司に叱られる始末である。

部下や外注先の人に対して**むやみ**に威張るのは、上司からは決して評価されない。自分自身どれほど威張っている上司であっても、そうである。

自分のペースで仕事を進めようとして、威張っている人もいる。しかし、それは逆効果だ。

繰り返すが、威張った本人は気分がいいが、威張られた側は当然、気分が悪い。

「この人の話なら聞いておこう」とか「この人に頼まれたら嫌とは言えない」という相手と、「この人と話をするだけで気分が悪くなる」とか「全く失礼極まりないが仕方ない」という相手と、同じ仕事をして、どちらが早くよい仕事ができるだろうか。答えは、間違いなく前者である。

（金児昭『気持ちよく働く——ちょっとした極意』による）

關鍵詞彙

横柄：傲慢，妄自尊大。

至難の業：極難的工作。

ペコペコ：點頭哈腰，諂媚。

目論見：計畫，意圖，企圖。

聞きつける：了解到，從他處聽到。

むやみ：過度，過分。

對錯判斷類特別練習：

文章によって正しいものに○を、間違ったものに×をつけなさい。

1. 新しいポストについたばかりの時、威厳をつけるために適当に威張るのは効果的だとされている。（　）
2. 自分のペースで仕事を進めようとして威張っている部下なら上司に評価されることがある。（　）
3. どんなに威張っている上司でも部下の威張った態度を評価しないに違いない。（　）
4. 威張った人より威張らない人と仕事をするほうが気持ちよくうまくできるのは当然である。（　）

答案：1× 2× 3○ 4○

解析

1　作者在文章中講述了自己的經歷，他剛當上課長時為了樹立威嚴故意對下屬態度蠻橫，因此遭到了上司的批評，由此可知選項1是錯誤的。

2　文章中只提到「自分のペースで仕事を進めようとして、威張っている人もいる。しかし、それは逆効果だ」，沒有直接説這樣做會被上司肯定，但根據常識，這樣做是不會被上司肯定的，所以選項2是錯誤的。

3　從文章中「部下や外注先の人に対してむやみに威張るのは、上司からは決して評価されない。自分自身どれほど威張っている上司であっても、そうである」這句話可知選項3是正確的。

4　根據文章中最後一段的內容可以判斷選項4是正確的。

難點：

1. ～て当然：**接在動詞て形、形容詞て形、形容動詞で形的後面，意為「……是理所當然的」。**

例　ひどいことばかり言ったので、彼女に嫌われて当然だ。／你總是說過分的話，當然會被她討厭。

例　相手チームは弱い。勝って当然だ。／比賽隊伍很弱，獲勝理所當然。

2. ～たて：**接在動詞ます形的後面，意為「剛剛……」。**

例　付き合いたてのカップルはお互いに自分の恥ずかしい部分を相手に見せたくない。／剛開始交往的情 ，互相不想讓對方看到自己害羞的一面。

例　焼きたてのパンはおいしい。／剛出爐的麵包很好吃。

3. ～始末だ：**接在動詞原形或動詞 ない形的後面。常和「この」「その」「あの」等一起使用，意為「結果竟然……」「到了……的地步」。**

例　宮本さんはお酒が好きで、一日三回も飲む始末だ。／宮本喜歡喝酒，到了一日三餐都得喝的地步。

例　隣の二人はいつもケンカばかりして、とうとう離婚する始末だ。／鄰居兩口子經常吵架，最終離婚了。

4. ～極まりない：**接在形容動詞詞幹的後面，意為「極其……」「非常……」。**

例　あの人の彼への態度は失礼極まりない。／那個人對他的態度極其無禮。

例　人間って貪欲極まりない生物だと思う。／我覺得人類是是極其貪婪的生物。

④　最低コストで最大効果を目指す

必要なお金は**けちらない**が、不要なお金は1円たりとも出費しない。お金を使うときは、最大限効果のあるやり方を考える——会社員人生で、私はこの2つを徹底的に**叩き込まれた**。

「よい本であれば1万円でもかまいません。しかし、つまらない本はたとえ100円でも会社のお金を使わないように」

「1万円でお客様を接待して喜んでいただこうと思ったら、1万円でお客様に喜んでもらえる方法を最低20とおり頭を**ひねって**考え出しなさい。そして、その中からサイコーに喜んでもらえる方法で接待しなさい」

こうした上司の教えを実行しているうちに、私はこれが習慣となり、**プライベート**でもつねにこれを考えるようになった。

具体的な最低コストで最大効果である。これは、「費用対効果」や「選択と集中」などという**甘っちょろい**言葉ではない。仕事でもプライベートでも、それを考えるのが知恵の出しどころである。

若いころは、時間もお金もなかなか自由にはならないが、体力と強い感性がある。お金を使わずとも、楽しめることはたくさんある。

たとえば、日曜日、早朝から子供と一緒にお弁当を持ってハイキングに出かける。お金はかからないが、家族と密なコミュニケーションがとれるし、健康にもいい。午後1時か2時には、家に帰ってくる。それから読書するなど自分の時間をとれる。

実際、私は32歳で**早々**と大大好きだったゴルフをお金がかかりすぎるのでやめた。もし、ゴルフを続けていたら、お金はかかるし、仕事に**忙殺**される中で家族とのコミュニケーションはなくなるし、大笑いするような本を読んでストレスを発散する土日の時間が持てなかったと思う。

（金児昭『気持ちよく働く——ちょっとした極意』による）

關鍵詞彙

けちる：吝嗇，小氣。

叩き込む：灌輸。

ひねる：構思，想出。

プライベート：個人的，私人的。

甘っちょろい：把事情看得太容易。

早々：急忙。

忙殺：非常忙。

對錯判斷類特別練習：

文章によって正しいものに○を、間違ったものに×をつけなさい。

1. 公的なことでも私的なことでもお金を使う時は最大限効果のある遣り方を考え出すのが作者の習慣となっている。（　）
2. 作者の会社では1万円でお客様を接待する方法を最低20とおり考えるというきまりがある。（　）
3. 作者の考えではお金も時間も自由にはならない若者にかぎって最低コストで最大効果を目指すべきだ。（　）
4. 作者は家族とのコミュニケーションや読書の時間を持つために趣味のゴルフをやめるよりほかしかたがない。（　）

答案：1○ 2× 3× 4×

解析

1　根據「お金を使うときは、最大限効果のあるやり方を考える——会社員人生で、私はこの2つを徹底的に叩き込まれた」和「私はこれが習慣となり、プライベートでもつねにこれを考えるようになった」這兩句話可以判斷選項1是正確的。

2　考慮用10,000日圓接待客人的20種方法是作者上司教給他的做事方法，並沒有說這是公司的規定。所以選項2是錯誤的。

3　作者只是說人在年輕時，金錢和時間都不多，所以更應該考慮如何花最低的成本獲得最大的效益，並不是説只有年輕人才應該這樣做。作者自己也一直貫徹這種做法，所以不只是年輕人，大家都應該有這種意識。因此可以判斷選項3是錯誤的。

4 從文章中「実際、私は32歳で早々と大大好きだったゴルフをお金がかかりすぎるのでやめた」這句話可知，作者放棄打高爾夫球並非為了保證和家人交流以及看書的時間，只是因為太花錢。由此可以判斷選項4是錯誤的。

難點：

1. ～たりとも：**接在表示數量的名詞的後面，意為「即使……也……」。**

例 試験では、一秒たりとも時間を無駄に使ってはいけません。／考試時哪怕一秒鐘也不能浪費。

例 その店は、一円たりとも負けてくれませんよ。／那家店不肯便宜一分錢。

2. ～どころ：**接在動詞ます形的後面，意為「值得……的地方」「應該……的地方」。**

例 ここが我慢のしどころです。／這正是應該忍耐的時候。

例 この町の見どころを紹介する。／介紹這座城市值得一看的地方。

3. ～ずとも：**接在動詞ない形的後面，「する」變為「せ」。「ず」是「ない」的古語，「とも」是「ても」的古語，意為「即使不……也……」。**

例 そんなことは言わずとも知れたことだ。／那種事情是不言自明的。

例 嫌なら行かずともよい。／討厭的話也可以不去。

⑤ 褒めない人は損をする

褒めると損をすると思う人がいる。が、実は損するのは褒めない人である。

ときどき、「褒めようにも褒めるところがないのです」と言う人がいる。

これは大きな間違いである。実は、どんな人でもどんなときでも、褒めるところは山ほどある。というか、どんなところでも褒めてしまえる人がいる。

私の仕えた社長がそうだった。私は上手に褒められながら、うまく働かされてきた。

実は30代のころ、三回りも年上のこの社長に向って、「豚も褒めれば木に登る、という言葉もあります」と言ってしまったことがある。誠に失礼な話で、激怒されたって仕方ないような言葉である。しかし、この社長は格が違った。

「えっ、そんなコトワザがあるんですか。知りませんでした。あなたは**物知り**ですね」と、また褒める。

もちろんコトワザなんかではない。当時、流行っていたマンガ本で見た言葉だった。しかし、社長の率直な驚きと**巧み**な称賛を受けて、私の中の皮肉っぽい気持ちは**吹き飛んだ**。お昼休みにさっそく本屋さんに**出向き**、その言葉が載っているマンガ本を2冊買ってきて、午後いちばんで社長に見せにいった。

「こういう言葉が本当にあるんですね。勉強になりました。ありがとう。それにしても、カネコくんは行動力がありますね」

このときの私の気持ちは、木どころか、もはや空にも登らんばかりだ。これはもう達人を超えた、超人の技としか言いようがない。

超人の真似はできなくても、多少**大げさ**と思われても「○○さんは日本一の秘書です」とか「あなたの実行力は世界一です」などと褒められて嫌な気持がする人はいない。私たち日本人は、**以心伝心**をよしとしてきたので、「敢えて口に出さなくても」と思いがちだから、褒めるときや感謝するときは多少大げさくらいがちょうどよい。

少し**わざと**らしくても、朝起きて、「今日は**やけに**きれいだな」などと家内に言っておくと、その日1日相手は機嫌がよく、私も気分よく無事に1日が過ごせる。

いまでは誰も信じてくれないが、私は口下手だったから、最初からスラスラとうまい褒め言葉は出てこなかった。そこで、相手の利点を徹底的に**洗い出して**、自分ひとりの部屋で繰り返し言葉に出して言ってみた。そして、声に出して身近な人を褒めてみようと決心した。

魚屋のお兄さんには「元気があって**気風**がいいね」、駅員さんには「いつも安心して乗れます。ありがとう」、部下には「君の出してくれたアイデアはとてもよかった。もう少し工夫してほしいが」、社長には「いつも褒めていただいてありがとうございます。社長は孤独であると世間では言いますが本当ですか？いつかそのご苦労話をお聞かせください」、と。

具体的に褒められればそれに越したことはないが、「スバラシイ！」「凄いですね！」「さすが！」の一言でもいい。

その一言で、相手がうれしくなり、自分もいい気分になって得をする。

なによりも、この「自分が得をすること」が**肝要**である。しかも、1円もかからないのだから。

（金児昭『気持ちよく働く──ちょっとした極意』による）

關鍵詞彙

物知り：知識淵博。
巧み：巧妙，精巧。
吹き飛ぶ：煙消雲散，消失。
出向く：前往，前去。
大げさ：誇大，誇張。
以心伝心：心領神會，心心相印。
わざと：故意。
やけに：非常，特別。
洗い出す：仔細調查，找出隱藏的事情。
気風：氣度，氣派。
肝要：關鍵，核心，重點。

對錯判斷類特別練習：

文章によって正しいものに○を、間違ったものに×をつけなさい。

1. 世間には褒めようにも褒めるところがない人が多いので、無理矢理に人を褒めないほうがいい。（　）
2. 以心伝心をよしとしてきた日本人は大げさに人を褒めたり感謝したりしたほうがいい。（　）
3. 口下手な作者は褒め上手な人になるために、いろいろと練習を工夫した。（　）
4. 当時はやっていた諺を知らない社長のために、本を買ってあげた作者は社長に褒められた。（　）

答案：1 ×　2 ○　3 ○　4 ×

解析

1　根據「実は、どんな人でもどんなときでも、褒めるところは山ほどある」這句話可知，作者認為任何人都有很多值得稱讚的地方，由此可以判斷選項1是錯誤的。

2　根據「私たち日本人は、以心伝心をよしとしてきたので、『敢えて口に出さなくても』と思いがちだから、褒めるときや感謝するときは多少大げさくらいがちょうどよい」這句話可知，作者認為日本人性格比較含蓄，所以誇張一些反而更好。由此可以判斷選項2是正確的。

3　根據「いまでは誰も信じてくれないが、私は口下手だったから、最初からスラスラとうまい褒め言葉は出てこなかった。そこで、相手の利点を徹底的に洗い出して、自分ひとりの部屋で繰り返し言葉に出して言ってみた。そして、声に出して身近な人を褒めてみようと決心した」這一段內容可以判斷選項3是正確的。

4　雖然作者的確為老闆買了書並得到了稱讚，但老闆沒聽説過的那句話並不是諺語，而是當時流行的漫畫中的台詞，所以選項4是錯誤的。

難點：

1. ～っぽい：**接在名詞、動詞ます形、形容詞詞幹、形容動詞詞幹的後面，表示具有某種傾向或特點，一般用於否定的評價，意為「有……感覺」「有……傾向」**

例　彼は白っぽいセーターを着ていた。／他穿著發白的毛衣。

例　あなたが良かれと思って発した言葉も聞き手によっては、子供っぽく伝わることがある。／你雖然覺得這麼説沒問題，但對方聽起來卻覺得有點孩子氣。

2. ～ようがない：**接在動詞ます形的後面，意為「不能……」「無法……」。**

例 車がほしいけど、お金がないのだから、買いようがない。／雖然很想買車，可是因為沒有錢，所以沒法買。

例 こんなに散らかっていたら、片付けようがない。／亂成這個樣子，根本沒辦法收拾。

3. ～に越したことはない：**接在名詞、動詞原形、動詞ない形、形容詞原形、形容詞ない形、形容動詞原形的後面，名詞和形容動詞也可以用「である＋に越したことはない」的形式，意為「沒有比……更好」「最好……」。**

例 部屋は広いに越したことはない。／房間最好寬敞一點。

例 海外旅行に行くなら、英語はできるに越したことはない。／要是出國旅遊，最好會說英語。

⑥ ぽちゃ系がブーム　男は本当にデブの女が好きなのか？

渡辺直美や柳原可奈子など、ふくよかな女性**タレント**が活躍しているためか、ぽっちゃり系女子、略してぽちゃ系がブームだとか。

ぽちゃ系といっても基準はまちまちだが、ぽちゃ系キャバクラ「ぽちゃパブ（pub）ピーチガールズ」では「在籍する女の子の平均体重は約90kgで、採用基準は80kg以上」と、「**ぽっちゃり**」の語感をはるかに超える。だがこれ、単なる色モノブームというわけでもないようだ。

ファッション誌『anan』が「いまぽっちゃりさんが大人気」との特集を組み、話題に。

「**モテる**人というテーマの中で、体型にかかわらず自分に自信のある女性は魅力的だ、という意見が出て、特集に至りました」

世の女性の**スレンダー**志向を牽引してきたファッション誌ですら、ぽちゃ系の魅力を説いているのだ。

アパレル業界でも、女性服ブランド「アズノゥアズ」ではLサイズ主体の新ブランド「アズノゥアズ　オオラカ」を2006年8月からスタート。下着メーカーのピーチ・ジョンでも、去年、**グラマーサイズ**専門のブランド「グランディーナ」を**立ち上げた**。

「最近はアウターもゆったりめが人気。体型的にも自然体でいたい人が増えたのでは」

本人はそれでよくても、男性から見るとどうなのか。

「取材すると、一般男性でぽちゃ系女子が好きという人は意外と多かった。今まで口に出せなかっただけなのでは」

「性格がよければ体型は気にしないだけ」との声もあるが、結婚**コンサルタント**の橋本明彦さんは「今は鍋やB級グルメなど、身近でほっとできるものが人気。きれいな女性より、ぽちゃ系女性の方が安心感があって**くつろげる**。家事力など、男性が期待する女性としての**ポテンシャル**も高い気がするのでは」と分析する。

結婚相談所「オーネット」でも「男性会員は条件に合う女性より、自分を好きになってくれる女性を好む傾向がある。自分に自信のない男性が増えているのかもしれません」と話す。

そういえば、婚活詐欺で**耳目**を集めた彼女もぽちゃ系だったなぁ……

（週刊文春『THIS WEEK トレンド』による）

關鍵詞彙

デブ：胖子。

タレント：演員，綜藝明星。

ぽっちゃり：胖嘟嘟、豐滿、圓潤。

モテる：受歡迎。

スレンダー：苗條的，纖細的。

アパレル：衣服，服裝。

グラマーサイズ：豐滿尺寸，大號。

立ち上げる：開始，著手。

コンサルタント：顧問。

くつろげる：使舒暢，放鬆。

ポテンシャル：潛力。

耳目：見聞。

對錯判斷類特別練習：

文章によって正しいものに○を、間違ったものに×をつけなさい。

1. ぽっちゃり系女子は自信があるように見えるから魅力的である。（　）
2. 結婚相談所ではぽっちゃり系女子が男性会員に人気がある。（　）
3. ぽっちゃり系女子が安心感を与えるのは男性にモテる理由の一つと考えられる。（　）
4. アパレル業界が大きいサイズのブランドを宣伝するためにぽちゃ系ブームを引き起こしたのである。（　）

答案：1 × 2 × 3 ○ 4 ×

解析

1 從文章中「体型にかかわらず自分に自信のある女性は魅力的だ」可知選項1是錯誤的。

2 從文章中關於婚介所的這段話「結婚相談所『オーネット』でも『男性会員は条件に合う女性より、自分を好きになってくれる女性を好む傾向がある。自分に自信のない男性が増えているのかもしれません』と話す」可知選項2是錯誤的。

3 從文章中「ぽちゃ系女性の方が安心感があってくつろげる」可知選項3是正確的。

4　文章寫的是為了迎合豐滿女性，服裝界才開始打造大碼品牌，選項4因果關係顛倒，所以是錯誤的。

難點：

1. ～とか：**接在名詞、動詞、形容詞、形容動詞的常體的後面，名詞可以不接「だ」，意為「聽說……」。**

例　鈴木さんは来週海外旅行をするとか。／聽說鈴木先生下週要出國旅行。

例　宮本さんは有名な女優と付き合っているとか。／聽說宮本先生正和有名的女演員交往中。

2. ～といっても：**接在名詞、動詞、形容詞、形容動詞的常體的後面，名詞和形容動詞可以不接「だ」，意為「雖然……但是……」。**

例　彼の作品を知っているといってもほんの少しです。／雖然聽說過他的作品，但只知道一點點。

例　宿屋といってもまるで物置のようだ。／雖說是旅館，但看上去像貯藏室。

3. ～にかかわらず：**接在名詞、動詞原形、動詞ない形的後面，意為「無論……」「不管……」。**

例　金額の多少にかかわらずいつでもご相談ください。／無論金額多少，敬請隨時諮詢。

例　このデパートは曜日にかかわらずいつも込んでいる。／這家百貨商店無論星期幾都很擁擠。

4. ～め：**接在形容詞詞幹、部分副詞的後面，意為「稍微」「有點」。**

例　すこし早めに歩こう。／稍微走快一點。

例　外観は新しめのホテルです。／外觀看上去較新的飯店。

5. ～でいる：**接在名詞、形容動詞詞幹的後面，表示狀態。**

例　元気でいるための第一歩は何でしょうか。／保持健康的第一步是什麼？

例　仲の良い夫婦でいるためにみなさまはどんなことに頑張ったり努力されたりしていますか。／為了保持良好的夫妻關係，大家在哪方面努力呢？

⑦ 少年の日の思い出（ヘルマン・ヘッセ）

せめて例のちょうを見たいと、僕は中に入った。そしてすぐに、エーミールが収集をしまっている二つの大きな箱を手に取った。どちらの箱にも見つからなかったが、やがて、そのちょうはまだ**展翅板**に載っているかもしれないと思いついた。はたしてそこにあった。**とび色**の**ビロード**の羽を細長い紙きれではりのばされて、クジャクヤママユは展翅板に留められていた。僕は、その上に**かがんで**、毛の生えた赤茶色の触角や、優雅で、**果てしなく**微妙な色をした羽の縁や、下羽の内側の縁にある細い羊毛のような毛などを、残らず間近からながめた。あいにく、あの有名な斑点だけは見られなかった。細長い紙きれの下になっていたのだ。

胸をどきどきさせながら、僕は紙きれを**取りのけたい**という誘惑に負けて、**留め針**を抜いた。すると、四つの大きな不思議な斑点が、挿絵のよりはずっと美しく、ずっとすばらしく、僕を見つめた。それを見ると、この宝を手に入れたいという、逆らいがたい欲望を感じて、僕は、生まれて初めて盗みをおかした。僕は、ピンをそっと引っぱった。ちょうは、もう乾いていたので、形は崩れなかった。僕はそれを**てのひら**に載せて、エーミールの部屋から持ち出した。そのとき、**さしずめ**僕は、大きな満足感のほか何も感じていなかった。

ちょうを右手に隠して、僕は階段を下りた。そのときだ。下の方からだれか僕のほうに上がってくるのが聞こえた。その瞬間に、僕の良心は目覚めた。僕は突然、自分は盗みをした、下劣なやつだということを悟った。同時に、見つかりはしないか、という恐ろしい不安に襲われて、僕は、本能的に、獲物を隠していた手を上着のポケットに突っこんだ。ゆっくりと僕は歩き続けたが、**大それた**はずべきことをしたという、冷たい気持ちに震えていた。上がってきた女中と、**びくびく**しながらすれ違ってから、僕は胸をどきどきさせ、額に汗をかき、落ち着きを失い、自分自身におびえながら、家の入り口に立ち止った。

すぐに僕は、このちょうをもっていることはできない、もっていてはならない、元に返して、できるなら、何事もなかったようにしておかなければならない、と悟った。そこで、人に**出くわして**見つかりはしないかということを極度に恐れながらも、急いで引き返し、階段を**駆け上がり**、一分の後には、またエーミールの部屋の中に立っていた。僕は、ポケットから手を出し、ちょうを机の上に置いた。それをよく見ないうちに、僕はもう、どんな不幸が起こったかということを知った。そして、泣かんばかりだった。クジャクヤママユはつぶれてしまったのだ。前羽が一つと触角が一本、なくなっていた。**ちぎれた**羽を用心深くポケットから引き出そうとすると、羽はばらばらになっていて、**繕う**ことなんか思いもよらなかった。

盗みをしたという気持ちより、自分がつぶしてしまった、美しい、珍しいちょうを見ているほうが、僕の心を苦しめた。微妙なとび色**がかった**羽の粉が、自分の指に**くっついて**いるのを見た。また、ばらばらになった羽がそこに転がっているのを見た。それをすっかり元どおりにすることができたら、僕は、どんな持ち物でも楽しみでも、喜んで投げ出したろう。

悲しい気持ちで、僕は家に帰り、夕方まで、うちの小さい庭の中で腰かけていたが、ついに、いっさいを母に打ち明ける勇気を起こした。母は驚き悲しんだが、すでに、この告白が、どんな罰をしのぶことより、僕にとってつらいことだったということを感じたらしかった。

（高橋健二「少年の日の思い出　ヘルマン・ヘッセ」による）

關鍵詞彙

せめて：至少。

展翅板：展翅板。

とび色：黑褐色。

ビロード：天鵝絨。

かがむ：蹲下。

果てしない：沒完沒了，無止境。

取りのける：除掉，去掉。

留め針：別針。

てのひら：手掌。

さしずめ：總之。

大それた：狂妄的，無法無天的。

びくびく：戰戰兢兢，提心吊膽。

出くわす：偶遇，碰見。

駆け上がる：往上跑。

ちぎれる：被扭斷，被揪下。

繕う：修補，修理。

がかる：帶有。

くっつく：附著，黏。

對錯判斷類特別練習：

文章によって正しいものに○を、間違ったものに×をつけなさい。

1. 僕はエーミールの収集箱に偶然見つけたちょうの標本を盗んだ。（　）
2. 母はエーミールのちょうを家に持ち帰った僕を見て驚き悲しんだ。（　）
3. 僕は人に盗まれてばらばらにつぶされたちょうを見て心を苦しめた。（　）
4. 僕は与えられる罰よりちょうを盗むこと自体を母親に打ち明ける方がつらく感じた。（　）

答案：1 × 2 × 3 × 4 ○

解析

1 從「そのちょうはまだ展翅板に載っているかもしれないと思いついた。はたしてそこにあった」這句話可知，蝴蝶標本沒在收集箱裡，所以選項1是錯誤的。

2 透過文章最後一段可知，媽媽的確又吃驚又難過，但並不是在看到「我」把蝴蝶標本拿回家時，而是當「我」向媽媽承認這件事時。所以選項2是錯誤的。

3 從文章可知偷蝴蝶標本和弄壞標本的人是「我」，所以選項3是錯誤的。

4 從文章最後一句話「この告白が、どんな罰をしのぶことより、僕にとってつらいことだったということを感じたらしかった」可以判斷選項4是正確的。

難點：

1. ～がたい：**接在動詞ます形的後面，意為「難以……」**。

例 筆舌に尽くし難い。／難以用語言表達。

例 この映画の中のいくつかの素晴らしいシーンも忘れ難いものになるだろう。／這部電影中的幾個絕佳場景令人難忘。

2. ～んばかり：**接在動詞ない形的後面，意為「好像……」「幾乎要……」**。

例 彼は賛成だと言わんばかりにうなずいた。／他點了一下頭，好像要說出「贊成」似的。

例 「あなたを愛しているのよ」と言わんばかりに彼女は僕にウィンクした。／她向我暗送秋波，幾乎就要說出「我愛你」。

第7章 比較閱讀類題型

1 比較閱讀類題型解題技巧

比較閱讀我們也可以稱為綜合理解，是新日本語能力測驗改制以後出現的新題型，通常兩篇文章加起來的字數為600字左右，出題大綱的出題數量規定為3題。但在剖析歷年考古題後，我們發現除了2010年的兩次考試以外，其他年度的出題數量均為2題。它要求考生比較兩篇文章之後，理解其內容，找出異同點，分析作者的觀點。

我們分析了新日本語能力測驗的比較閱讀考古題之後，發現測驗的主要內容如下：

- 詢問兩篇文章都涉及的內容。
- 詢問兩篇文章對某一個問題的看法。對同一問題的看法可以是贊成、批判、不明確其立場等。
- 針對某一篇文章，單獨測驗其見解和看法。

解題方法如下：

- 觀察題目，掌握資訊。
- 分別閱讀兩篇文章。在文章中找到題目給出的資訊。
- 逐一比對選項，找到正確答案。

比較閱讀類題型常見的出題方式：

・AとBで共通して述べられていることは何か。
・AとBに共通して述べられていることは何か。
・AとBのどちらの文章にも触れられている点は何か。
・AとBの意見が一致しているのはどれか。
・AとBでは○○にどのようにアドバイスをしているか。
・AとBの筆者は、○○についてどのように考えているか。
・AとBは○○のためには、どのようなことが大切だと述べているか。
・Aは、なぜ○○を勧めているのか。

例題：

A

インターネットという双方向メディアの普及により、誰もがすばやく情報を手に入れられるようになった。しかし、新聞というメディアはこれからも残していくべきだと思う。

なぜなら、新聞のほうが、じつは多様な意見や情報に触れやすいからだ。インターネットを使う人は、基本的には、自分の都合のいいときに、自分が知りたいこと、あるいは興味のある情報だけを知ろうとする。それに対して、新聞の場合は、紙の紙面の一定のスペースの中に、興味のある情報もない情報も同じように並べられているので、これらの内容に嫌でも目を通すことになる。そうして、自分とは考え方の違う人、世代の違う人などの意見に触れ、考え方の幅が広がることも少なくない。

このような観点から、紙の新聞の必要性は、まだ残っていると考えられる。したがって、紙媒体の新聞は残しておくべきである。

B

時代の変化とともに、年々購読者が減少していると言われる紙の新聞だが、この先も、このような形態のメディアはどんどん減っていくだろうと思う。

確かに、紙の新聞はあえて自分が必要な情報だけを得ようとするものではないため、かえって意外な発見があったり、考え方の幅が広がるとも言える。しかし、現在は、インターネットのような双方向のメディアがすでに発達してきている。情報を得るだけでなく、自らも発信ができる時代になってきた。それに対して、新聞は与えられた情報を読むことしかできず、読者の発言の機会がきわめて少ない。そこで、インターネットの双方向に慣れた現代の読者には、そうした新聞のあり方は権威主義的にしか見えないため、どうしても敬遠されてしまうだろう。その意味で、新聞がこれからの時代に必要なメディアだとは考えにくい。

問題 1 AとBで共通して述べられていることは何か。

1. 紙媒体の新聞は考え方の幅が広がる可能性が少なくない。
2. インターネットを通して早く情報を手に入れられるようになった。
3. 新聞は相互的な情報提供者として使われている。
4. 紙の新聞は年々購読者が減っている。

問題 2 Aの考え方と一致していないものはどれか。

1. インターネットは相互的なメディアである。
2. 新聞は自分が求めている情報しか分からない。
3. 新聞という媒体は残していくべきである。
4. 新聞は様々な人の意見に触れる機会が多くなる。

解析：

問題1：

從文章A第二段的結尾可以推斷選項1在文章A中是正確的。再觀察文章B，根據第二段的開頭也可以判斷選項1正確。選項2在文章B中沒有被提及，所以不是兩篇文章共同敘述的內容。關於選項3，文章B中說「新聞は与えられた情報を読むことしかできず、読者の発言の機会がきわめて少ない」，可見報紙並不能提供「相互的な情報」。選項4在文章A中完全沒有提及。所以正確答案是選項1。

問題2：

首先注意問題是選出與文章A不符的選項。選項2與文章A中的「新聞のほうが、じつは多様な意見や情報に触れやすいからだ」不符，所以為正確答案。

2 ▶ 比較閱讀類題型實戰演練

本章譯文
請見P.272

① 体罰

A

学校教育法の規定では体罰を禁止しているにも関わらず、部活動やスポーツの現場では体罰が根強く残っている。なぜ学校から、部活動から体罰がなくならないのか、識者の意見や研究をまとめた。

体罰はなぜ消えないのか。一つは、それを容認する風潮が世の中にまだ残るからだと思う。我が子のために「悪いことをしたらどづいてください」と語る親も現実にいる。高校野球では下級生に対する上級生の暴力も**後を絶たない**が、手を出す指導者を見れば、俺らも同じことをしていい、となる。これでは負の連鎖は断てない。

先生の資質もある。結果が出なかったり、生徒がついてこないと、**歯がゆさ**を感じる。その時に「切り捨てるぐらいなら、こいつのためにどづいた方がええ」と考える教員もいるのではないか。成功例を経験すると、余計に体罰に走る。

生徒は失敗して当たり前。なぜ失敗したかを教えることで成長する。だから、教育の世界がある。

B

海外で体罰はまずない。大人も子供もスポーツは楽しむものだと知っているから。日本の高校スポーツの場合、ほとんどが**トーナメント**制で1回負けると終わり。だから一つのミスも許されない完璧性が求められがちとなる。その結果、行き過ぎた指導も起きてしまうのだろう。

また、高校スポーツの場はほとんどが学校で、指導者はみんな先生という構図。桜宮高のような問題が起きても、生徒は逃げられない。学校だけでなく、地域のクラブでも楽しめるような複線型のスポーツ社会になればと思う。

關鍵詞彙

どづく：揍，毆打。（京都方言）

後を絶たない：接連不斷，接二連三。

歯がゆい：令人焦急的，令人不耐煩的。

トーナメント：淘汰賽。

比較閱讀類特別練習1：

体罰が消えない原因について、AとBのどちらの記事にも触れられている内容はどれか。

1. 学校のクラブ活動における行き過ぎた上下関係
2. 学校サークル活動の指導にあたる教師の考え方
3. 海外と違う日本独特な試合の制度
4. 生徒の保護者たちの体罰に対する容認態度

答案：2

解析 題目是就體罰屢禁不止的原因找出兩篇文章都提到的內容。選項1和選項4的內容只在文章A中被提及。選項3的內容只在文章B中被提及。而選項2的內容可以分別從文章

A的「『切り捨てるぐらいなら、こいつのためにどづいた方がええ』と考える教員もいるのではないか」和文章B的「だから一つのミスも許されない完璧性が求められがちとなる。その結果、行き過ぎた指導も起きてしまうのだろう」得到印證，由此可知正確答案是選項2。

比較閱讀類特別練習2：

体罰について、AとBはどのように述べているか。

1. AもBも体罰は生徒のためだから、仕方がないことだと述べている。
2. AもBも学校スポーツ現場での体罰は試合の厳しい制度によるものだと述べている。
3. Aは生徒教育関係者の角度から体罰の原因を述べ、Bは外国との比較視点でその原因を述べている。
4. Aは体罰による教育の成功例があるから、体罰を容認できると述べ、Bは複線型のスポーツ社会を作ることによって体罰問題が解決できると述べている。

答案：3

解析　兩篇文章都不認為體罰是為學生好，所以選項1是錯誤的。選項2指出，不論是文章A還是文章B都認為體罰是比賽制度太嚴格導致的。有關此內容我們只在文章B中看到了「日本の高校スポーツの場合、ほとんどがトーナメント制で1回負けると終わり……行き過ぎた指導も起きてしまうのだろう」，即淘汰賽的賽制導致教練指導過度，而文章A中沒有提及，所以選項2是錯誤的。選項3中指出，文章A闡述了家長、老師對體罰的認可態度，進而導致體罰屢禁不止，此內容與文章A中第二段和第三段內容相符。文章B闡述了國外沒有體罰，因為國外大人和孩子對體育運動的態度和日本不同，此內容和文章B第一段內容相符，所以是正確選項。選項4的前半句話雖然和文章A中提到的體罰有成功的例子相符，但這並不是體罰被容忍的原因，文章A認為正由於有個別成功的案例，反而使體罰行為愈演愈烈了。所以選項4是錯誤的。

難點：

1. ～にも関わらず：**接在名詞、動詞、形容詞、形容動詞的常體的後面，但是，名詞和形容動詞不接「だ」，或使用「名詞＋である／形容動詞詞幹＋である」的形式，意為「雖然……但是……」「儘管……卻……」。**

例 転居届を出したにもかかわらず、郵便物などが旧住所に送られてくる。／儘管已經辦理了搬家登記手續，郵件等仍被寄到舊地址。

例 ボートの操舵者は禁煙の表示にも関わらず、いつも堂々と吸っていた。／儘管明示不許抽菸，開船的人仍然毫無顧忌的抽。

2. 〜ぐらいなら：**接在動詞原形的後面，意為「與其……倒不如……」**。

例 最近では、この種の電気製品は修理するぐらいなら、むしろ新品を買ったほうが安い。／最近，這種電器與其修理，倒不如買個新的更便宜。

例 降参するぐらいなら死んだほうがましだ。／與其投降不如去死。

② 隕石落下（いんせきらっか）

A

ロシア・**ウラル**地方（ちほう）**チェリャビンスク**州（しゅう）付近（ふきん）で15日午前（にちごぜん）9時（じ）23分（ぷん）（日本時間午後（にほんじかんごご）0時（じ）23分（ぷん））ごろ、隕石（いんせき）とみられる物体（ぶったい）が落下（らっか）し、大気圏内（たいきけんない）で爆発（ばくはつ）した。警察当局（けいさつとうきょく）によると、隕石（いんせき）の**破片（はへん）**が3カ所（しょ）に落下（らっか）し、うち二つ（ふた）が発見（はっけん）された。負傷者（ふしょうしゃ）のうち758人（にん）はチェリャビンスク市（し）で被害（ひがい）に遭（あ）った。負傷者全体（ふしょうしゃぜんたい）の3分（ぶん）の2は軽傷（けいしょう）という。

地元（じもと）メディアによると、隕石爆発（いんせきばくはつ）で衝撃波（しょうげきは）が発生（はっせい）し、チェリャビンスク市（し）などでガラスの破損（はそん）や建物壁面（たてものへきめん）の被害（ひがい）などが確認（かくにん）された。住民（じゅうみん）は大（おお）きな爆発音（ばくはつおん）で**パニック**に陥（おちい）った。

ロシア国営原子力企業（こくえいげんしりょくきぎょう）**ロスアトム**などによると、ウラル地方（ちほう）にある使用済（しようず）み核燃料再処理工場（かくねんりょうさいしょりこうじょう）に影響（えいきょう）は出（で）ていない。また、ウラル地方（ちほう）**スベルドロフスク**州（しゅう）ではベロヤルスク原子力発電所（げんしりょくはつでんしょ）が**稼働（かどう）**しているが、エネルギー供給（きょうきゅう）や放射線量（ほうしゃせんりょう）に異常（いじょう）はないという。

（2013年2月16日付け『時事通信』による）

B

15日、露中部チェリャビンスクで隕石とみられる物体が突如爆発、チェリャビンスク州内では、建物が損壊して多くの住民が負傷したほか、学校が授業を**取りやめる**など、市民生活にも影響が出ている。

ウラル山脈の東側にあるチェリャビンスク州は、ロシア有数の工業地帯として知られ、原子力発電所などの重要施設も多い。国営原子力企業ロスアトムは「操業に影響はない」としている。

州内は冬場は、気温が氷点下20度近い厳しい**冷え込み**に見舞われるため、隕石がもたらしたとみられる衝撃波で窓ガラスが割れた学校や幼稚園では休校措置を余儀なくされた。大学も授業を中止し、学生を帰宅させた。州中心部の小学校では、割れたガラスで教師らが負傷している。

（2013年2月16日付け『読売新聞』による）

關鍵詞彙

ウラル：烏拉爾。

チェリャビンスク：車里雅賓斯克州（俄羅斯地名）。

破片：碎片。

パニック：恐慌。

ロスアトム：俄羅斯國家核能企業「Rosatom」。

スベルドロフスク：斯維爾德洛夫斯克州（俄羅斯地名）。

稼働：運轉。

取りやめる：取消，作罷。

冷え込み：驟冷，氣溫急遽下降。

比較閱讀類特別練習1：

隕石落下について、Aの記事とBの記事の内容の相違点は何か。

1. Aは隕石落下の日にちに詳しく触れたが、Bはそれに全然触れなかった。
2. Aは隕石落下による国営企業への影響を示したが、Bは影響はないと言った。
3. Aは隕石落下に対する被害地の全体の措置を示したが、Bは学校の措置だけ触れた。
4. Aは隕石落下による負傷者の数をはっきりさせたが、Bでは明らかではなかった。

答案：4

解析 於選項1，文章A和文章B都提到了隕石墜落的時間，只不過文章A的時間更詳細，所以選項1是錯誤的。關於選項2，文章A和文章B都提到了隕石墜落並沒有對國營企業「ロスアトム」造成影響，所以選項2也是錯誤的。關於選項3，文章A沒有提到針對隕石墜落採取的措施，文章B提到了學校的一些措施，如停課和讓學生回家，所以選項3也是錯誤的。關於選項4，文章A提到傷者的具體數字，文章B提到很多人受傷，但沒有具體數字，所以選項4是正確答案。

比較閱讀類特別練習2：

隕石落下の被害について、AとBはどのように述べているか。

1. AもBも隕石落下による被害状況がはっきりしたと述べている。
2. AもBも隕石落下による窓ガラス割れの原因について述べている。
3. AもBも隕石落下による被害は珍しいことだと述べている。
4. AもBも被害に対処する措置について述べている。

答案：2

解析 選項1指出受災情況已經很清楚，這與文章A提到的「被害の全容は依然不明だが」，即「受災情況還不明確」的內容不符，所以是錯誤選項。關於選項2，文章A提到隕石墜落的衝擊波震碎了窗戶玻璃，文章B則更詳細的說明當時正值冬季，氣溫接近零下20攝氏度，因為嚴寒，隕石墜落帶來的衝擊波震碎了玻璃，所以是正確選項。關於選項3，只有文章A中提到「隕石落下によって負傷者が出るケースは、世界的にも極めて珍しい」，所以是錯誤選項。關於選項4，只有文章B中提到了學校採取停課、讓學生回家等措施，文章A只介紹了客觀情況，對採取的措施等隻字未提，所以是錯誤選項。

難點：

1. 〜を余儀なくされた：**接在名詞的後面，意為「不得不……」「被迫……」。**

例 彼は肺がんを患い、入院を余儀なくされた。／他得肺癌，不得不住院。

例 この不景気で経営規模の縮小を余儀なくされた。／因經濟蕭條，不得不縮小經營規模。

③ 学校週6日制

A

週5日制の導入が始まった平成4年当時は中学教員だったので、経緯や現場の混乱はよく知っている。もともと5日制は「ゆとり教育」や学力問題とはまったく関係なく、労働政策の一環として決まった。当時の貿易摩擦を背景に、欧米諸国から労働時間短縮の外圧を受けた政府が、まず公務員から手を付けたのが始まりだ。

そもそも、授業時間や教える中身を増やせば、それで学力が上がるのかという問題がある。教え方が下手な先生なら、もう1時間余分に教えたところで、あまり効果はない。あまりにも教育の質の問題を**見落としている**。諸外国の近年の教育改革を見ていると、教育の質を上げる方向に転換しており、決して授業時間を増やしているわけではない。授業時間が増えれば学力が上がるというのは、国際的な常識に反している。

今年度から授業時間数が増え、時間割は**ぎゅうぎゅう詰め**になっている。学校行事を削ったり、試験の日にも授業を行ったりと、**悪戦苦闘**している。現状でも多くの教員は部活指導などで土曜出勤しており、むしろ現場から6日制を望む声が出てくるだろう。

（http://www.sankei.com/life/news/130208/lif1302080011-n3.htmlによる）

B

学校週5日制は1980年代に臨時教育審議会が提唱し、日本教職員組合も強く要請して実現された。そもそも、貿易摩擦を背景とした、欧米からの労働時間の短縮要求に応えるため、公務員の週休2日制が先行した経緯がある。

導入の趣旨は、子供が家庭や地域で過ごす時間を増やし、ゆとりの中で社会体験や自然体験をさせる、ということだった。

だが、そうした目的が達成されているとは言い難い。ゆとり教育による授業時間の減少が、学力低下を招いたとも批判された。

私立の学校では、土曜日に授業を行うところが多い。週5日制が公私の学力格差の一因になっているとの指摘もある。保護者の間から土曜授業の復活を望む声が高まったのも無理はない。

問題の一つは、教職員の休日をいかに確保するかである。土曜に出勤した分の休日を夏休みや冬休みにまとめて**振り替える**仕組みなどを整える必要が出てくるだろう。

（2013年2月18日付け『読売新聞』より作成）

關鍵詞彙

見落とす：看漏，忽略。

ぎゅうぎゅう詰め：塞得滿滿的。

悪戦苦闘：殊死搏鬥，艱苦奮鬥。

振り替える：調換。

比較閱讀類特別練習1：

週6日制と学力向上の関係について、Aの筆者とBの筆者はどのような立場をとっているか。

1. Aは肯定的な態度を持っているが、Bは批判的である。
2. Aは批判的であるが、Bは態度がはっきりしていない。
3. AもBも肯定的な態度を持っている。
4. Aは態度を明確にしていないが、Bは批判的である。

答案：2

解析 從文章A第二段可以看出，作者對增加上課時間必然能提高學習能力這一觀點持反對意見，尤其是最後一句話「授業時間が増えれば学力が上がるというのは、国際的な常識に反している」，非常明確的表明了作者的態度。而文章B是客觀陳述大眾的意見，作者並沒有直接表明自己的態度。所以正確答案是選項2。

比較閱讀類特別練習2：

週6日制について、AとBはどのように述べているか。

1. AもBも週5日制は生徒の学力低下につながると述べている。
2. AもBも週6日制は学校教員が望むことであると述べている。
3. AもBも週5日制の実施された背景について述べている。
4. AもBも週6日制の実施はゆとり教育がその始まりだと述べている。

答案：3

解析 文章B提到有人認為週休二日制使上課時數減少，進而導致學生學習能力下降。而文章A持相反觀點，認為增加上課時數未必能提高學習能力。所以選項1是錯誤選項。關於選項2，文章A中提到「現状でも多くの教員は部活指導などで土曜出勤しており、むしろ現場から6日制を望む声が出てくるだろう」，指出學校老師渴望恢復週休一日制。而文章B一開頭就提到「学校週5日制は1980年代に臨時教育審議会が提唱し、日本教職員組合も強く要請して実現された」，説明學校老師們提倡週休二日制，所以選項2是錯的。選項4中提到的週休二日制和寬鬆教育相關，前後內容矛盾，也是錯誤選項。選項3指出文章A和文章B都提及實行週休二日制的背景，這與文章A、B都提到的「由於貿易摩擦，歐美等國要求（日本）縮短勞動時間，實行週休二日制」內容相符，所以是正確選項。

難點：

1. あまりにも～：**後接句子，意為「過於……」「太……」。**

   例 あまりにも暑いから、首にぶつぶつが出来てしまった。／天氣太熱，我的脖子上冒出了一粒粒的疹子。

   例 あまりにも明るすぎて、目が開きません。／太亮了，睜不開眼。

2. ～のも無理はない：**接在名詞修飾形的後面，名詞後接「なのも無理はない」，意為「……理所當然」「……可以理解」。**

   例 愚痴をこぼしたくなるのも無理はない。／想發牢騷也是可以理解的。

   例 彼が頭のいい息子を自慢するのも無理はない。／他愛炫耀聰明的兒子，這也是可以理解的。

④　駆け込み退職

A

埼玉県内の公立学校で100人以上の教員が退職**手当**減額前の1月末での退職を希望している問題で、愛知県では3月1日で退職金を**引き下げる**ため、定年退職を迎える県警職員と公立学校教員で2月末の退職希望が**相次いでいる**ことが分かった。県警や県教委は対応に追われている。

愛知県は当初、1月1日に引き下げることで繰り上げ退職による賃金の逆転現象を防ごうとした。だが結局は「周知期間が必要」として3月1日施行にしたため、2月に退職すると、3月に退職した場合に比べ退職金で150万円、給与を含めた賃金全体で100万円多く受け取れることになった。

今年度の定年退職者が約290人いる県警は、早期退職希望の有無を**取りまとめ**中。「署長クラスなど幹部にも手を挙げている人がいる。対象者の半数以上が希望するのではないか」（県警関係者）との見方もあり、100人以上の早期退職者が出ることもありえる。

県警は退職者数を見極めた上で、幹部ポストを中心に補充人事で穴埋めをする。交番・駐在所の空席を懸念する声も出ており、退職者を再任用する方法も検討し、現場の要員を維持する考えだ。

愛知県の公立学校教員の定年退職者は約1,300人。県教委は希望者を慰留するとともに、臨時職員の採用を検討。2月中旬をめどに早期退職の意思を把握するとしている。

ただ「調査することで早期退職を促しかねない」（担当者）ため、調査手法を慎重に検討しているという。

退職者の再任用については「自己都合で辞める人を再任用するのでは、県民に説明がつかない」として、臨時職員の採用を優先する方針だ。

（2013年1月23日付け『毎日新聞』より抜粋）

B

定年退職を3月末に控えた公立学校の教職員の退職が相次いでいる。退職手当を減額する条例の施行前に辞める「駆け込み退職」だ。

学年末に担任の教師が不在になれば、生徒や保護者は困惑するだろう。教育現場に混乱が生じないよう、自治体は臨時採用で後任を手当てするなど、適切な措置を講じる必要がある。

文部科学省によると、条例施行に絡み、既に退職したか、退職予定の教職員は、徳島、埼玉など4県で計約170人に上る。学級担任や教頭も含まれている。

例えば埼玉県では、条例が2月1日に施行されると、退職手当が平均約150万円減額される。施行前の1月末に退職すれば、3月末まで勤め上げるより、2か月分の給料が減っても、総額で70約万円多く受け取れるという。

駆け込み退職は警察官にも見られる。愛知、兵庫両県警では約230人が早期退職の意向を示している。治安の維持に悪影響が出ないか心配だ。

民間企業では、定年に達した誕生日か誕生月をもって退職とするケースが多い。

一方、退職時期が年度末の公務員は、誕生日後も勤務を続け、給料をもらえる。年度ごとに人件費予算を執行するためだが、民間よりも恵まれていると言える。

住宅ローンなどの経済的な事情はあるにせよ、重要な公務を担う教師や警察官が駆け込み退職することについて、「無責任」との批判が出るのは無理もない。

しかし、同様に問題なのは、駆け込み退職を想定せず、対応が後手に回った自治体の見通しの甘さである。最後まで職責を全うした教師らが損をするような仕組み自体に欠陥がある。

実際、1月1日に条例を施行した東京都では、年度末まで勤めないと規定の退職手当をもらえない制度にしているため、駆け込み退職の動きは見られなかった。

厳しい財政状況の下、自治体が人件費の圧縮に努めるのは当然のことである。それにもかかわらず、退職手当を減額するよう条例を改正したのは、47都道府県のうち3分の1にとどまっている。

教職員組合などに配慮し、減額時期を遅らせているとしたら、無責任の**そしり**を**免れまい**。

（2013年1月29日付けYOMIURI ONLINEより抜粋）

關鍵詞彙

手当て：準備，預備。

引き下げる：降低。

相次ぐ：相繼發生。

取りまとめる：彙整，整理。

見極める：看清，看透。

そしり：誹謗。

免れる：避免。

比較閱讀類特別練習1：

駆け込み退職に関して、AとBのどちらの記事も触れていないことはどれか。

1. 駆け込み退職の起因
2. 駆け込み退職への対応
3. 駆け込み退職に対する国の態度
4. 駆け込み退職に対する民衆の声

答案：3

解析 首先，要注意題目是選出文章A和文章B均未提及的事情，接著觀察4個選項。關於選項1，文章A中有「退職手当減額前の1月末での退職を希望している」，文章B中有「退職手当を減額する条例の施行前に辞める『駆け込み退職』だ」，都是說因為退休金要調降了，大家紛紛提前退休，所以選項1是錯誤的。關於選項2，文章A中有「県警は退職者数を見極めた上で、幹部ポストを中心に補充人事で穴埋めをする」和「県教委は希望者を慰留するとともに、臨時職員の採用を検討」，文章B中有「教育現場に混乱が生じないよう、自治体は臨時採用で後任を手当てするなど」，都是針對提前退休的應對措施，所以選項2也是錯誤的。關於選項4，文章A中有「交番・駐在所の空席を懸念する声も出ており」，文章B中有「重要な公務を担う教師や警察官が駆け込み退職することについて、『無責任』との批判が出る」，都是民眾對提前退休現象的回應，所以選項4也是錯誤的。只有選項3的內容文章A和文章B均未提及，所以正確答案是選項3。

比較閱讀類特別練習2：

> 駆け込み退職について、AとBはどのように述べているか。
> 1. AもBも駆け込み退職に対して、学校側の取る措置について述べている。
> 2. AもBも駆け込み退職に対して、県警側の取る措置について述べている。
> 3. AもBも駆け込み退職の実情を把握するために、調査をする必要があると述べている。
> 4. AもBも駆け込み退職による教育現場と県警への心配について述べている。
>
> 答案：1

解析 關於選項1，在文章A和文章B中都提到了學校採取臨時錄用老師的方法防止緊急退休為學校造成不便，所以是正確選項。關於選項2，只有文章A提到了針對緊急退休的具體措施，如「県警は退職者数を見極めた上で、幹部ポストを中心に補充人事で穴埋めをする」，文章B中並未涉及，所以是錯誤選項。關於選項3，只有文章A中提到了要調查公立學校教職員工提前退休的意向，文章B並未提到，所以是錯誤選項。關於選項4，文章A中提到「交番・駐在所の空席を懸念する声も出ており」，文章B中提到「治安の維持に悪影響が出ないか心配だ」，即文章A和文章B都提到了對警察人員方面的擔心。而對學校方面，只有文章B提到「学年末に担任の教師が不在になれば、生徒や保護者は困惑するだろう」，所以是錯誤選項。

難點：

1. ～た上で：**接在動詞た形的後面，意為「在……之後……」。**

   例 よく考えたうえできっぱりと断る。／好好思考之後，果斷拒絕。

   例 身体のしくみを知った上で、スイングの練習をやりたい。／在瞭解身體構造之後，再做揮桿練習。

2. ～をめどに：**接在名詞的後面，意為「以……為目標」「以……為線索」。**

   例 5月に完成させることをめどに、作業を進めていく。／以五月份完成為目標展開工作。

   例 夏をめどに、医師・歯科医師免許の新たな確認システムが始められる。／爭取從夏季開始實施全新的醫師、牙醫執照認證系統。

3. ～かねない：**接在動詞ます形的後面，意為「說不定……」「……有可能」。**

   例 身の回り品の値上がりは、家計を圧迫しかねない。／物價上漲，可能難以維持家計。

例 準備が足りないので、落第しかねない。／由於準備不足，可能考不上。

4. ～にせよ：**接在名詞、動詞、形容詞、形容動詞的常體的後面。但是，名詞和形容動詞不接「だ」，有時用「名詞＋である／形容動詞詞幹＋である」的形式，意為「不論……也好」「即使……」。**

例 たった二日の旅行にせよ、準備は必要だ。／即使是兩天的旅行，也有必要準備。

例 社長になったにせよ謙虚な生活をしたほうがいい。／即使當了社長，也最好低調生活。

⑤ 日本人の表情

A

日本人はあまり感情を顔に表さなくて能面のようだ、という人がいます。アメリカ人だったら、面白い時には大きな声で大きな口を開けて笑ったり、怒った時には大きな声で罵りの言葉を言ったりして怒りの感情をはっきり表しますが、日本人の場合は反応がもっと少ないです。それは、日本で感情をはっきり顔に表すのは良くない、大人気無いと考えられているからです。

会議などで、だれかの言ったことに怒った人はどうするでしょう。アメリカでは、多分怒った人は自分の感情を態度で表すでしょう。でも、日本では怒った感情を見せないようにして、話を続けると思います。自分の感情を出して他の人を不快な気持ちにしない方がいい、という思いやりの気持ちもあるのかもしれません。

悲しい時は、アメリカと同じように、できるだけ悲しい表情を表しません。葬式などで、涙も出さないで悲しみに耐えている人をよく見ます。特に、男性は人前で涙を見せるべきではない、と考えられていて、普通は人前で涙を見せません。しかし、本当に悲しくて男性が泣いた時には、それを「男泣き」と言います。最近アメリカでマジックジョンソンがバスケットボールから引退を発表した時に「男泣き」が見られましたが、アメリカと同じように日本でも「男泣き」は数が少ないです。

面白い時の笑いはアメリカでの笑いと同じです。でも、アメリカにない笑いもあります。日本で何か面白いことがあって笑う時に、口に手を当てる女性がよくいます。それは、口を開けて歯を見せて笑うのは**はしたない**、と考えられているからです。又、普通叱られた時には深刻な顔をして謝りますが、時々日本で照れながら笑って謝る人がいます。叱られているのにどうして笑うのか、アメリカ人にはなかなか分かりにくい笑いです。この他にも、アメリカでは見られないような笑いが見られることがよくありますから、どんな時に日本人がどんな笑いを見せるか気を付けて見ましょう。

最近の若い人は自分の感情を素直に表すことが多くなって来ましたが、アメリカ人と比べるとまだまだ感情の表現は少ないと思います。

(http://home.wlu.edu/~ujiek/1.jpn.htmlによる)

B

日本人の表情に関しては、表情に乏しいという観察や、外国人にとってばかりでなく、日本人にとってさえ読み取りにくいという実験結果がいろいろ報告されている。とくに「公の場」では日本人の顔からは穏やかな微笑と相手に感心して見せる驚きの表情以外は見出せないと感じる外国人もいる。

表情に関しても「本音」と「建前」を使い分けている日本人が多いと言えよう。武家社会においては悲しみや苦しみは押し隠し、毅然とした態度をとることが、女性や子供にも要求されていたが、現在においても日本人はひとまえでは感情をあまり見せず、とくに否定的な感情は隠す傾向がある。否定的な感情でなくても、たとえば「**照れて**頭を掻く」などの日本人によく見られる表情も「喜び」の抑制された表現であるとも言えよう。

日本人の表情の乏しさがよく言われる一方、日本人が挨拶の時に自然に使える微笑がアメリカ人にはできないというような指摘もある。俗に**オリエンタルスマイル**といわれるような表情は、人間関係を円滑に進めていくための機能的なもので、感情が抑制されているがゆえに、欧米人にはかえって使いこなすことが難しいのかもしれない。

（選自《新編日語泛讀第二冊》）

關鍵詞彙

罵る：罵。

はしたない：下流的，粗俗的。

照れる：害羞，難為情。

オリエンタルスマイル：東方式微笑。

比較閱讀類特別練習1：

日本人の表情について、AとBの両方が触れている内容はどれか。

1. 否定的な感情を顔に出さないこと
2. アメリカ人にできない日本人の微笑
3. 日本人の独特な笑いと怒りの表情
4. 日本人の公の場における微笑み

答案：1

解析　本題可以用排除法。關於選項2，文章A中提到了日本人獨特的笑容，但不是微笑，只有文章B中提到「日本人が挨拶の時に自然に使える微笑がアメリカ人にはできないというような指摘もある」，所以是錯誤選項。關於選項3，文章A中既提到了日本人獨特的笑容，也提到了日本人生氣時的表情，而文章B只提到了日本人的微笑和悲傷痛苦時的表情，沒有提到日本人生氣時的表情，所以是錯誤選項。關於選項4，文章A討論的是日本人的笑容，並不局限於微笑，文章B提到了日本人在公眾場合的微笑，所以也是錯誤選項。由此可以判斷正確答案是選項1。

比較閱讀類特別練習2：

日本人の感情表出について、AとBはどのように述べているか。

1. AもBも日本人は楽しい感情をすぐ顔に出すが、悲しい感情を抑える傾向があると述べている。
2. AもBも日本人は楽しい時、怒った時には、アメリカ人と同じような反応を示すと述べている。
3. AもBも日本人の悲しい感情を隠すことについて、歴史的な原因があると述べている。
4. AもBもアメリカ人の真似できない日本人の笑い方について述べている。

答案：4

解析 關於選項1，文章A指出日本人高興時也會像美國人那樣笑，但笑得很含蓄，比如女性掩嘴而笑等；而文章B指出日本人高興時也是壓抑著的，這與選項1的前半句話不符，所以選項1是錯的。關於選項2，文章A指出日本人發怒時不會像美國人那樣表達出來，這與選項2的內容不符，所以選項2是錯誤的。關於選項3，只有文章B提到了在日本過去的武士社會中，就連婦女和兒童也被要求掩藏起悲苦，保持一種堅決毅然的態度，暗示日本人掩藏悲傷的歷史性原因，所以選項3也是錯的。關於選項4，文章A提到了日本女性掩嘴而笑和日本人道歉時的笑容是美國人沒有的，文章B提到日本人寒暄時面帶的東方式微笑是美國人學不來的。這兩項內容均與選項4相符，所以選項4是正確的。

難點：

1. ～べきではない：**接在動詞原形的後面，多用於說話人強調自己的主張、建議，意為「不應該……」。**

   例 目上の人に対して、こんな失礼な言葉は言うべきではない。／不應該對長輩説那麼失禮的話。

   例 未成年の若者はお酒を飲むべきではない。／未成年人不應該喝酒。

2. ～に関しては：**接在名詞的後面，意為「關於……」「有關……」。**

   例 この事件に関しては、まだ不明なことがたくさんある。／關於這次事件還有很多不明確的事情。

例 環境保護に関しての研究は世界中に広がっていく。／全世界都在進行關於環境保護的研究。

3. ～がゆえに：**接在名詞修飾型的後面，名詞可以不加「の」，名詞和形容動詞也可以用「であるがゆえに」。具有較濃的文言色彩，表示說話人主觀認定的原因，意為「由於……因而……」。**

例 日本は経済大国がゆえに、外国から働きに来る人も多い。／由於日本是個經濟大國，因而來這裡工作的外國人也很多。

例 正しく行動したがゆえに成功した。／由於採取了正確的行動，因而成功了。

4. ～こなす：**接在動詞ます形的後面，意為「運用自如」「掌握」「善於」。**

例 高橋さんは英語を完全に使いこなすので、うらやましいなあ。／高橋完全掌握了英語，好羨慕啊。

例 荒馬を乗りこなす。／善於駕馭野馬。

⑥ ネット上の著作権

A

現在、インターネット上には、さまざまな情報があふれている。そうしたネット上の情報の中には、他人の著作物をコピーしたものが多く**紛れ込んでいる**。

では、ネット上に発信される情報の著作権は、厳格に保護されるべきなのだろうか。ネット上のデータは劣化することなく複製が可能で、一度出回ると回収が事実上不可能になる。実際、音楽や映画、マンガやゲームソフトなどのコピーがネット上に**出回り**、ただで入手できてしまう現状である。そのため、これらの商品の販売数が**落ち込み**、著作権者が損害を被る事態も**相次いでいる**。これを**取り締まる**には、ネット上の著作権を厳格に保護する必要がある。従って、情報の自由なやりとりがある程度制限されるのはやむを得ない。

B

現在、インターネット上には、さまざまな情報があふれている。そのため、ネット上の著作権を厳格に保護すべきだという意見がある。

確かに、そういう考え方も**一理ある**。しかし、それでも、ネット上の著作権を厳格に保護するのは**好ましい**とは思えない。ネット上の著作権を厳格に保護すると、**あらゆる**情報に著作権が生じると思わなくてはならなくなる。そうすると、著作権を考えずにたくさんの人に創作物を提供しようとする人の自由な発表・発信の機会を事実上制限することになってしまう。ネットは、学問的な情報を学者や研究者が**やりとり**したり、共有したりする場であるべきだ。また、自分が作った便利なソフトウエアや創作物を多くの人に使ってもらいたいと考える人にとっては、自由に使える場でもあるべきだ。

關鍵詞彙

紛れ込む：混入。

出回る：上市，產品從產地運到市場。

落ち込む：陷入，掉進。

相次ぐ：相繼發生。

取り締まる：管理，約束。

一理ある：有一番道理。

好ましい：令人喜歡的，受歡迎的。

あらゆる：所有的，一切的。

やりとり：對話。

比較閱讀類特別練習1：

AとBで共通して述べられていることは何か。

1. 今日のインターネット上には、いろいろな情報があふれている。
2. 音楽や映画やゲームソフトなどの複製がネット上にアップロードされ、ただで入手できてしまう状況になっている。
3. ネットは、学問的な情報を学者や研究者が交換したり、共有したりする場であるべきだ。
4. 情報の自由な交換がある程度制限されるのはやむを得ない。

答案：1

解析 關於選項1，從文章A和文章B的第一句話可以看出，兩篇文章都提到了這一內容。關於選項2，只有文章A提到了與此相關的內容。關於選項3和選項4，只有文章B提到了與此相關的內容。所以正確答案是選項1。

比較閱讀類特別練習2：

Bで言いたいことと最も近いものは何であるか。

1. ネットにおける著作権を保護すべきである。
2. インターネットは自由に交流できる場であるべきだ。
3. インターネットは学者たちが自由に発言したり、議論したりする場であるべきだ。
4. ネットにおける著作権を厳格に保護すべきではない。

答案：4

解析 這道題是測驗文章B的主旨。文章B是一篇典型的「尾括型」文章。選項1的內容在文章中雖有提及，但是，文章只提到有人認為網路著作權應該受到嚴格保護，這並不是作者的觀點，所以是錯誤選項。選項2的內容在文章中雖有提及，但並非作者最想說的，所以也是錯誤的。選項3的內容是作者為了說明自己的觀點列舉的論據而已，也不是正確答案。最後的選項4「ネットにおける著作権を保護すべきではない」的內容和文章B的最後一句話相符，所以正確答案是選項4。

難點：

1. やむを得ない：**日語中的慣用表達方式，可以單獨使用，意為「不得已」「無可奈何」「不得不……」。**

例 やむを得ない急な出張のため、私は会社を留守にしておりました。／因為我不得不出差，所以沒在公司。

例 嫌ならやむを得ない。／就算你討厭也沒辦法。

⑦ 日本における臓器移植に関する観点

A

臓器移植法の改正によって、日本もようやく脳死による臓器移植の件数が増えてきた。また、従来は許されていなかった、15歳未満の子どもが**ドナー**となることも可能になった。だが、子どもがドナーになる脳死による臓器移植は進んでいないそうだ。では、15歳未満の子どもをドナーとする臓器移植を進めるために、**さらなる**法の改正などの措置をとるべきかどうか、考えてみたい。

日本人は欧米の人たちと違って、体を物質と考える文化を持っていない。そのため、**理屈**では脳死を死と考えることができても、心情的に人の死と認めにくい傾向がある。その点を踏まえて、ドナーの家族の心理的な**ケア**を行うなど、脳死による臓器移植の認知を進め、移植によって助かる命、とくに子どもの命を助けるべきだ。

B

15歳未満の子どもをドナーとする臓器移植を進めるための措置をとるべきだろうか。子どもの場合にも、大人と同じように脳死判定を行っていいものか、まだ疑問が残る。子どもの場合の基準は、もっと慎重に**見極める**必要があるのではないか。

これは、大人と違って、同じ病状でも回復する可能性があるというのはもちろんだが、たとえ脳死になっても、まだ心臓の動いている子どもに望みを託したいという親や家族の気持ちも考えなくてはならないと思うからだ。人の死は、生物学的に決められるばかりではないのである。確かに、臓器移植によって助かる命があるならば、脳死による臓器移植を進めるべきだというのもわかる。子どもの命ならば、**なおのこと**救うべきだろう。しかし、子どもをドナーとする臓器移植を進めることには、慎重であるべきだ。

關鍵詞彙

ドナー：器官捐贈者。
さらなる：更加，越。
理屈：道理，理由，理論。
ケア：照顧，看護。
見極める：看清，看透。
なおのこと：更，更加。

比較閱讀類特別練習1：

AとBで共通して述べられていることは何か。

1. 臓器移植法の改正により、日本でも脳死による臓器移植の件数が増えてきたこと
2. 15歳未満の子どもは臓器移植を受けることが可能になったこと
3. 15歳未満の脳死の子どもがドナーになるのは可能であること
4. 15歳未満のドナーのため、更に法律の改正が必要であること

答案：3

解析 本題測驗的是文章A和文章B都提及的內容。觀察4個選項，再分別閱讀文章A和文章B。選項1和選項4的內容只在文章A中被提及，選項2在文章A和文章B中都沒有被提及，而選項3為文章A和文章B都提及的內容，所以正確答案是選項3。

比較閱讀類特別練習2：

Bはなぜ臓器移植に対して疑問を持っているのか。

1. 15歳未満の子どもについて、もっと慎重に考えるべきだから
2. 人間の死は脳死だけで判断すべきではないから
3. 脳死の子どもの親や家族に対する心のケアが必要だから
4. 体を物質として考えていないから

答案：1

解析 這道題是針對文章B的原因理由題。首先觀察選項，然後通讀全文。將4個選項分別代入「なぜ」處來對比。選項2的內容與文章中提到的「人の死は、生物学的に決められるばかりではないのである」內容相符，但這並不是作者對器官移植問題抱持懷疑態度的原因，所以不是正確答案。選項3和選項4的內容在文章B中並未被提及，所以都是錯誤選項。在此用排除法可以判斷選項1是正確答案。

難點：

1. ～を踏まえて：**接在名詞的後面，意為「根據……」「依據……」「在……的基礎上」，常與表示「現狀」「實情」「狀況」等詞一起使用。**

例 今年度の状況を踏まえて、来年度の家族手当を大幅に増額しなければならない。／根據本年度的情況，下個年度我們必須提高家屬津貼的額度。

例 この教材は最新の研究成果を踏まえて、編集されたものです。／這本教材是依據最新的研究成果編寫的。

第8章 資訊檢索類題型

1 ▶ 資訊檢索類題型解題技巧

資訊檢索類題型也是新日本語能力測驗的一種新題型，主要測驗考生能否在眾多的資訊當中，迅速準確的找出需要的資訊。此類題主要是以傳單、廣告、生活資訊介紹、通知、商業文書等為主。字數在700字左右，出題數量是2題。一般在文章之前會有一個問題描述，在文章之後會有兩道具體問題。我們只要注意文章後的兩道問題即可。另外，由於問題測驗的是時間、地點、人物、方法等，所以這種題型也可以歸類為一種細節類題型。

解題線索：

・確認所給資訊的內容（廣告、通知、介紹等）。
・仔細閱讀問題，找到題目中給出的檢索條件。
・從文字及圖表資訊中找出重點，逐一比對選項，找出正確答案。

解題技巧：

・根據標題迅速掌握資訊的主要內容。（快速閱讀）
・閱讀問題，找出題目中的關鍵字。（仔細閱讀）
・閱讀資訊，找出閱讀材料中的關鍵字，並在文中圈出關鍵詞，對比問題加以理解。（快速閱讀＋仔細閱讀）
・最後檢查所選答案與文中資訊是否一致，避免疏忽造成的錯誤。（快速閱讀）

注意：一定要特別注意文中打星號的注意事項以及括弧中的訊息，這部分一般會成為出題內容。

資訊検索類題型常見的出題方式：

- ○○である。下の問いに対する答えとして最もよいものを、1・2・3・4から一つ選びなさい。
- ○○のうち、応募できるものはどれか。
- ○○したかどうかを知るには、○○さんはどうしたらよいか。
- ○○している次の学生のうち、この奨学金に応募できるのは誰か。
- ○○さんが、この奨学金に応募する場合、応募時に必ずしなければならないのは、次のどれか。
- ○○をした場合、一番給料が多いのはどの仕事か。
- ○○さんが応募できる仕事はいくつあるか。
- ○○次の○○人のうち、○○の応募条件を満たしているのは誰か。
- 応募の段階で必ず提出しなければならないものは何か。
- ○○さんに合う講座はどれか。
- ○○の講座を受講するためにはどのような手続きが必要か。

搶分關鍵看這裡

例題：

次は、あるスーパーの募集案内である。下の問いに対する答えとして、最もよいものを1・2・3・4から一つ選びなさい。

要注意這裡是選擇與文章內容相同的還是不同的。

問題1 案内の内容と同じものはどれか。

1. 学生アルバイトが日曜日出勤の場合には手当てがつかない。
2. 夜間店長が商品の加工、陳列をする必要はない。
3. 問い合わせは本部また総務部に連絡しなければならない。
4. パートタイマーとアルバイトの勤務内容が違うので、時給が異なる。

答案：1

要注意這裡的是選擇合適的還是不合適的。

問題2 夜間勤務を希望している人に合わない店はどれか。

1. 五泉店
2. 倉本店
3. 石山店
4. 亀山店

答案：2

オガワ　5店舗同時募集！

各店　生鮮部門・一般食料品部門・レジ部門・夜間店長

パートタイマー及びアルバイト募集中！

［仕事内容］商品の加工、陳列、レジでの接客業務など

東区	石山店	東区東清 5 丁目 14 番 1 号	123-666-7789
西区	倉本店	西区町図町 88 番 1 号	123-000-1118
南区	亀山店	南区一等屋町 6 丁目 8 番 88 号	123-268-3381
北区	長潟店	北区大潟 88 番地 1	123-357-8877
江北区	五泉店	都心区 16 丁目 88 番地 2	123-438-8181

オガワ株式会社　本部新潟市里美区3-2-1　123-1123-1215

パートタイマー

［勤務時間］8：30～18：00の間で4～7時間
［給与］時給710円～760円
※祝日・祭日手当/1時間当たり150円（その他諸手当あり）
［待遇］賃金改定1回、賞与年2回、通勤手当支給、制服貸与
［休日］交替制で通常8～9回

アルバイト

（高校生・大学生も可）
［勤務時間］17：00～23：00の間で2～5時間、週3～4日
［給与］時給780円～900円
［待遇］賃金改定年1回、制服貸与
［休日］交替制（応相談）

夜間店長（アルバイト）

［募集店舗］石山店・亀山店・五泉店
［仕事内容］上記仕事内容に加えて夜間の店長代理業務
［勤務時間］17：00～0：15の間で3～6時間（店舗によって異なります）週3～4日
［給与］時給1,000円
［休日］交替制（応相談）

［お問い合わせ・応募方法］

各店舗及び各部門によって仕事内容や勤務時間帯が異なりますので、詳細は各店舗の店長又は本部・総務部までお気軽にお問い合わせください。勤務開始日はご相談下さい。

▶ **資訊檢索類題型實戰演練**

**本章譯文
請見P.279**

① 免許教習料金
<small>めんきょきょうしゅうりょうきん</small>

料金には教習に関するすべての費用が含まれています。

料金には、入学金、教材費、適性検査費、写真代、学科教習費、技能教習費、技能検定料（修了・卒業）、**仮免許証**交付手数料、高速道路通行料、宿泊費（1日3食付）、往復交通費が含まれています。

故意又は不注意等により教習を受けない場合は、キャンセル料をいただきます。

保証内容をこえた場合は追加料金となります。

日付や料金は予告無く変更になる場合がありますので、入校のお申し込みの際にご確認下さい。

普通免許 ※AT14日間～　MT16日間～

普通免許(AT車)教習料金								
期間	年齢制限	宿泊タイプ						
		寮			ホテル			
		トリプル	ツイン	シングル	女性ツイン	カップルツイン	シングルA	シングルB
4/1～5/31	29歳まで	¥236,250	¥236,250	¥236,250	¥257,250	¥236,250	¥267,750	¥283,500
6/1～7/27	29歳まで	¥236,250	¥236,250	¥236,250	¥257,250	¥236,250	¥267,750	¥283,500
7/28～8/3	29歳まで	¥273,000	¥283,500	¥294,000	¥294,000	¥283,500	¥304,500	¥320,250
8/4～8/19	25歳まで	¥294,000	¥304,500	¥315,000	¥315,000	¥304,500	¥325,500	¥341,250
8/20～9/16	29歳まで	¥273,000	¥283,500	¥294,000	¥294,000	¥283,500	¥304,500	¥320,250
9/17～11/30	29歳まで	¥236,250	¥236,250	¥236,250	¥257,250	¥236,250	¥267,750	¥283,500

普通免許(MT車)教習料金								
期間	年齢制限	宿泊タイプ						
		寮			ホテル			
		トリプル	ツイン	シングル	女性ツイン	カップルツイン	シングルA	シングルB
4/1～5/31	29歳まで	¥246,750	¥246,750	¥246,750	¥267,750	¥246,750	¥278,250	¥294,000
6/1～7/27	29歳まで	¥246,750	¥246,750	¥246,750	¥267,750	¥246,750	¥278,250	¥294,000
7/28～8/3	29歳まで	¥283,500	¥294,000	¥304,500	¥304,500	¥294,000	¥315,000	¥330,750
8/4～8/19	25歳まで	¥304,500	¥315,000	¥325,500	¥325,500	¥315,000	¥336,000	¥351,750
8/20～9/16	29歳まで	¥283,500	¥294,000	¥304,500	¥304,500	¥294,000	¥315,000	¥330,750
9/17～11/30	29歳まで	¥246,750	¥246,750	¥246,750	¥267,750	¥246,750	¥278,250	¥294,000

▼保証内容

[技能教習：無制限] [技能検定：無制限、仮免学科試験：4回] [宿泊：無制限]

※上記年齢を超える方

[技能教習：最短＋6時限] [技能検定、仮免学科試験：無制限] [宿泊：無制限]

- 二輪免許をお持ちの方は上記料金より21,000円引きとなります。
- 追加料金：技能教習5,250円。

★カップルプランについて

お泊り先は「新潟グランドホテル」（満室の場合は**提携ホテル**の**ツインルーム**にご宿泊）となります。

異性でのご入校の場合、未成年であっても成人していても、学生の方は親権者様の承諾書の提出が条件となります。

ご卒業日が異なる場合は、ご卒業ごとにご帰宅していただきますが、ご希望により、1泊5,250円（3食付き）にてご滞在いただけます。

★シングルBについて

お泊り先は「ホテルオークラ新潟」となります。

關鍵詞彙

仮免許：臨時駕照。

二輪：兩輪車，摩托車。

提携ホテル：合作飯店。

ツインルーム：雙人房。

資訊檢索類特別練習1：

案内の内容と同じものはどれか。

1. 保証内容を超えた場合も、追加料金を払う必要がない。
2. いかなる理由でも教習を受けていなければ、キャンセル料がかかってしまう。
3. 表に記載されている年を超えた人は一律21,000円安くなる。
4. 20歳を超えた学生が異性でカップルプランを申込む場合、親の許諾が必要である。

答案：4

解析　根據「保証内容をこえた場合は追加料金となります」可知，只要超出了規定內容就要多交錢。選項1與此不符，是錯誤選項。根據「故意又は不注意等により教習を受けない場合は、キャンセル料をいただきます」可知，只有故意或不注意缺課的人才需要支付取消費。言外之意，如果是正當理由缺課是不需要支付取消費的。所以選項2是錯誤選項。選項3指出，超過規定年齡的人一律便宜21,000日圓，但實際上還需要有「二輪免許」，即持有摩托車駕照的人才可以打折，所以是錯誤選項。選項4指出就算是20歲以上的學生，如果和異性一起申請情侶課程，也需要得到父母的同意。這與文中「異性でのご入校の場合、未成年であっても成人していても、学生の方は親権者様の承諾書の提出が条件となります」的內容相符，所以為正確選項。

資訊檢索類特別練習2：

高橋さん（30歳）は大学の時、自動二輪免許を取っていたが、仕事でマニュアル（MT）車の免許が必要になった。6月の中旬に申し込もうと思っているが、教習所の一人部屋の寮を利用する予定である。高橋さんはいくら用意すればいいのか。

1. 220,500円
2. 225,750円
3. 246,750円
4. 231,000円

答案：4

解析 高橋要考手排汽車的駕照，所以應該看「普通免許（MT車）教習料金」這個表格，他打算6月中旬報名，所以要看「6/1～7/27」這一欄。另外，他打算住單人房的宿舍，應參照「シングル」一欄對應的價錢，是246,750円。但高橋30歲，超過了限制年齡29歲，而且他還有摩托車駕照，所以要看表後的補充條款，其中有兩條都與錢有關，一條是「二輪免許をお持ちの方は上記料金より21,000円引きとなります」，另一條是「追加料金：技能教習5,250円」。所以計算方法是：246,750-21,000＋5,250＝231,000，正確答案是選項4。

難點：

1. ～にて：**助詞，接在名詞的後面，可以和「で」互換。用於鄭重的書信等書面用語。表示場所、原因、時間、手段、方式、方法、限定。**

例 メールにてファイルをお送りいたします。／我用郵件把文件發送過去。

例 先ほど、設計書をセキュアサイトにて送付いたしました。／剛才透過安全網站將設計書發送過去了。

② ゴミの分け方・出し方

区分	代表的なゴミ	品物の例	出し方の注意
可燃ごみ（指定ゴミ袋に入れて出す）	プラスチック類、台所ごみ、ゴム、革製品、木くず、布類	アイスノン、座ぶとん、貝殻、ビニール、ゴム類、**発泡スチロール**類、食用油、少量の草、プラスチックのふた、ぬいぐるみ、花、ビデオテープ、プラスチック製の化粧びん、**ござ**、人工芝、そろばん、ホース・ロープ（金属製以外）、CD、DVD	生ごみは水切りを十分に行って下さい。 植木の枝、**木切れ**等は太さ7cm×長さ50cm以下にして下さい。 金属の**キャップ**は、取り外してください（不燃ごみへ）。 食用油は布に**しみこませる**か、凝固剤で固めてから出して下さい。 **ホース・ロープ**は30cm以下に切って出して下さい。
不燃ごみ（回収カゴに直接入れること）	ガラス、陶器類、金属製以外の鍋、耐熱ガラス鍋、電球、蛍光灯、乾電池	**タイル、おたま、アルミ**皿容器、**コップ、リール**、物干し台、ワイヤーロープ、粘土、焼却灰、ペットの砂、バーベキュー網、哺乳びん（ガラス）、電気コード、乾電池（単1～5）、金魚ばち（ガラス）、家庭用塗料の空カン	**ニカド電池**や、ボタン電池は、販売店で回収してもらう。 先が鋭く危険なガラスや刃物、また細かな破片等は、新聞紙等を敷いた袋（可能な限り透明な袋）に入れ袋を結ばず（中身の確認のため）に出して下さい。（針等はフィルムケース等に入れる。）
空きカン（回収カゴに直接入れること）	ビール缶、スプレー缶、缶詰類、**カセットボンベ**、ジュース缶など	虫除けスプレー、ヘアースプレー、カセットボンベ、缶類（10cm×20cm以下）、のりの缶	軽くすすぐなどし、中身を取り除いてから出して下さい。 カセットボンベやスプレー缶は必ず穴を開けてガスを抜いてから出してください。
空きビン（回収カゴに直接入れること）	調味料のびん、ドリンクびん、ジュースびん、洋酒のびん、その他ガラスびん	ジャム、栄養剤、食べ物の入っていたあきびん、たれ、酢、その他ガラスびん。大きさは、一升びんぐらいまで（12cm×40cm以下）	軽くすすぎ、ふたをはずして出して下さい。 農薬・油びんは不燃ごみへ。 ビールびん・一升びんは集団回収か販売店へ。
ペットボトル（指定ごみ袋に入れて出す）	ジュース、お茶、コーヒー、お酒、しょう油	炭酸飲料、ウーロン茶、スポーツドリンク、ミネラルウォーター、焼酎、清酒（ボトルの底の中心にへそのような**ふくらみ**があるものがペットボトルです。）	水ですすいで、水切りをして出して下さい。 ペットボトルからキャップをはずし、キャップといっしょに指定ごみ袋に入れて出して下さい。

關鍵詞彙

木くず：木屑。

アイスノン：冰枕。

発泡スチロール：保麗龍。

ござ：席子，涼席。

木切れ：碎木片。

キャップ：瓶蓋。

しみこむ：滲入，滲透。

ホース：軟管，塑膠管。

タイル：瓷磚。

おたま：湯勺，圓勺。

アルミ：鋁。

コップ：玻璃杯，杯子。

リール：（線）卷軸。

ニカド電池：「ニッケルカドミウム蓄電池」的縮寫，鎳鎘電池。

カセットボンベ：小型高壓氣瓶。

ふくらみ：膨脹，鼓起。

資訊檢索類特別練習1：

油びんを出す場合はどうすればいいのか。

1. 軽くすすぎ、ふたをはずさずに空きビンの回収カゴに入れる。
2. 水ですすいで、水切りしてから販売店に持っていく。
3. キャップをとって燃えないごみの回収カゴに入れる。
4. 中の食用油は布にしみこませてから燃えるごみの袋に入れる。

答案：3

解析 首先判斷要丟棄的垃圾屬於哪一大類，油瓶應該屬於空瓶類，所以在「區分」一欄中尋找關於空瓶的處理方法。在這類垃圾的「出し方の注意」中明確寫著「油びんは不

燃ごみへ」。選項是把一些詞換了説法，比如「ふた」與「キャップ」，「不燃ごみ」與「燃えないごみ」。所以正確答案是選項3。

資訊検索類特別練習2：

案内の内容と同じものはどれか。

1. 生ごみは水を切って燃やすごみとして出す。
2. 食用油はなにも処理しなくてもそのまま出す。
3. 電池なら種類を問わず燃やさないゴミとして出す。
4. ペットボトルのキャップは本体に付けたまま出す。

答案：1

解析 選項1中的「生ごみ」在「可燃ごみ」一欄中，且文中也提到了「水切り」，意為「把水瀝乾」，這與文章內容相符，所以是正確選項。選項2意為「食用油不需要做任何處理，可直接丟棄」。這與文章中提到的「食用油は布にしみこませるか、凝固剤で固めてから出して下さい」，即「要先把油倒到布上或是把油凝固再丟棄」的意思不符，所以是錯誤選項。關於選項3的電池，文中提到「ニカド電池や、ボタン電池は、販売店で回収してもらう」，這句話裡的專有名詞大家可能不明白，但是可以知道有些電池需要在商店回收，由此判斷選項3是錯誤選項。選項4指出不需要將塑膠瓶瓶身和瓶蓋分開丟棄，這與文中提到的「ペットボトルからキャップをはずし」，即「要把寶特瓶瓶身和瓶蓋分開丟棄」的內容不符，所以是錯誤選項。

③ 20○○年度小山商事留学生奨学金募集・推薦要項

財団法人国際教育支援協会（以下「本協会」という。）では、小山商事株式会社のご支援により、「20○○年度小山商事留学生奨学金」（以下「奨学金」という。）の受給者を下記により募集する。

1. 目的

この奨学金は、日本の大学及び大学院に在籍する優秀な私費外国人留学生に対して奨学金を支給することによって、経済的不安を緩和し、学習効果を高めることに寄与することを目的とする。

2. 奨学金の提供者及び提供の趣旨

この奨学金の提供者である小山商事株式会社は、海外諸国との国際交流・異文化交流を図り、有用人材の育成を行うことを目的として資金を提供された。

3. 応募資格

応募することができる者は、次の各号のすべてに該当するものとする。

(1) 日本以外の国籍を有する私費外国人留学生

(2) 2018年4月現在で、日本の大学学部(2～4年次)及び大学院修士課程(1～2年次)、博士課程(1年次)に正規生として在籍の者

(3) 経済的な援助を必要としている者(アルバイト等により自活手段に収入を頼る割合の高い者)

(4) 2018年4月以降、他の奨学金を受ける予定のない者

(5) 心身共に健康であり、かつ品行方正で学業成績が優秀な者

(6) 国際交流を通しての社会貢献活動に強く関心を持ち、現在・将来を通じて国際社会の発展に貢献する意欲の強い者

4. 採用人数

2018年度の新規採用として50名程度

5. 奨学金月額

学部生 ：100,000円

大学院生(修士・博士) ：150,000円

6. 支給期間

2018年4月より2019年3月までの1年間

7. 推薦方法

(1) 奨学金を受けようとする者(以下「応募者」という。)は、所定の様式による願書を在籍する大学を通じて、本協会理事長(以下「理事長」という。)に提出するものとする。

(2) 大学の長は、3. に掲げる応募資格に該当するとともに、学業・人物ともに優秀と認められる応募者について、8. に掲げる推薦書類を理事長に提出するものとする。なお、推薦人数については、依頼文のとおりとする。

8. 推薦書類

(1) 願書(別紙様式1。日本語で記載されたものに限る。)1通

(2) 応募者の写真 1枚

(最近6ヶ月以内に撮影したもの。4.0cm×3.0cm、上半身、脱帽、裏面に氏名を記入し、願書の所定欄に貼付すること。)

(3) 応募者の在留資格証明書(写)1通

(4) 2016年度、2017年度前期の学業成績証明書 各1通

9. 推薦締切期日

2017年12月10日(金)(必着)

10. 選考及び結果の通知

理事長は、7. の(2)により推薦された者について、奨学金提供者とともに書類審査を行い、受給者を決定し、2018年3月下旬を目途に、大学を通じて通知する。

11. 奨学金の支給等

奨学金は、別に定める方法により在籍大学を通じて支給する。

12. 推薦書類の提出先・問い合わせ先

財団法人国際教育支援協会事業部国際交流課

〒012-3456 東京都○○区1-2-3

TEL：03-1234-5678　FAX：03-1234-5677

關鍵詞彙

寄与：貢獻。

所定：指定，規定。

資訊檢索類特別練習1：

この奨学金に応募できるのは次のどれか。

1. 日本の国籍を持っているフランスからの帰国子女
2. 大学2年に在籍しているブラジルからの日系人
3. 博士2年に在籍しているアメリカからの留学生
4. 2018年度大学に入学する予定の中国からの留学生

答案：2

解析 題目問的是申請獎學金的資格，所以要仔細閱讀第三條「応募資格」。在這裡可以用排除法來選擇。根據第一條「日本以外の国籍を有する私費外国人留学生」可知，不能是擁有日本國籍的學生，所以可以排除選項1。根據第二條「2018年4月現在で、日本の大学学部（2～4年次）及び大学院修士課程（1～2年次）、博士課程（1年次）に正規生として在籍の者」可知，必須是正式入學的2年級以上的大學本科生、碩士生或博士1年級學生，所以可以排除選項3和選項4。因此正確答案是選項2。

資訊檢索類特別練習2：

> 案内の内容と同じものはどれか。
> 1. 成績さえよければこの奨学金を応募することができる。
> 2. 奨学金の金額は修士と博士は同額で、学部生は違う金額になる。
> 3. 応募したい学生は応募書類を直接奨学金協会の理事長に提出すればよい。
> 4. 選考結果は直接学生に届くことになっている。
>
> 答案：2

解析 從文中報名資格之一「(3) 経済的な援助を必要としている者」來看，獎學金的對象是經濟上有困難的學生，所以選項1為錯誤答案。選項2指出碩士生和博士生的獎學金金額一樣，大學本科生的金額是不一樣的，這與「学部生 ：100,000円、大学院生（修士・博士）：150,000円」內容相符，所以是正確選項。選項3指出想要報名的學生可以直接把資料交給獎學金協會的理事長，但文中提到「在籍する大学を通じて」，即「透過就讀的學校遞交資料」。選項3與文中內容不符，所以是錯誤選項。選項4指出結果會直接寄給學生，這與「大学を通じて通知する」，即「透過學校通知學生」的內容不符，所以為錯誤選項。

難點：

1. ～に限る：**接在名詞的後面，意為「限於……」「只限……」。**

例 参加者は外国人に限る。／参加者僅限外國人。

例 この大学に入学できる人は女性に限る。／只有女性可以報考這所大學。

④ 就学援助制度(しゅうがくえんじょせいど)のお知(し)らせ

保護者(ほごしゃ)の皆様(みなさま)へ　平成(へいせい)3○年度(ねんど)　就学援助制度(しゅうがくえんじょせいど)のお知(し)らせ　H3○.1.11

八戸市(はちのへし)では、経済的(けいざいてき)な理由(りゆう)で小(しょう)・中学校(ちゅうがっこう)の就学費用(しゅうがくひよう)の支払(しはら)いが困難(こんなん)なご家族(かぞく)に対(たい)して給食費(きゅうしょくひ)や学用品費(がくようひんひ)などの一部(いちぶ)を援助(えんじょ)しておりますので、希望(きぼう)される方(かた)はお申(もう)し込(こ)みください。なお、29年度(ねんど)に引(ひ)き続(つづ)き希望(きぼう)される方(かた)も、再度(さいど)お申(もう)し込(こ)みが必要(ひつよう)です。援助(えんじょ)を希望(きぼう)される方(かた)は、下欄(からん)の申込書(もうしこみしょ)に所定事項(しょていじこう)をご記入(きにゅう)の上(うえ)、封筒(ふうとう)（使用済(しようず)み可）にいれて学級担任までお申し込みください。

1. 援助の対象になる方は？

援助の対象になる方	申請に必要な証明書等
1. 保護者が生活保護廃止、または停止になった。	◆生活保護廃止（停止）決定通知書
2. 世帯全員が市民税非課税である。	◆生計を同じくする18歳以上の方全員の「課税証明書」（学生は不要）
3. 世帯全員が国民年金保険料を免除されている。	◆生計を同じくする20歳以上の方全員の「免除申請承認通知書」
4. 保護者が児童扶養手当の全額支給を受けている。	◆「児童扶養手当証明書」のコピー
5. 災害等により、世帯の国保税や世帯全員の市民税を減免されている。	◆お子さんの通う学校、または学校教育課にお尋ね下さい。
6. その他の理由で世帯の経済状態が悪く、学校納付金の支払いに困っている。	◆生計を同じくする18歳以上の方全員の「課税証明書」（学生は不要）

※申請するためには、学校長の意見が必要になりますので、世帯の生活状況等について学校に良く説明しておいてください。

※同居する家族は、**もれなく**申請書に記載してください。

※必要に応じて、民生委員に事情を確認することがありますので、ご了承ください。

2. 申請手続きは？

上記1～6に該当して援助の対象となる方で、申請を希望する場合は、次の書類をそろえて、お子さんの通う学校へ提出してください。

- 「申請書（世帯票）及び口座振替依頼書・委任状」・学校に用意してあります。

- 「申請者名義の市内金融機関の通帳」・確認してお返しします。
- 上記1～6で、それぞれ申請に必要な証明書等。

※注意事項：「課税証明書」は、市庁資産税課、各市民サービスセンターで発行します。本人以外の方が申請する場合は、本人の委任状が必要です。

關鍵詞彙

もれなく：全部，一個不漏。

資訊檢索類特別練習1：

田中香奈ちゃんは中学校2年生で五人家族である。お母さんは専業主婦で、上のお姉さんは20歳で地元の大学に通い、下のお姉さんは18歳で工場に勤めている。今年不景気でお父さんの会社がつぶれて、家の経済事情が悪くなったため、この援助を申請しようとしている。手続は何を用意すればいいのか。

1. 申請書、通帳、児童扶養手当証明書のコピー
2. 申請書、生活保護廃止決定通知書、両親と下のお姉さんの「課税証明書」
3. 申請書、両親と二人のお姉さんの「免除申請証人通知書」
4. 申請書、通帳、父親と下のお姉さんの「課税証明書」

答案：4

解析 參照補助資料的六種情況，可以看出題目中的田中香奈家符合第六種情況，要求準備的證明是「共同生活的18歲以上家庭成員的納稅證明（學生不需要）」。她有一個姐姐雖然年齡20歲，但還是學生，所以不用開納稅證明。除此之外，還要準備申請手續裡提到的兩項，即「申請表」和「存摺」，所以正確答案是選項4。

資訊檢索類特別練習2：

> 就学援助制度を利用したい場合、書類はどのように提出すればいいか。
> 1. 直接に子供がいる学校に提出する。
> 2. 直接に金融機関に提出する。
> 3. 直接に市庁資産税課に提出する。
> 4. 直接に市民サービスセンターに提出する。
>
> 答案：1

解析 文章中雖然提到金融機構，但並不是將申請資料提交給金融機構，所以選項2是錯誤選項。選項3、4都說的是開納稅證明的地方，也不是提交申請資料的地方，所以皆為錯誤選項。選項1說的是直接提交給孩子所在的學校，與文章中「お子さんの通う学校へ提出してください」相符，所以為正確選項。

難點：

1. ～済み：**接在名詞的後面，意為「已經……」「……完了」。**
   - **例** 使用済みの乾電池を回収する。／回收已用完的乾電池。
   - **例** 図書館で予約済みの図書を取消しする方法を知りたい。／我想知道如何取消在圖書館借書的預約。

2. ～に応じて：**接在名詞的後面，意為「根據……」。**
   - **例** 必要に応じて手配する。／根據要求安排。
   - **例** 大昔、たいていの人々は季節の変化に応じて移動する集団の中で暮らしていた。／遠古時代，大多數人都生活在隨季節變化而遷徙的群體中。

⑤　トップページ掲載写真募集

市内の風景、四季折々の自然、街並み、伝統行事などを撮影したあなたのお気に入りの一枚でトップページを飾りませんか？

応募要領

掲載場所・期間

小山市公式ホームページ上のトップページ上部エリアに**おおむね**2週間掲載し、トップページ掲載後も市ホームページ内の「おやまフォトギャラリー」に掲載します。なお、市の都合により掲載期間が短くなることもあります。その他、小山市で発行する刊行物に使用させていただく場合があります。

応募規定

小山市内の風景、四季折々の自然、街並み、伝統行事などを撮影した写真とします。写真は、デジタル画像データでの提出に限ります。

- 合成写真は不可とします。
- 応募者が応募写真の著作権を完全に保有していることを条件とします。
- コンテストに入選した写真など出版権が応募者本人にない場合は、写真使用について出版権者に確認してください。
- 採用作品は小山市ホームページのほか、市の刊行物に使用させていただく場合があります。
- 掲載に際しての謝礼等はありません。
- 投稿データは原則返却いたしません。

次に該当する作品は掲載できません。

- 被写体の許諾を得ていない等、被写体の肖像権・著作権を侵害するおそれのあるもの
- 被写体の個人情報が特定されるおそれのあるもの
- 政治性のあるもの
- 公の秩序、善良な風俗に反するもの、又は反するおそれのあるもの
- 営利を目的とする意図を持つもの、又は持つおそれのあるもの
- 前各号に掲げるもののほか、掲載が適切でないと市が判断したもの

応募資格

小山市内に在住・在勤・在学の方。プロ、アマは問いません。

応募方法

電子メールにより、写真データを添付して、本文に撮影者の（1）氏名（ふりがな）（2）住所（3）電話番号（4）題名（5）撮影場所（6）撮影年月日（7）撮影者のコメント（50文字程度で簡潔に）を記入し、秘書広報課宛てに応募してください。件名は「ホームページ掲載写真」としてください。

応募点数

お一人につき月間2枚を限度とします。

応募期間

随時受け付けています。

採用審査

秘書広報課で行います。

お問い合わせ

秘書広報課

電話：0285-22-9353　ファックス：0285-22-9380

關鍵詞彙

おおむね：大約。

許諾：許諾，允許，承諾。

アマ：業餘（愛好者），外行。

資訊檢索類特別練習1：

次の写真のうちトップページに掲載できるのはどれか。
1. 京都で留学している学生が撮った小山市の伝統行事の写真
2. ほかの雑誌から切り取った小山市の写真家が撮った風景の写真
3. 小山市の写真愛好者が撮った小山市の花見風景の写真
4. 小山市の市長が選挙のために街角で演説をしている写真

答案：3

解析 根據投稿資格裡提到的「小山市内に在住・在勤・在学の方。プロ、アマは問いません」可知選項1是錯誤選項。根據投稿規定的第二條「応募者が応募写真の著作権を完全に保有していることを条件とします」可知選項2是錯誤選項。根據不符合規定的作品的第四條「政治性のあるもの」可知選項4也是錯誤選項，所以正確答案是選項3。

資訊檢索類特別練習2：

案内の内容と同じものはどれか。
1. 写真の内容は小山市に関するものでなければならない。
2. 撮った写真はそのまま提出しなければならない。
3. 写真に撮られる被写体の著作権は問われない。
4. 小山市に住んでいる写真専門家は応募してはいけない。

答案：1

解析 文章在投稿規定處提到「小山市内の風景、四季折々の自然、街並み、伝統行事などを撮影した写真とします」，也就是説只有關於小山市的照片才可以投稿。選項1與此內容相符，所以是正確選項。選項2指出必須把照片直接交上去，這與「写真は、デジタル画像データでの提出に限ります」的內容不符，所以是錯誤選項。選項3指出不追究被拍攝對象的版權問題。而文章中不符合規定的作品第一條「被写体の許諾を得ていない等、被写体の肖像権・著作権を侵害するおそれのあるもの」，意為「未經被拍攝對象允許或侵害被拍攝物件的肖像權、版權的照片都不可以投稿」。選項3與此內容不符，所以是錯誤選項。選項4指出在小山市住的專業攝影師不能報名。而文章中提到「小山市内に在住・在勤・在学の方。プロ、アマは問いません」，即不論業餘還是專業的攝影師都可以報名，選項4與此內容不符，所以是錯誤選項。

難點：

1. ～に際しての：**接在名詞、動詞原形的後面，意為「當……之際」「在……時」。**

例 履歴書作成に際しての留意点を読みました。／我看了一下寫履歷時的注意事項。

例 「受験に際しての注意事項」をよくお読み下さい。／請仔細閱讀「考試注意事項」。

2. ～に反する：**接在名詞的後面，意為「違背……」「與……相反」。**

例 それは道徳に反する行為だ。／那是違背道德的行為。

例 初めて利用した美容院で、予想に反するとんでもない髪型にされてしまった。／我第一次去這家理髮廳就被弄了個這麼不像樣的髮型，和想的完全不一樣。

3. ～につき：**接在名詞的後面，意為「每……」。**

例 お買い上げ500円につき、サービス券を一枚差し上げます。／您每購買**500**日圓的商品，我們會贈送您一張優惠券。

例 会費は一人につき3,000円である。／會費為每人**3,000**日圓。

⑥　当たる当たるキャンペーン応募要項

キャンペーン期間　20○○　11/1▶12/31　　応募締切20○○　1/10

応募方法	パソコン 携帯電話 スマートフォン	http：//atarut.jp/にアクセスし、必要事項を入力のうえ、ご応募ください。
	ハガキ	この応募ハガキに必要事項をご記入のうえ、62円切手を貼ってご応募ください。

キャンペーン期間中、お買上げの金額5,000円（税込）ごとに1回ご応募いただけます。お買い上げ金額1,000円（税込）ごとに応募補助券を1枚進呈。＜1,000円（税込）未満

の**端数**は切り捨てとなります。＞応募補助券5枚で応募ハガキ1枚と交換できます。

【ご注意】一つの応募IDでパソコン・携帯電話・スマートフォン・応募ハガキ**いずれか**1回のご応募となります。同じIDで2回以上の重複応募は無効です。パソコン・携帯電話・スマートフォンによる応募時の通信料、ハガキでのご応募の場合の62円切手はお客様負担となります。

締切	応募ハガキ／20〇〇年1月10日当日消印有効 パソコン・携帯電話・スマートフォン／20〇〇年1月10日24：00まで
応募資格	**ツルハドラッグ**、くすりの福太郎、**ドラッグストアウェルネス**、はーと＆はーと、グロージェの各店で期間中5,000円（税込）以上お買上げのお客様※調剤は「当たる当たるキャンペーン」の対象外とさせていただきます。
当選発表	厳正な抽選（第三者立会）のうえ、賞品の発送をもってかえさせていただきます。※店長賞につきましては、ご希望の店舗での賞品引換となります。

※金賞、銀賞、銅賞の賞品の当選者は、店頭ポスター、ホームページでも発表いたします。

※応募補助券、応募ハガキ交換券、応募ハガキ、応募IDの再発行はいたしません。

※レシートの**合算**はできません。

※応募時の記入内容・入力内容に**不備**がある場合は無効となります。

※ご当選者は当選の権利を他人に**譲渡**、**貸与**、または換金することはできません。

※お客様の個人情報をお客様の同意なく業務委託先以外の第三者に開示・提供することはありません（法令等により開示を求められる場合は除く）。

※ご記入・ご入力いただいた個人情報は、本キャンペーンにおける当選者への賞品のお届け、キャンペーンの統計及び分析、ツルハグループポイントカードの情報更新のために利用させていただきます。その際、当社が適切な監督を行う業務委託先にお客様の個人情報を提供させていただきます。

キャンペーンに関するお問い合わせ　事務局　0120-597-766
○事務局対応期間／20○○年11月1日～20○○年3月29日
※番号をよくお確かめのうえ、おかけください。
○事務局対応期間／月～金9：00～18：00（土、日祝日は除く）
※1月1日～3日は休業させていただきます。

關鍵詞彙

端数：尾數，零頭。

いずれか：隨便，任一個。

ツルハドラッグ：「TSURUHA」藥局。

ドラッグストアウェルネス：「Wellness」藥局。

合算：合計，共計。

不備：不完備，不齊全。

譲渡：轉讓，讓出。

貸与：借給。

資訊檢索類特別練習1：

このキャンペーンに応募できるのは次のどれか。

1. ツルハドラッグで3,000円買物した場合
2. 二枚のレシートの合計が1,000円になる場合
3. ドラッグストアで5,000円の調剤を買った場合
4. 二枚のレシートの合計が10,000円になる場合

答案：4

解析 根據宣傳單中「ツルハドラッグ……各店で期間中5,000円（税込）以上お買上げのお客様※調剤は『当たる当たるキャンペーン』の対象外とさせていただきます」可以判斷，選項1不夠金額，選項3不屬於抽獎範圍，均為錯誤選項。另外，根據參加活動方法「キャンペーン期間中、お買上げの金額5,000円（税込）ごとに1回ご応募いただけます」可以判斷選項2的金額也不符合要求。所以正確答案是選項4。

資訊檢索類特別練習2：

案内と同じものはどれか。

1. 1つの応募IDでは一回しか応募できない。
2. 当選の結果はハガキで当選者に知らせる。
3. すべての薬はキャンペーンの範囲に入る。
4. 個人情報が他社に提供されることはない。

答案：1

解析 文中「ご注意」提到「一つの応募IDでパソコン・携帯電話・スマートフォン・応募ハガキいずれか1回のご応募となります」，意為「不論通過哪種方式參加，一個帳號只能參加一次」，選項1與此內容相符，所以為正確選項。選項2指出中獎結果會透過寄送明信片通知中獎者，而文中提到「賞品の発送をもってかえさせていただきます」，意為「直接將獎品寄給中獎者」，選項2與此內容不符，所以錯誤。選項3指出所有的藥品都在活動範圍內，而文中提到「調剤は『当たる当たるキャンペーン』の対象外とさせていただきます」，意為「處方藥不在活動範圍內」，選項3與此內容不符，所以為錯誤選項。選項4指出個人訊息不會提供給其他公司，而文中提到「当社が適切な監督を行う業務委託先にお客様の個人情報を提供させていただきます」，意為「個人訊息會提供給有適當監督措施的業務委託單位」，該選項與此內容不符，所以為錯誤選項。

難點：

1. ～ごとに：**接在名詞、動詞原形的後面，意為「每……」。**

例 春が一雨ごとに近づく。／每下一場雨，就更接近春天了。

例 5年ごとに同じポーズで写真を撮り続けている。／每五年用同樣的姿勢拍一次照。

2. ～につきましては：**接在名詞的後面，意為「關於……」。**

例 停電時のインターホン、ナースコールシステムへの影響及び対応につきましては、本ページをご覧ください。／本頁將介紹停電對對講機和護士呼叫系統的影響以及應對方法。

例 入寮手続につきましては『合格されたみなさまへ』の8、9ページを参照してください。／關於入住宿舍的手續請參照《歡迎合格的諸位》第8、9頁。

⑦ キャリアセンターによる進路相談

在学生の皆様へ

キャリアセンターによる進路相談

◆気軽に相談してください！【全学年対象】

「就職か進学か迷っている」「どんな風に進路を決めたら良いかわからない」等どんな悩みでも結構です。まずは**カウンター**で職員に声をかけてください！よく忙しそうで声をかけづらいという意見もありますが、たとえ忙しいときでも皆さんの**対応**が最優先。イヤな顔なんてしませんよ！！

◆信頼できる相談体制

窓口対応の時間内（9：30～17：15）であれば相談**受付**の時間が決まっていませんので、聞きたいとき、いつでも利用可能！

他人に聞かれたくない、**じっくり**話を聴いて欲しい方には、**プライバシー**の守れる相談コーナーで**時間をかけて**（1人50分）相談に乗る「予約制進路相談」も受け付けています。

◆電話やEメールでも！

就職活動で大学から離れているときでも、電話やEメールを用いて就職の相談を受けることが可能です。もちろん会って顔を見ながらお話ができるのが望ましいところです。

TEL：025-111-1234,8765　E-mail：job@adm.tahata-u.ac.jp

◆個別面接指導【学部3年生・院1年生 対象】

個人・集団面接など模擬形式で**手厚く**指導（1人50分）します。単にどう答えるのかではなく、模擬面接形式で質問をしながら、皆さんの良さを**引き出し**、自信が持てるよう進めていきます。

◆エントリーシート等書き方指導【学部3年生・院1年生対象】

提出書類（履歴書・エントリーシート等）の書き方なども指導しています。より皆さんの頑張ってきたこと、それを通じて形成された強み等、読み手がイメージしやすい書き方を**レクチャー**します。

※キャリアセンターのカウンターにて受付しています。

◆先輩の就活体験談を聞いてみよう！【全学年対象】

就職活動を進めている中での不安や疑問について、皆さんの身近な先輩の話を聞くというのも良い方法です。就活を終えた先輩に相談や質問ができる活動は「Talk×Talk」という名称です！

◆【Talk×Talk　詳細】

日時：毎週　月火水金（木曜日は定休日）

12時30分～14時

16時30分～18時

場所：キャリアセンター内

關鍵詞彙

キャリア：職業。

センター：中心。

進路：出路，人將來發展的方向。

気軽：輕鬆，隨意。

カウンター：櫃台。

対応：對應，相對。

受付：受理，接待。

じっくり：慢慢的，不慌不忙的。

プライバシー：隱私。

コーナー：角，角落。

時間をかける：下功夫。

手厚い：厚，優厚。

引き出す：調動，發揮。

エントリーシート：報名表。

レクチャー：演講，講話。

資訊検索類特別練習1：

> 次は、キャリアセンターの案内である。下の問いに対する答えとして最もよいものを1・2・3・4から一つ選びなさい。
>
> 1. 進路相談窓口が忙しそうな時に電話で予約したほうがよい。
> 2. 電話での就職相談は顔が見えないため、受け付けはしない。
> 3. 模擬面接に参加するとかならず自信を持つようになる。
> 4. 履歴書の書き方を具体的に指導してもらうことができる。
>
> 答案：4

解析 根據「窓口対応の時間内（9：30～17：15）であれば相談受付の時間が決まっていませんので、聞きたいとき、いつでも利用可能！」可知，在工作時間內隨時可以諮詢。選項1的內容與此不符，所以是錯誤選項。根據「電話やEメールを用いて就職の相談を受けることが可能です。もちろん会って顔を見ながらお話ができるのが望ましいところです」可以判斷職業中心雖然接受電話和郵件諮詢，但是更希望能與學生面談。這裡並沒有說不接受電話諮詢，所以選項2為錯誤選項。選項3說的是只要參加了模擬面試就一定會有自信。這與文章想要表達的「模擬面接形式で質問をしながら、皆さんの良さを引き出し、自信が持てるよう進めていきます」內容不符，所以是錯誤選項。選項4的內容與「提出書類（履歴書・エントリーシート等）の書き方なども指導しています」相符，所以為正確選項。

資訊検索類特別練習2：

> 個別面接相談と就活体験談に参加できるのはそれぞれどの学生か。
>
> 1. 学部1年生と大学院1年生
> 2. 学部3年生と大学院2年生
> 3. 学部2年生と学部3年生
> 4. 大学院2年生と学部2年生
>
> 答案：2

解析 回答這個問題需要抓住的關鍵內容是「個別面接指導【学部3年生・院1年生対象】」，意為「個別面試指導的對象是大學3年級學生和碩士1年級學生」。這樣就很容易排除選項1、3、4，正確答案是選項2。

難點：

1. ～づらい：**接在動詞ます形的後面，意為「難以……」。**

例 話しづらいことであれば、別の場を設けて、話をしていただきます。／如果難以説出口，就另外找個場合聽您説。

例 彼とは10年間も連絡を取っていないから、いま頼み事があるとしてもなかなか頼みづらいですね。／我和他已經10年沒聯繫了，就算想拜託他，也難以開口啊！

第9章 綜合練習

本章譯文
請見P.290

① 子育て文化の再構築を

「子育て」という行為は、古き時代から人間の自然な社会的行為の一つでありました。

この行為が円滑に行われないと、世代の継承が不可能となるため、人間は長い歴史の中でこれを成熟させ、文化的行為にまで高めたのでしょう。

日本では、戦後になるまでは生活環境の大きな変化が比較的少なく、この「子育て文化」は順調に受け継がれていたようです。しかし、戦後になると家庭と地域がネットワークをつくりながら子育てをするという**仕組み**は次第に破壊され、子育てを親子中心の狭い人間関係の中で営まなければならないものへと変化させてきました。

日本の産業別の就業者の割合は、一貫して農業など第一次産業従事者の割合が他の産業より多かったのですが、昭和30年代に第1位の座をサービス業など第三次産業にゆずってから、その差はますます大きくなっています。

第三次産業に占める就業者が多くなると、都会への人口移動が強まります。地方から都会に出た人々が、**居を構えた**新興住宅地では、**コミュニティ**としての人間関係の密度は低くなり、希薄な人間関係のもとで育てられる子どもたちは、社会性が育ちにくくなってしまっているのではないでしょうか。

そして、「子育て文化」の担い手が母親ひとりに期待され、父親は仕事、母親は育児という社会構造が生まれてきました。さらに、「子育て」を母親のみの問題としてとらえ、地域での子育て支援機能も衰退し、子育てと仕事が両立できない社会を作ってしまったと私は考えています。

現在、日本が抱えている子どものいじめ、自殺、子ども虐待などの問題を解決するためには、子育て支援の循環的流れを再構築する必要があると思います。

（http://www.yomidr.yomiuri.co.jp/page.jsp?id=68390による）

關鍵詞彙

仕組み：結構，構造。

居を構える：建造住宅，安家。

コミュニティ：共同體，社區。

綜合類特別練習：

筆者の主張について理解が正しいのはどれか。

1. 家庭と地域をつなぎ、ともに見守るような子育ては理想的な子育てである。
2. 母親のみならず、父親も参与するような子育ては理想的な子育てである。
3. 人間関係が希薄な都会より地方での子育ては理想的な子育てである。
4. 受け継がれてきた伝統文化をもとに行うような子育ては理想的な子育てである。

答案：1

解析　本題答案需要針對每一段作總結。第三段提到作者提倡家庭和社區共同承擔起教育孩子的重任。所以正確答案是選項1。

難點：

1・～のもとで：接在名詞的後面，意為「在……之中（範圍）」「在……的影響下」。

例 先生のご指導のもとで、この論文が完成できたのです。／在老師的指導下，這篇論文得以完成。

例 過酷な条件のもとで生き延びている。／在苛刻的條件之中生存下來。

2. ～のみ：**接在名詞的後面，意為「僅僅」「只是」，相當於「だけ」，多用於書面語。**

例 愛情のみが人生のすべてではない。／愛情不是人生的全部。

例 学歴のみを問題にすべきでない。／不應該只考慮學歷。

② 若く見られると得する？損する？

アンチエイジングや男性化粧品の活況を考えると、若く見られたい男性が増えている模様。しかし、ビジネスシーンにおいて、年齢より若く見られるのはいいことなのか？「若く見えると**ナメられる**から」という理由でヒゲを生やしている男性もいるが……

そこで、25～34歳の働く男性300人を対象に、「ビジネスシーンで、若く見られることの損得」を調査（協力：アイリサーチ）。「実年齢より若く見られる」と答えた201人を対象に、「若く見られるのは、仕事上、損得どちらのほうが多い？」と尋ねたところ、「得することのほうが多い」（55.7%）、「損することのほうが多い」（44.3%）という結果に。だいぶ意見は分かれたが、意外にも「得する」派のほうが多かった。

ただ、これを年代別で見ると、様相が異なってくる。20代に限ると「得する」派が44.3%、「損する」派が55.7%と、「損する」派が上回るのだ。一方、30代では「得する」派が60.7%、「損する」派が39.3%と、「得する」派が増える。

つまり、20代のうちは若く見えると「損する」が、30代になると「得する」ことのほうが増えるのかもしれない。冒頭で紹介した「若く見えるとナメられる」という感覚は、もともと若い20代だからこそ、ともいえるだろう。

ちなみに、「若く見られて、得することのほうが多い」と答えた人にその理由を聞いたところ、「若いのにしっかりしていると思われる」（32歳）、「多少の失敗は**大目**に見てもらえる」（30歳）、「初対面で舐めてみられるので、**ハードル**が下がる」（26歳）などなど。なんだか、ネガティブな要素をプラスに変えているようだ。

逆に「老けて見られて、損することの方が多い」と答えた人からは、「歳の割に仕事ができないと思われる」（32歳）、「ベテラン扱いされ、仕事の負担が重くなる」（26歳）、「能力も年上に見られるので」（32歳）などの声が。年齢の誤解から「**身の丈**を超えた評価」を受けることのデメリットを指摘する声が目立つ。自分への「期待度」は低いほうが楽なようだ。

それでは、どうすれば、自分を若く見せられるのか。国際イメージコンサルタントの大森ひとみさんに聞いてみた。

「大事なのは、『若く見える』ことではなく、『**若々しく**見える』こと。重要なのは清潔感です。眉毛や髪型、ツメの手入れなどをしっかりして、できれば肌のお手入れも行うといいでしょう。あとは、自分に似合うカラーを身につけること。若作りはかえって老けて見えます。また、少し高めの声でテンポ良く話すのも効果的です」

他にも、メガネの**フレーム**を**セル**と**メタル**で使い分けるだけでも、印象は変わるとか。ただ、大森さん**いわく**「ビジネスシーンでは、役職や仕事にあわせた見た目を心がけることが大事」とのこと。

外見は自分自身を語る**セルフプロモーション**でもある。「若く見えたほうが楽だから」……なんて理由で「若さ」を求めちゃいけないみたいですよ。

關鍵詞彙

アンチエイジング：抗衰老。

活況：盛況，興隆。

ナメられる：被輕視，被小看。

ちなみに：順便（説一下），附帶。

大目：寬容，不追究。

ハードル：困難。

身の丈：身高。

若々しい：充滿朝氣的。

フレーム：框架。

セル：「セルロイド」的縮寫，賽璐珞。

メタル：金屬。

いわく：云，説，曰。

セルフプロモーション：自我宣傳。

綜合類特別練習：

作者が一番伝えたいことは次のどれか。

1. 20代のうちはビジネスシーンで若く見えると損することが多いから、ヒゲをはやしたりするなど、老けて見られるように心掛けるべきだ。
2. どんな年齢層でも、ビジネスシーンで若く見られると得するから、肌の手入れをしたりするなど若作りを心掛けるべきだ。
3. ビジネスシーンでは若く見られる得を求めるより、役職や仕事に相応しい外見を求めるように心掛けるべきだ。
4. ビジネスシーンでは年をとるほど若く見られるのが得をするから、専門家のコメントどおりにやるように心掛けるべきだ。

答案：3

解析 根據「つまり、20代のうちは若く見えると『損する』が、30代になると『得する』ことのほうが増えるのかもしれない」可以判斷，選項1、2、4不符合文意。文章最後兩段是關鍵，其中「ビジネスシーンでは、役職や仕事にあわせた見た目を心がけることが大事」和「『若く見えたほうが楽だから』……なんて理由で『若さ』を求めちゃいけないみたいですよ」這兩句是關鍵句，透過這兩句話可以判斷正確答案是選項3。

難點：

1. ～模様：**接在名詞修飾形的後面，意為「徵兆」「動靜」「趨勢」。**

   例 飛行機の着く時間は遅れる模様である。／飛機好像要晚點。

   例 物価は下がりそうな模様だ。／物價有下跌的趨勢。

2. ～割に：**接在名詞修飾形的後面，表示後項與前項比較起來不相符，意為「雖然……但是……」。**

   例 この品は値段の割に物が非常に良い。／這東西價格不貴，品質倒不錯。

   例 アジア人は年の割に若く見える。／亞洲人通常看起來比實際年齡年輕。

③「看る」「聴く」の感性

「見えども見えず」「聞けどもきこえず」……後になって全く記憶に残ってないということがよくある。「年かな？」と勝手な理由をつけ、深く考えてみもしなかった。しかし時代の変化と共に人の考え方・好み・感覚・価値観が変わってきている。その変化は従来までの「見る」「聞く」では捉えることができなくなってきているのである。「見る」は「看る」に、「聞く」は「聴く」に変えなければならないと痛感する。「みる」という字に「見る」「観る」「看る」等々がある。「見る」は表面的な事実・状態を見る、「観る」はものの動き・流れを**ありのまま**に客観的に観るにすぎない。一般的に「みる」は「見る」「観る」ですませている。大切なのは「看る」である。看護師の「看」である。看護師は患者の脈や体温を測り、顔色を看ることにより、患者の肉体的・精神的状態がどうなっているのか冷静に洞察し、適切な判断を下し、主治医に進言する。「見る」看護師では安心して任せておくことができない。「見る」「観る」で見落としていた市場の動きやお客様の心理も「看る」ことによってわかってくる。そこから新しい発想も生まれてくる。

一方、「聞く」は**通り一遍**を聞くにすぎない。話の本質は何か、耳をかたむけ、ハートで「聴く」ことが大切である。人は常に**何がしかの**不満を抱いている。その不満、不安、不平を「聴き」、その一つひとつに丁寧に応え、満足に変えていかなければならない。そこから真の信頼が生まれてくる。超変、超速の時代にあって、自らを奮い立たせ、「看る」「聴く」の感性で二十一世紀の**先取り**にチャレンジしていきたい。

（PHP研究所『私を変えた出来事——トップが綴る「一日一話」』による）

關鍵詞彙

ありのまま：如實的，實事求是的。

通り一遍：泛泛，膚淺。

何がしかの：有幾個，一些。

先取り：領先，搶先。

綜合類特別練習：

「『見る』は『看る』に、『聞く』は『聴く』に変えなければならないと痛感する。」とあるが、なぜか。

1. そうでないと、時代の変化が表せないから
2. そうでないと、まったく記憶に残らないから
3. そうでないと、物の本質を捉えられないから
4. そうでないと、看護師が主治医に怒られるから

答案：3

解析 作者的主張是不同的日文漢字有著不同的意思，由「『見る』は表面的な事実・状態を見る、『観る』はものの動き・流れをありのままに客観的に観るにすぎない」可知，這兩個漢字的意思是作者不贊同的，他進而用了護士的例子説明「看る」的重要性。關於「聞く」也是一樣，作者在文章中提到「『聞く』は通り一遍を聞くにすぎない。話の本質は何か、耳をかたむけ、ハートで『聴く』ことが大切である」。這裡有一個關鍵詞就是「本質」，不管是「看る」還是「聴く」，作者認為掌握事物的本質是二十一世紀需要的能力。所以正確答案是選項3。

難點：

1. ～ども：**接在動詞ば形的後面，表示「けれども」「……しても……しても」的意思，意為「雖然……但是……」「不管……都……」。**

   例 行けども行けども一面の砂漠であった。／不管怎麼走，都是一片沙漠。

   例 聞けども聞けども、雑音ばかりだ。／不管怎麼聽，都是噪音。

2. ～にあって：**接在名詞的後面，意為「處於……情況下」「在……的時候」。**

   例 平和の時代にあって、この平和な生活を大切にすべきだ。／在和平年代就應該珍惜和平的生活。

   例 総理大臣という職にあって、賄賂を受け取るとは許せない。／作為總理大臣，貪汙受賄是不可原諒的。

④　心の遺産

両親の年をとってからの末っ子で、甘やかされて育てられた。病弱の母親を思いやることもなく、勉強などまったくしなかった。その**咎め**か浪人中、母が脳卒中で倒れ、寝たきりとなってしまった。父や兄には勤めがあり、母の介護、炊事、洗濯が全部自分に課されて来た。盥の洗濯の水は冷たく、母の下の世話には、嫌悪感を覚えた。友人は一流大学に合格し、学生生活を**エンジョイ**していたし、他の**連中**は、家庭教師をつけながら予備校に通っていた。受験勉強も手につかず、毎日の家事に焦燥感は**つのる**ばかり。人生の不幸を一人で背負い込んだ気がした。

こんなとき、**何気なく**聴いたラジオで「吉川英治は、宮本武蔵という人物を通して、人間修行を求めていた。若いときの**研鑽**、努力があったからこそ、あれだけの剣豪がうまれたのだ」という話に、何か心の感じるものがあった。自分を溺愛してくれた母の看病がすべてであり、心の中では苦しみ、悩み、息子に感謝している母の気持ちを**おもいやる**ことが最も大切なことなのだ。**いたずら**に、自らの不幸を嘆いてばかりいる時ではないと悟った。

大学二年の初夏、母は不帰の人となった。六十三歳であった。三年間の母の介護がその後の自分の人生に与えた影響は大きかった。社会人となって、困難に直面したとき、この苦しかった「昔」を心の支えとして頑張った。母が残してくれた最高の「心の遺産」であった。

（PHP研究所『私を変えた出来事——トップが綴る「一日一話」』による）

關鍵詞彙

咎め：責難，非難，責備。

盥：盆。

エンジョイ：享受。

連中：伙伴，同伙。

つのる：越來越嚴重。

何気ない：若無其事的，無意的。

研鑽：鑽研。

おもいやる：體諒，體貼。

いたずら：徒然。

綜合類特別練習：

「心の遺産」とはなにか。

1. 病気の母の世話をすることから介護の仕方が身についたこと
2. 病気の母の世話をすることから困難に直面する勇気を覚えたこと
3. 病気の母の世話をすることから人への思いやりを学んだこと
4. 病気の母の世話をすることから母への感謝の気持ちが生まれたこと

答案：2

解析　這篇文章講述了作者照顧病中的母親，他一開始不斷抱怨，後來聽了收音機裡的一段話有了新的感悟。文章的倒數第二句話是關鍵，即「困難に直面したとき、この苦しかった『昔』を心の支えとして頑張った」，由此可知母親留給作者的精神遺產不是選項1、3、4所說的「掌握了照顧人的方法」、「關心別人」或「對母親的感謝」，而是選項2的「面對困難的勇氣」。

難點：

1. ～きり：**接在動詞た形的後面，意為「一……就……（再沒……）」「只……（再沒……）」。**

   例　彼女には先月会ったきりだ。／自從上個月見過她後就再也沒見過了。

   例　パソコンを買ったきり使ってない。／電腦自從買來就沒用過。

2. ～ものがある：**接在名詞修飾形的後面，表加強肯定語氣的作用，意為「確實是……」「真是……」。**

   例　彼女のスピーチには心を打つものがある。／她的演講確實能打動人心。

   例　満員電車で毎日通勤するのはつらいものがある。／每天坐著擁擠的電車上下班，真是苦不堪言。

⑤　字のないはがき

死んだ父は筆まめな人であった。

私が女学校一年で初めて親もとを離れたときも、三日にあげず手紙をよこした。当時保険会社の支店長をしていたが、一点一画もおろそかにしない大ぶりの筆で、「向田邦子殿」と書かれた表書きを初めて見たときは、ひどくびっくりした。父が娘あての手紙に「殿」を使うのは当然なのだが、つい四、五日前まで、「おい邦子！」と呼び捨てにされ、「バカ野郎！」の罵声やげんこつは日常のことであったから、突然の変わりように、**こそばゆい**ような**晴れがましい**ような気分になったのであろう。

文面も**折り目正しい**時候のあいさつに始まり、新しい東京の社宅の**間取り**から、庭の植木の種類まで書いてあった。文中、私を貴女と呼び、「貴女の学力では難しい漢字もあるが、勉強になるからまめに字引を引くように。」という訓戒も添えられていた。

ふんどし一つで家じゅうを歩き回り、大酒を飲み、**かんしゃく**を起こして母や子どもたちに手をあげる父は姿はどこにもなく、威厳と愛情にあふれた**非の打ちどころのない**父親が<u>そこにあった</u>。

暴君ではあったが、反面**照れ性**でもあった父は、他人行儀という形でしか十三歳の娘に手紙が書けなかったのであろう。もしかしたら、日ごろ気恥かしくて演じられない父親を、手紙の中でやってみたのかもしれない。

手紙は一日に二通来ることもあり、一学期の別居期間にかなりの数になった。私は輪ゴムで束ね、しばらく保存していたのだが、いつとはなしにどこかへ行ってしまった。父は六十四歳で亡くなったから、この手紙の後、かれこれ三十年付き合ったことになるが、優しい父の姿を見せたのは、この手紙の中だけである。

この手紙もなつかしいが、最も心に残るものと言われれば、父があて名を書き、妹が「文面」を書いたあのはがきということになろう。

（向田邦子『国語2』による）

關鍵詞彙

こそばゆい：難為情的，害羞的。

晴れがましい：不好意思的，難為情的。

折り目正しい：端正的，規矩的。

間取り：房間布局。

ふんどし：兜襠布，內褲。

かんしゃく：脾氣暴躁，脾氣大。

非の打ちどころのない：無可挑剔，無懈可擊。

照れ性：害羞，靦腆。

綜合類特別練習：

「そこにあった」とあるが、どこのことか。

1. 保険会社
2. 新しい東京の社宅
3. 手紙の中
4. 表書きの中

答案：3

解析 文章講述了日常生活中舉止粗暴的父親，在給女兒的信中卻表現出一個非常慈祥的父親形象，表達了作者對父親的理解和懷念。「威厳を愛情にあふれた非の打ちどころのない父親がそこにあった」的前半句描述了父親在日常生活中給作者留下的印象，後半句是父親在信裡的形象，所以正確答案是選項3。

難點：

1. ～よう：**接在動詞ます形的後面，意為「……樣子」「……方法」。**

   例 彼の喜びようは大変なものだった。／他高興的樣子真不得了。

   例 叱りようが無い。／簡直沒法批評。

2. ～反面：**接在名詞修飾形的後面，名詞和形容動詞也可以用「である反面」的形式，意為「另一方面」。**

   例 ネットショッピングは便利な反面、様々な問題を起こす危険がある。／網路購物非常方便，另一方面，也有引發各種問題的危險。

例　ボランティア活動はつらくて大変な反面、非常にやりがいがあると思う。／我認為志工活動一方面非常辛苦，另一方面非常值得做。

⑥　昼の蝶の存在について

蝶といえば、洋の東西を問わず可憐な存在である。日本の「蝶よ花よと育てられ……」に始まって、愛らしい少女を蝶にたとえ、蝶を少女に描く**しきたり**は、どこの国でもかわりない。女の美しい眉を蛾眉と呼んで、蛾の触角に**なぞらえた**中国人は、その点ではじつに**ユニーク**である。

蝶はなぜそのような存在となったのであろうか？

いわゆる近代科学はこのような問いに答えてはならないことになっている。「どのようにして」という説明のみが近代科学の職務であって、「なぜ？」と問われたら**口をつぐむ**のが道であった。

けれどわれわれには疑問は残る。すこし想像を**めぐらして**みよう。

そもそも、蝶と蛾とを区別する動物学的な基準はない。ものの本に書いてある、蝶は羽を立ててとまるとか、蝶の触角は先が棍棒状とかいう区別には、すべて例外があって、まったく判断の基準にはならない。ただ一ついえるとすれば、それは「蝶は昼間しか飛ばない」ということである。

よく考えてみると、これこそが蝶を蝶たらしめているおそらくは唯一の理由のように思われる。蝶は昼間飛ぶからこそ、あのような存在になったのだ。

その**いきさつ**は、前にも幾度か述べたことがある。つまり、蝶は昼の光の中で生きるので、生活のほとんどすべてを光にたよっている。まず彼らは、目で花を探す。花の色、それに**いくぶん**かはその形、ただし輪郭ではなくて、その立体的な構造が、彼らに「花」の存在を告げる。

彼らは異性も目で探す。雌の放つ特殊な匂いに魅かれて雌をみつけだす蛾とちがって、蝶は雌の姿、その色や色のパターンを手がかりとして、ガール・ハントをする。蝶はきわめて人間と似ているのだ。

雌が卵を産むべき植物を探すときも、最初の段階は目にたよる。それとおぼしき枝ぶり、葉ぶり、葉の形をしている植物を、まず目でみつけだして、近寄るのである。

これほど目にたよる蝶にとって、太陽はやさしい。さんさんと光を送って、地上のすべてのものを照らしてくれる。

だが、光にはすばらしくまた怖るべき性質がある。それは光が直進するということである。雌の羽から、反射された色の光が、雄の目に入ったら、万事問題はない。光は直進するのだから、雄はその色の物体にむかって直進すればよい。そこには必ず雌がいる。

けれど、雌が一枝の葉のかげにいたらどうなるか。光は直進するから、葉にさえぎられて雄の目にはとどかない。

すべての蝶の雄は、つねにこの問題に悩まされる。その解決は、雄が上下左右、たえず自分の位置をずらし、いろいろな角度からまわりを見てゆくことにある。このことは、じつは必然的に解決されていたらしい。蝶が異性を目で探し、認知する以上、その異性たるものは、やはりあたりから浮き立つ、はでで、大きな存在でなければならなかった。そこで、その羽は許せる限り広くなった。大きく広くなった羽は、どうしてもきゃしゃになる。木の葉のように、風にあおられて舞いがちである。いや、風がなくとも、自分自身で羽をうつだけで、蝶の体はいやおうなしにひらひらしてしまう。

目でものを探すときに要求されることと、目立つ姿になるときに必然的に生ずるこの結果との間には、なんの矛盾も生じなかった。彼らが美しくなるほどに、飛びかたは、優雅にならざるを得ず、それは異性を探すのに**幸い**した。

おもしろいことに、本来夜の蝶であるはずの蛾の中に、転向者というか異端者というか、昼の蛾になってしまったものがある。そのような蛾は、一見、もともと蝶なのかと**みまがう**ほど美しく可憐である。そしてそればかりでなく、その多くは目で雌を探し、蝶のようにひらひら飛ぶ。

美は光がなければ存在しないが、それは光が美を生みだしたからである。

（林四郎「昼の蝶の存在について」による）

關鍵詞彙

しきたり：規矩，慣例。

なぞらえる：比喻，比作。

ユニーク：獨特。

口をつぐむ：閉口不言，噤若寒蟬。

めぐらす：動腦筋，思考。

そもそも：最初，從一開始。

いきさつ：事情的經過，原委。

いくぶん：一部分。

ガール・ハント：男追女。

おぼしい：好像，仿佛。

さんさん：（陽光等）燦爛。

さえぎる：遮擋。

浮き立つ：愉快，高興。

きゃしゃ：纖細，窈窕。

あおる：吹動。

いやおうなしに：強行，不管願意不願意。

幸い：幸好，幸虧。

みまがう：看錯。

綜合類特別練習：

「要求されること」と「生ずるこの結果」はそれぞれ何を指すのか。

1. 角度、羽が大きく広くなること
2. 色、羽がきゃしゃになること
3. 姿、派手で大きな存在になること
4. 光、風にあおられて舞うこと

答案：3

解析 文章闡述了蝴蝶和蛾不同的習性，指出蝴蝶之所以在白天活動，是因為蝴蝶依賴白天的光用眼睛尋找異性，文中說「蝶は雌の姿、その色や色のパターンを手がかりとして、ガール・ハントをする」，意為「雄性蝴蝶憑借顏色、形狀等尋找雌性蝴蝶」。文中還有一句話說「蝶が異性を目で探し、認知する以上、その異性たるものは、やはりあたりから浮き立つ、はでで、大きな存在でなければならなかった」，就是說對象必須很顯眼、很大才會映入眼簾，結果蝴蝶就長成了現在這個樣子。所以正確答案是選項3。

難點：

1. ～を問わず：**接在名詞的後面，意為「不論……」。**

   例 その試合には国籍をとわずだれでも参加できる。／不論國籍，誰都能參加那個比賽。

   例 年齢をとわず人々はこの歌が好きだ。／不論什麼年齡的人，大家都喜歡這首歌。

2. ～たらしめて：**接在名詞的後面，意為「使……成為……」。**

   例 ヒトをヒトたらしめている物質を追究する。／探究使人成為人的物質。

   例 この最新技術は、わが社を世界のトップたらしめるだろう。／這項最新的技術可以幫助我們公司成為世界第一吧。

3. ～たる：**接在名詞的後面，意為「作為……」。**

   例 女子たる者、恋愛があってこそ輝けるのだ。／作為女孩子，正因為戀愛才光彩照人。

   例 夫たる者、とにかく、家事は絶対手出ししない。／作為丈夫，總之絕對不做家事。

4. ～というか～というか：接在名詞、動詞、形容詞、形容動詞的常體的後面，名詞和形容動詞後不接「だ」，意為「是……還是……」。

例 「にほん」というか「にっぽん」というか、あなた次第だ。／說成「NIHON」也好，「NIPPON」也好，取決於你。

例 文化の違いというか、習慣の違いというか、とにかく彼のやっていることが理解できない。／文化不同也好，習慣不同也好，總之我無法理解他做的事情。

⑦ 日本における医師不足の問題

A

現在、日本では医師の不足が問題となっている。そこで、ひとつの考え方として、外国人医師を受け入れてはどうかという案が示されている。

日本という国や文化に関心をもつ外国人は多くても、外国人に対して**閉鎖的**な日本社会に**飛び込んで**働こうという外国人は、確かにそれほど多くないのが現状だ。医師**といえども**それは例外ではないだろう。しかし、外国人医師を受け入れるという案は、成功すれば、医師不足を**補う**よい案である。日本に来て働く外国人の多くは、自国よりもよい収入を得たいがために来日している。そこで、医師の報酬に目を向けてみる。海外の医師として働くよりも、日本で働いたほうが報酬が多く得られるのであれば、たとえ日本では医師として行う医療行為に制限があっても、魅力的な場となるだろう。少ない数の外国人医師の監督の**下**で、外国人医師が働くだけでも、医師不足はかなり解消するはずだ。

B

外国人医師の受け入れによって、医師不足を解決しようという考え方がある。実際にいくつかの病院では、外国人医師を積極的に活用しようという**試み**がなされているとも聞く。

確かに、言葉や法律などの壁、外国人医師を受け入れる障害を**取り除けば**、日本で働く外国人医師も増える可能性がある。そうなれば、医師不足に対して、一定の効果が期待できるという考え方もわかる。しかし、外国人医師の受け入れに**頼る**案では、医師不足は解決できないと考えられる。医師不足の根本的な原因は、勤務時間の長さや不規則さ、仕事の多さや責任の重さなど、医師の厳しい労働環境にある。いくら外国人医師を受け入れても、いまのような労働状況が続けば、やはり外国人医師にとっても働きにくい場であることは変わらず、結局、医師の数はそれほど増えないと思われる。むしろ労働環境を改善し、医師になろうという人を増やすのが先決だろう。

關鍵詞彙

閉鎖的：封閉的。

飛び込む：參加，投入。

といえども：雖然……但是……，即使……也……。

補う：補，填補。

下：在……之下。

試み：嘗試。

取り除く：除掉，消除，拆除。

頼る：依靠，借助，依賴。

比較閱讀類特別練習1：

AとBで共通して述べられていることは何か。
1. 日本や日本文化に対する興味を持っている外国人が少なくない。
2. 日本の医師不足の解決方法として外国人医師の取入れしかない。
3. 外国人医師にとって厳しい日本はもっとオープンすべきだ。
4. 日本の医師不足について、どのように解決したらいいか。

答案：4

解析 本題測驗的是文章A和文章B都提到的內容。觀察4個選項，分別閱讀文章A和文章B。選項1的內容在文中B中並未提及，所以是錯誤選項。關於選項2，文章A和文章B只提到「接受引進外國醫生」，並沒有說這是解決日本醫生不足問題的唯一方法，所以也是錯誤的。選項3的內容只在文章A中被提及，所以也不是正確答案。選項4意為「如何解決日本醫生不足這一問題呢？」這是文章A與文章B都涉及的問題，所以正確答案為選項4。

比較閱讀類特別練習2：

Bで一番言いたいことは何であるか。
1. 既に一部の日本の病院では、外国人医師を受け入れた。
2. 外国人医師にとって、言語や規制などのいろんなハードルを取り外すべきだ。
3. 外国人医師を受け入れるよりまず医師の働く環境を整えるべきだ。
4. 日本人医師の収入を増やせば、医師不足は解決できるはずだ。

答案：3

解析 這道題是詢問文章B的主題。首先觀察選項，然後通讀全文。隨後，將4個選項分代入「何である」處進行比對。選項1的內容在文中雖被提及，但文中只說有幾家醫院在嘗試接受外國醫生，但這並不是作者的觀點，所以是錯誤選項。關於選項2，文章中只提到了「如果排除語言、法律等障礙」，並非作者最想說的主題，所以也是錯誤的。選項3意為「與其接受外國醫生，不如先改善日本國內醫生的工作環境」，這才是作者最想說的觀點，即主題。到這裡，我們已經可以判斷正確答案為選項3。為了保險起見，我們來看一下選項4，選項4指出「日本人医師の収入を増やせば、医師不足は解決できるはずだ」，意為「如果增加日本人醫生的收入，就一定能解決醫生不足這個問題」。但是文章B中並未涉及醫生的收入，所以也是錯誤選項。因此，本題的正確答案為選項3。

難點：

1. ～がために：與「～のために」「～するために」的意思相同，表示目的，是書面語。前接動詞時，使用「動詞的未然形＋んがために「的形式，表示無論如何也要實現前項而去做後項，意為「為了……而……」。

例 日本文化を勉強したいがために日本へ留学に来ました。／為了學習日本文化而來日本留學。

例 田中さんは一日も早く一人前にならんがために一所懸命に働いている。／田中為了能早日獨當一面而努力工作。

⑧ 募集要項（願書）請求申込み書

平成31年度入試

国公立大学・私立大学・短期大学　　　　**願書請求カタログ**

募集要項（願書）請求申込書

お申込みはお近くの郵便局・ゆうちょ銀行で

お届けまで一週間程度かかりますので、余裕をもってお申し込みください。

ゆうちょ銀行、郵便局窓口の**取扱**期限

【ご注意】出願締切日とは異なります。

各校の出願締切日は各自で必ずご確認ください。

国立大学	2019年1月20日迄
私立大学・短大	2019年2月28日迄

（上記取扱期限を過ぎてのお申込みは無効となりますので、ご注意ください。）

募集要項（願書）のお申込み方法

①このカタログにある**払込取扱票**に必要事項をご記入ください。

※国公立大学と私立大学・短大の払込取扱票は別の用紙となっています。

※記入内容に不備がある場合、願書がお届けできないか、遅れる場合がありますので、**もれなく**ていねいにご記入ください。

②ゆうちょ銀行か郵便局の貯金窓口に現金を**添えて**お申込みください。

※出願締め切り日を各自でご確認の上、余裕をもってお申し込みください。

※払い込み機能付きATMを利用した場合、処理の関係でお届けが遅くなることがあります。

③受付から一週間程度で申し込まれた願書をお届けします。

【ご注意】

○一覧表に掲載のない学校は、本カタログを利用してのお申込みはできませんのでご**了承**ください。

○お申込みは随時受け付けていますが、発送は発送開始日欄の日付以降となります。発送日前に申込まれた願書は予約受付となり、発送開始日に一斉に発送します。

○願書は個別に発送されます。複数の願書を申し込まれた場合、お届け日が異なることがあります。

○発送開始日は本カタログ発行時点における予定であり、資料完成時期により変更となる場合があります。なお、発送開始日の最新情報を当カタログのホームページhttp://shingaku.jpでご覧になれます。

關鍵詞彙

願書：申請書，簡章。

請求：請求，索取。

カタログ：目錄。

取扱：處理，辦理。

締切日：截止日期。

払込取扱票：繳費單。

もれなく：全部，一個不漏。

添える：附，附上。

了承：諒解，明白。

一斉：一起，同時。

なお：再者，此外。

當：本。

資訊検索類特別練習1：

注意事項から次のどれが分かるか。

1. 発送開始日を過ぎてからのお申込みも可能である。
2. 早めに申し込むほど願書が早く届く。
3. 複数の願書を申込む場合、発送が遅くなる。
4. いつから発送できるかはすでに定められている。

答案：1

解析 選項1意為「過了郵寄開始的日子也可以申請」，這與文中「お申込みは随時受け付けていますが」，即「隨時接受申請」的內容相符，所以為正確選項。選項2意為「如果提前申請，簡章就會提早寄到」，這與文中「発送開始日に一斉に発送します」的內容不符，所以是錯誤選項。選項3意為「如果申請好幾所學校，簡章會晚到」，這與文中「複数の願書を申し込まれた場合、お届け日が異なることがあります」，即「申請多個學校時，簡章寄到的日子會有所不同」的內容不符，所以是錯誤選項。選項4意為「寄簡章的日子已經確定」，這與文中最後一段「発送開始日は……資料完成時期により変更となる場合があります。なお、発送開始日の最新情報を……でご覧になれます」的內容不符，所以是錯誤選項。

資訊検索類特別練習2：

願書の正しい申し込み方法はどれか。

1. 学校の種別を問わず同じ払込取扱書を使用しなければならない。
2. 記入內容に漏れがある場合は資料の届けが遅れることがある。
3. 申し込み時の支払いの手段はさまざまである。
4. ATMの払い込み機能を使ってはいけない。

答案：2

解析 選項1意為「不論哪種學校都使用同樣的繳費單」，這與文中「国公立大学と私立大学・短大の払込取扱票は別の用紙となっています」，即「學校不同使用的繳費單不同」的內容不符，所以是錯誤選項。選項2意為「如果填寫的內容不全面，簡章有可能會晚到」，這與「記入內容に不備がある場合、願書がお届けできないか、遅れる場合があります」的內容相符，所以是正確選項。選項3意為「支付方式有很多種」，這與「ゆうちょ銀行か郵便局の貯金窓口に現金を添えてお申込みください」，即「需要支付現金」的內容不符，所以為錯誤選項。選項4意為「不能使用自動取款機上的付款功能」，這與文中「払い込み機能付きATMを利用した場合、処理の関係でお届けが遅くなることがあります」，即「使用此功能，簡章的寄送有可能會延誤」的內容不符，所以是錯誤選項。

附錄篇

附錄 I ：參考文獻
附錄 II ：接續一覽表
附錄 III ：文法索引
附錄 IV ：各章譯文

附録Ⅰ：参考文獻

書籍・日本語

朝日新聞論説委員室2012.「公衆電話」,『天声人語2012年1月-6月』, 東京：朝日新聞出版.

阿部次郎等. 1991.「三太郎の日記」,『基礎からの現代国語』, 東京：数研出版.

池上彰2000.『日本語の大疑問』, 東京：講談社.

池上彰2007.『伝える力』, 京都：PHP研究所.

江藤淳1991.「作家は行動する」,『基礎からの現代国語』, 東京：数研出版.

梅田望夫2007.『ウェブ時代をゆく——いかに働き、いかに学ぶか』, 東京：筑摩書房.

吉村恭二1990.『地球時代の日本人——21世紀をともに生きるために』, 東京：築地書館.

丘浅次郎1976.「我らの哲学」, 青空文庫.

小笠原喜康2009.『新版　大学生のためのレポート・論文術』, 東京：講談社.

カナマルトモヨシ2009.『「超実践的」クルーズ入門——自分だけの旅を作りたい人へ』, 東京：中央公論新社.

亀井勝一郎1966.『亀井勝一郎人生論集〈第1〉人生の思索』, 東京：大和書房.

川田修2012.『仕事は99%気配り』, 東京：朝日新聞出版.

小浜逸郎2000.『なぜ人を殺してはいけないのか——新しい倫理学のために』, 東京：洋泉社.

斎藤貴男2012.『私がケータイーを持たない理由』, 東京：祥伝社.

清水邦夫1993.「「見える」ことの落とし穴」,『現代の国語』三省堂版２年, 日教販.

週刊文春2010.「ぽちゃ系がブーム——男は本当にデブの女が好きなのか？」, 2010年3月18日号『THIS WEEK トレンド』, 東京：文藝春秋.

白戸圭一2011.『日本人のためのアフリカ入門』, 東京：筑摩書房.

竹内一郎2005.『人は見た目が9割』, 東京：新潮社.

竹内敏晴1982.『からだが語ることば——α＋教師のための身ぶりとことば学』, 東京：評論社.

高橋健二2012.「少年の日の思い出ヘルマン・ヘッセ」, 2012年版光村図書.

高村光太郎1991.「美について」,『基礎からの現代国語』, 東京：数研出版.

寺島実郎2013.『何のために働くのか——自分を創る生き方』, 東京：文藝春秋.

中島義道2013.『非社交的社交性——大人になるということ』, 東京：講談社.

夏目漱石1988.『夏目漱石全集10』, 東京：筑摩書房.

夏目漱石1992.「坊っちゃん」, 青空文庫.

樋口裕一2002.『やさしい文章術——レポート・論文の書き方』, 東京：中央公論新社.

広中平祐2011.『生きること学ぶこと』, 東京：集英社.

PHP研究所2002.『私を変えた出来事——トップが綴る「一日一話」』, 京都：PHP研究所.
松本修2013. 『どんくさいおかんがキレるみたいな。——方言が標準語になるまで』, 東京：新潮社.
溝上憲文2013.『非情の常時リストラ』, 東京：文藝春秋.
三木清1986.「旅について」,『高等学校現代文改訂版』, 東京：大修館書店.
伊藤整1991.「青春について」,『基礎からの現代国語』, 東京：数研出版.
向田邦子2006.「字のないはがき」,『国語2』, 東京：光村図書出版.
山川静夫2012.「声を出すことの大切さ」,『東奥日報』, 青森：東奥日報社.
山崎正和1986.「今日と明日の芸術」,『高等学校現代文改訂版』, 東京：大修館書店.
湯川秀樹2011.『旅人——ある物理学者の回想』, 東京：角川学芸出版.

書籍・中国語

外语教学与研究出版社2006.《日本人の表情B》,《新编日语泛读第二册》, 外语教学与研究出版社.

インターネット記事

http://www.sinkan.jp/news/index_2667.html?news3202
https://www.sinkan.jp/news/3202?page=1
http://www.yomiuri.co.jp/adv/chuo/opinion/20130115.html　坂田聡
http://yomidr.yomiuri.co.jp/page.jsp?id=69249
http://www.yomiuri.co.jp/adv/chuo/education/20130131.htm
http://www.yomiuri.co.jp/adv/chuo/opinion/20130304.html
http://www.yomiuri.co.jp/adv/chuo/people/20130117.html
http://www.yomiuri.co.jp/adv/chuo/research/20130221.html
http://www.yomiuri.co.jp/adv/chuo/people/20120112.htm
http://www.sankei.com/life/news/130208/lif1302080011-n3.html
http://home.wlu.edu/~ujiek/1.jpn.html
http://www.yomidr.yomiuri.co.jp/page.jsp?id=68390

新聞記事

「学校週6日制B」2013年2月18日付け『読売新聞』より作成

「隕石落下A」2013年2月16日付け『時事通信』による

「隕石落下B」2013年2月16日付け『読売新聞』による

「駆け込み退職A」2013年1月23日付け『毎日新聞』より抜粋

「駆け込み退職B」2013年1月29日付けYOMIURI ONLINEより抜粋

附錄 II ：接續一覽表

詞性	連接	例			
形容詞	常體	寒い	寒くない	寒かった	寒くなかった
	詞幹	寒			
	原形	寒い			
	く形	寒く			
	て形	寒くて			
	た形	寒かった			
	ない形	寒くない			
	ば形	寒ければ			
形容動詞	常體	元気だ	元気ではない	元気だった	元気ではなかった
	原形	元気だ			
	詞幹	元気			
	ば形	元気ならば			
	て形	元気で			
動詞	常體	行く	行かない	行った	行かなかった
	ます形	行き			
	原形	行く			
	ない形	行か			
	て形	行って			
	た形	行った			
	意志形	行こう			
	ば形	行けば			
	可能形	行ける			
	被動形	行かれる			
	使役形	行かせる			
名詞修飾形	動詞	書く	書かない	書いた	書かなかった
	形容詞	おいしい	おいしくない	おいしかった	おいしくなかった
	形容動詞	静かな	静かではない	静かだった	静かではなった
	名詞	雨の	雨ではない	雨だった	雨ではなかった

附錄Ⅲ：文法索引

第1章 譯文

① 語言的變化（原文見 P.027）

P.027▶日本語言學家金田一春彥先生的父親金田一京助先生，就平安時代日語動詞曾有的九種活用形逐漸被整合這一現象，讚嘆道：「語言的發展與變化超越了個體，五花八門的語言現象不斷的被整合，這是怎麼樣的天才作夢都想不到的，任何人都不禁對此讚嘆不已。」他還斷言：「語言的變化不僅是語言的發展，也是語言的進化，無視這種變化，語言就沒有生命。」

② 勇敢的對周圍人說出自己不好的一面（原文見 P.029）

P.029▶一旦陷入逆境，誰都會感到走投無路。為了不被這樣的壓力擊垮，我們應該接受感受到壓力的自己，進而正向的看待事情。如果是被周圍環境所迫那就算了，但自己不應該再逼迫自己。

因此，最有效的方法就是勇敢的把自己不好的、試圖掩蓋的、感到丟人的一面，講給他人聽。

所謂向人展示自己不好的一面，就是脫掉包覆著自己的鎧甲。這樣一來，心情就會變得輕鬆，即使身處逆境，也能將目光轉向快樂的事和光明的事。

③ 管理和笑容（原文見 P.031）

P.031▶聽說某知名棒球教練在任期間，因為在比賽中面無表情，不對任何人微笑而出名。引退後，他回答某報記者的提問時說：「對某人露出笑容，就是對這個人表示親近，但同時也意味著對其他人表示不親近。因此，我在任期間，為了與每個選手保持相同的距離，從來沒有改變過表情。」

我認為這個傳聞很貼切的詮釋了管理這種行為，但也清楚的反映出管理是一種扼殺人與人相互交流進而彼此理解的工作。對部下「性格」的分析，也成為支配他們的操作技術的一部分。不僅如此，為了管理而不斷重複的行為，也限制並塑造了管理者的性格。

④ 關於資料寄送的通知（原文見 P.033）

P.033▶事務聯絡

平成31年1月9日

各位

嚴寒之際，衷心祝各位身體康泰。承蒙諸位平日的格外關照，深表謝意。

發送「任何人都能參加的國際文化交流節目」研討會的宣傳單給諸位了，煩請各位通知部門內部及相關人員，並留意宣傳單、海報等的張貼工作，以及研討會的宣傳等工作。

【活動概要】

- 日期和時間：平成31年2月8日（星期五）18：00～20：00
- 會場：民間藝術文化會館

【宣傳期限】

平成31年2月8日（星期五）截止

【事務局】

文化中心 承辦人：山口、田中

電話：025-123-4567　傳真：025-456-7890

⑤ 經歷失敗的重要性（原文見 P.035）

P.035▶人常常會因為一次成功而失去平常心，繼而導致失敗。人不能失去平常心。平常心才是發明創造的基礎……人在不斷學習之際，即使是很小的「成功經驗」都必須大量的累積。在發明創造的過程中，這一點也很適用。然而，普通人要創造了不起的東西，僅僅積累「成功經驗」是不夠的，也需要經歷努力後卻沒能成功的巨大失敗，現在的我是這樣想的。這是因為創造的本質、創造的具體方法以及構成其根基的重要部分，對於不是天才的我們來說，除了透過親身經歷失敗來學習之外，別無他法。

⑥ 致走向成年的你（原文見 P.036）

P.036～037▶說到「成為成年人」的必要條件，就會聽到什麼要有責任感啊，要盡到社會職責（選舉）啊，這些人們經常會說的冠冕堂皇的「漂亮話」。不過在我看來，大多數情況下成為成年人就意味著漸漸的感受僵化和思維模式定型。這常常是顧全各種因素造成的。那些因循守舊的判斷也多是作為共同體的一員生存下去的「聰明」判斷。很多成年人在即將步入成年人世界的年輕人耳邊，不斷的用自己貧乏的經驗叮囑他們：「這世界沒那麼簡單。」這很讓人為難。

薩特把感受僵化、思維模式定型的人稱為「死腦筋」，他對此甚為蔑視。「死腦筋」會試圖從自身或他人的「本質」中引出一切。比如，A是「講信用的男人」，所以可以相信，B是「卑劣的男人」，所以不能交往，C是「輕薄的男人」，所以要警惕等。

然而，一個人為什麼會在某個時刻做出某種行為呢？我們完全不清楚其機制。某種行為的「原因」幾乎是無限大且不可探尋的，而我們只不過是在行為發生之後，挑出那麼一小撮主因當作「動機」，然後捏造了所謂的「那些原因導致了某種行為」。

⑦ 意義和目的（原文見 P.039）

P.039～040▶因為某種原因，當人們不得不思考，自己採取的行動或表現與其將面對的結果之間的距離時，便會產生「意義」、「目的」、「為了什麼」這類的想法。比如有人為了趕上汽車拼命奔跑，在跑的過程中感到疲累了，突然對自己的狂奔產生懷疑，這時他就會意識到「自己到底為什麼在奔跑呢」。當他幸運的趕上車，欣喜自己的努力得到回報時，也會意識到「為什麼我要跑呢？」，意識到這一點的同時，心裡也會有滿滿的問號。如此，意義和目的之類的意識是遊離於某種行動之外的，人們站在結果的角度來審視它，並將它和其他的行動或表現作一連結。

但是，人類是自我意識極度發達的動物。累積與自我行動或表現相關的意識和感情，並在意識層面使之昇華，進而對意識產生意識，對感情產生意識。也就是說，人們獲得了對意識的意識和對感情的意識。換句話說，就是人們將「意義」、「目的」的意識本身獨立出來，將它們當作內心的對象來操控。

如此一來，「意義」和「目的」就超越了自我身體的、瞬間的行動範圍，變成可以適用於所有觀念的對象。於是人類把探索的目光投向各處，無時無刻不在問「這麼做的意義何在？」、「這麼做的目的是什麼？」

實際上，人類的想像力和記憶力都很強大，托此之福，人類預先校正未來行動的能力也產生了飛躍性的進步，超越了身體所能到達的範圍。可以說「意義」和「目的」意識的獨立是與此相符的。在此範圍內，這未必是無用的進步。但是，甚至對「人生整體」這種全面性的概念都要追求其意義和目的，這就本末倒置了。「人生整體」本應是將每次行動透過其每次的意義和目的連結在一起的一個連鎖體系，人類竟然要把意義、目的的概念應用到其中。

第2章 譯文

① 渡輪之旅（原文見 P.047）

P.047▶那只不過是一件長期以來日本國民不知道的事情而已。的確，它在速度上與飛機無法抗衡。就票價而言，它或許比覆蓋全日本的高速巴士還要貴一點。但是速度和票價不是評價交通工具好壞的唯一標準。特別是，如果你贊同「移動的過程本身也是旅行的一大樂趣，要無憂無慮、無拘無束的享受」這一觀點，那還真是沒有能與渡輪相媲美的交通工具了。

② 某位元物理學家的回憶（原文見 P.049）

P.049▶我們的研究室位於剛建好的物理教學樓二樓。周圍是農學部的用地。從研究室南邊的窗戶望出去，可以看到一棟屋頂具有北歐風格且斜度大的灰色建築。它的牆壁上長滿了爬山虎。下面有幾匹山羊在玩耍，不時的發出奇怪的叫聲。

日復一日，對於把充滿無限能量、不可戰勝的惡魔作為對手的我來說，聽到山羊的叫聲就像聽到了惡魔的嘲笑。

一整天，我都在不斷的否定自己想出的點子。傍晚渡過鴨川往家走的時候，我的心情很絕望。甚至平時撫慰我的京都群山，仿佛也悲傷的矗立在朦朧的夕陽之中。

到了第二天早晨，我又精神飽滿的出家門，到了黃昏又失望而歸。這樣的日子持續了一段時間。

③ 對亂用日語的「痛恨」（原文見 P.050）

P.050～051▶我之前提到過，有的詞的用法即使最開始是不正確的，但如果大家都這樣使用，不久就會成為正確的用法。即便不能斷定是「錯誤」，但「總覺得挺奇怪的」，這樣的詞充斥在我們的生活中。也有人認為這種使用方法很彆扭，並為「日語很混亂」而生氣。

我第一次接觸到「ムカつく」這個詞的新用法是在1994年。在我負責「每週兒童新聞」的時候，聽到一個參加節目演出的小四女生使用了這個詞。

她用「ムカつく」這個詞來表達有點失望、有點生氣的情緒。聽到這種讓人很不愉快的使用方法，我不由得生氣了。我教訓她說：「這個詞只能在表達非常討厭的時候使用，隨意使用的話，對方會生氣的！」

眾所周知，「ムカつく」意為「感到極度不快、到了想吐的程度」。稍微生氣就使用這樣極端的表達方式，這種隨意的、不在乎詞義的使用方法，我總覺得難以忍受。

④ 臉（原文見 P.052）

P.052 ▶ 不管是誰的臉都唬不了人。臉是人類最誠實的招牌。因為我們必須走在大街上，只能放棄所有掩飾。即便想好好偽裝，但是越偽裝反而越容易顯露。拋開一切偽裝才是最好的，那樣才是最美的。沒有什麼能比臉更能微妙的反映出人的內心世界了。性情、人格、生活、精神層面的好壞、聰明或愚蠢等，凡事都寫在臉上。裝出樣貌如仙，內心卻充滿世俗觀念的人，就有著一張樣貌如仙內心卻充滿世俗觀念的臉。私欲旺盛卻古道熱腸的人，就有著一張自私自利卻古道熱腸的臉。看似認真熱誠其實情感上很勉強的人，就有著一張很勉強的臉。

⑤ 家是什麼（原文見 P.053）

P.053～054 ▶ 我借這裡想來討論一下所謂的「家」是什麼。當然，在我經常接觸的以中學生、大學生為代表的現在的年輕人，他們在日常會話中會不經意的說「我家是一個三房兩廳帶廚房的公寓」、「我家是四口之家」等，他們說的「家」單指房子或家人，這不是我想討論的。我要說的「家」是年長的人特別熟悉的日本獨特的「家」。換個說法，這裡說的「家」，是遠從江戶時代，而且是到近代、戰前和戰後經濟高速增長期左右為止，不斷的規範著日本社會體制的那個家的制度。

21世紀已經過去了10多年，到了今天，如果沒有掛在婚宴會場的「〇〇家與XX家的婚宴會場」的指示牌，或是刻在墓碑上的「〇〇家先祖的墳墓」的文字，家族制度的痕跡就會幾乎從社會的舞台上消失。過去以社會學、民俗學為代表的諸學科曾經圍繞著家的制度展開了激烈的討論，以它們的研究成果為依據，列舉日本「家」的特點，那就是「萬世長存」。

也就是說，所謂的「家」，是指被稱為家產的固有財產、被稱為家名的固有姓名，和運用家產經營的家業，這三項組合，透過從父親到嫡親長子，沿著父系祖先代代傳承，形成的一個旨在萬世長存的社會組織。

對於四十歲左右的年輕人來說，這或許是沒有真實感受難以理解的，可是數十年前在日本各地看上去極其平常的這個「家」，才是經年累月約束日本人的意識、行動、價值觀的東西。

⑥ 網路和兒童心理（原文見 P.056）

P.056～057▶包括手機和遊戲在內，認為是因為網路導致的兒童心理問題，最近成了熱門話題。

我們很早以前就知道周圍的環境，會給孩子的心理健康帶來很大的影響。所謂孩子周圍的環境，首先是孩子的家人和親戚，然後是學校和生活的區域，進而還有現在的日本社會和文化，這三者是彼此相互影響的。在英國，透過大規模的流行病調查證明了對孩子的心理健康來說，特定的環境因素可能成為危險因素或保護因素。

再來看看網路，可以發現在都市裡，有不少孩子是從學齡前就開始用電腦和遊戲機玩遊戲。這樣的社會背景可說都是因為孩子可以放心玩耍的室外環境減少，一般手機和智慧型手機不斷普及等的關係。

由網路導致的兒童心理問題有以下幾種：

1．因為孩子能輕而易舉的透過網路和平時沒有接觸的人見面，所以會和「危險」的大人產生聯繫，從而被捲入與網路相關的犯罪、受害當中。

2．獲得專為給大人的偏激資訊。

3．由於從早到晚沉迷網路，孩子生活混亂，不上學，沉迷遊戲。

4．孩子與現實世界脫節，將現實世界與網路世界顛倒，與他人缺乏交流。

雖然網路和手機是便捷的工具，但使用它也存在著很大的風險。孩子由於上網而失去的時間，本來應該是他們和朋友、家人一起度過的時間。

為防止網路導致的兒童心理問題，我們應該多教孩子非「虛擬」的「真實」世界的快樂。努力保護包括網路在內的孩子的成長環境，這是所有大人乃至整個社會的責任。

⑦ 地球時代的日本人（原文見 P.058）

P.058～060▶一名美國人受到了來日本教英語的邀請，為了對「國際化教育」有所貢獻，他來到了日本。當他的高中英語老師的任期結束後，他在離開日本前去了四國旅行。

他一直想在回美國前去日本的「鄉間」旅行，為了了卻這樁心願，在日本朋友的推薦下，他把旅行目的地定在了四國，在那兒旅行了一星期。回來的他兩眼綻放光芒，一本正經的説：「離開日本前，我總算見到了真正國際化的日本人。」我不由得被他的話吸引，聆聽了他的故事。

據説在他旅行的最後一天，為了乘坐返回本州的小船，他在某漁村等待去港口的公車。因為走得很累，所以他就站在類似公車站的地方等車，但是他搞不清楚搭車的方向而感到困惑。這個時候，一位穿著田間工作服的老婦人來到公車站，像是要等公車，在他旁邊排隊。於是他用不完整的日語詢問：「對不起，我想乘坐去港口的公車，在哪邊車站等好呢？」老婦人用手指著説：「那邊。」接著又用夾雜著方言的、難懂的日語告訴他：「剛剛開走了一班車，所以暫時不會來車。」然後，那個老婦人問：「你從哪裡來啊？」他回答：「橫濱。」她説：「啊，從很遠的地方來的啊。四國的旅行愉快嗎？」在車來之前大約15分鐘，他們談到了各樣的話題。

就算是恭維的講，那個美國人的日語也不能説很好，不過，那個老婦人一次也沒有説「你會説日語啊」，甚至連那樣的表情也沒有出現過。

他説在交談中，「會用筷子嗎？」、「能吃生魚片嗎？」這些可説一定會被問到的問題一概沒有出現，雖然一看就是西方人，老婦人卻堂堂正正的問：「你從哪裡來？」，對「來自橫濱」這樣的回答也毫不吃驚，完全把他當作一個普通人對待。這樣的事情令他難以置信。

這個美國人的日本同事、教的高中生、遇見的一般市民等，幾乎一定會把「生魚片」呀、「筷子」呀、「會説日語嗎？」等作為話題，一直以來，他都被當作「外國人」老師。可是，在四國的漁村，他卻碰到了「真正國際化的日本人」。那是一位自然而然的接受自己的、淳樸的日本老人。

甚至是英語流利的日本人英語老師，也會把他當作外國人來對待，並且帶著這種想法交談。但是，在四國遇到的老婦人完全沒有讓他有這樣的感覺。儘管一看臉就知道他是外國人，老婦人卻毫不把所謂的「外國人的臉」放在心上，完全和對待日本人一樣，極其自然的對待他，這令他又吃驚又高興。

第3章 譯文

① 比工作能力更重要的事（原文見 P.064）

P.064～065▶「那個人工作能力很強」、「工作能力強的人就是不一樣」，我們總是無意中使用「工作能力強」這個說法。

為了成為公司不可缺少的存在，「工作能力強」被認為是必要條件。大部分的勵志書都在介紹增強工作能力的訣竅，市面上也充斥著介紹成功人士的本事習慣和學習方法的商業書籍。

但是，我卻偏要說：「工作能力很重要，但有比這更重要的事情。」不知是幸運還是不幸，我在日本屈指可數的幾位工作能力特別強的老闆手下工作過，近距離接觸這些「超能幹的人」，我覺得即使自己竭盡全力也模仿不了他們。他們總是能完成一般人無法完成的工作，他們是菁英。

假如勉強去模仿，就會把身體搞垮，精神方面也會吃不消。實際上，我二十多歲、三十多歲、四十多歲，每十年就會忽然累趴到住院一次。

蠻幹是不行的。因此，只好在別處決勝負。

② 開會時看著每個人的眼睛說話（原文見 P.066）

P.066～067▶開會發言時，怎麼做比較好呢？試著想想在會議中提出方案的場景。

最糟糕的狀況就是沒有自信。聲音很小，緊張不安或扭扭捏捏的發言，即使內容很優秀，也不會打動聽眾。

最重要的是要有自信，而且要注視著在座人的眼睛。

這種場合，首先要關注關鍵人物，如果部門負責人在場，就要先看他的臉，然後慢慢移動視線，注視每個人的臉發言。

因為要環視在座人的臉，自然不能老把目光停留在發言稿上。最好只在確認內容、解釋自己所講的內容在資料的何處時才看發言稿。

為了做到這一點，必須把方案的內容變成自己的東西。如果是趕在會議前才整理出來的話，是不可能做到這一點的。

也就是說，事先準備很重要。

總之，從構思策劃的階段起，就要思考如何在會上發表提出方案。只想在開會時表現優秀原本就是不可能的。

要想自信的發言，前提是仔細的推敲方案本身，把它變成自己的東西。做到這點之後，剩下的就是大膽的注視每個人的眼睛，自信滿滿的發言了。

③ 作家要行動起來（原文見 P.069）

P.069▶在日常生活中的某個瞬間，我們可能會有一種異樣感。陷入一種被全世界拋棄的焦躁中，被一種渴望探尋某種經驗的意義而難以停止的衝動所糾纏。這時，我就會在不知不覺中開始接觸現實世界。可是這樣的瞬間僅是一種直覺的感受。我們一旦用日常用語去描述直覺感受，就會發現那種鮮明的印象變得模糊，強烈的感情也開始萎縮。「這種事情無法用語言表達。」這是我們在這種時候的推託之詞，可是，也可以說我們正站在語言和現實的交接點上。

如果有語言——日常用語無法表達的東西，就會出現 「語言的彼岸」這個問題，同時，也就產生了文學家和其他人的區別。因為無法用語言表達，所以就不說了，這是一般人的邏輯。正因為無法用語言表達，所以才必須說出來，這是文學家的邏輯。只寫一些可以用語言表達的內容，這是通俗小說家的邏輯。那麼，要是這樣的話，為了到達真實的世界，我們必須採取行動。我們必須看穿陰險的日常用語的把戲，逃脫它的「陷阱」。

④ 我的個人主義（原文見 P.071）

P.071▶我時常這樣想，首先，你們為了能落腳在一個能讓自己個性得到發展的地方，如果在找到與自己個性完全契合的工作為止，不奮勇前行的話，就會造成一生的不幸。但是，為了使自己的個性得到尊重，並得到社會的允許，也要承認別人的個性，尊重他們的傾向，這是理所當然的。我認為這是必要而且正當的事。我覺得如果因為自己向右，別的傢伙向左就認為他們不像話，這實在不妥。也就是說，原本這世上根本不可能存在不附帶義務的權利。你們也常在課堂上被老師斥責吧。但如果世上有那種只會訓斥學生的老師，那麼這個老師也就是個沒有資格講課的人。訓斥學生之餘，這個老師一定會苦口婆心的講課。因為老師在擁有訓斥學生這個權利的同時，也有教好學生的義務。與此同時，我認為人世間不該有不知道責任是什麼的「富豪」。金錢這種東西是極其重要的珍寶，可以自由自在的疏通很多事情。比如我現在投機賺到了一大筆錢，那麼我既可以用這筆錢蓋房子，也可以用來買書，或者來個豪華的海外旅行，總之可以變著花樣揮霍，這難道不可怕嗎？換言之，把錢撒出去就可以收買人的良心，也就是説，錢成了使人類靈魂墮落的工具。我們只能冀望有錢人有極好的道德良心，不做有損道德的事，除此之外，根本沒有防止人心腐敗的方法。

⑤ 不要過度點頭 （原文見 P.073）

P.073～075▶雖然反對對方的意見，卻不一定使用否定的表達方式。

很多時候，會因對象不同而不能直率的表示反對。這個時候該怎麼辦呢？

我們在聽別人説話時，不管同意不同意，或多或少會點點頭。但是，就算點頭，也未必表示同意。想表達這樣的意思時，該怎麼辦呢？那就在和談話間隔無關的地方點頭。假如在與對方談話思路無關的地方點頭，就不算表示同意。

另外，「點頭同意」要恰當。「不點頭」表示否定的話，「過度點頭」實際上也可能表示否定。類似於回答一次「好」表示同意，但説「好好好好」，就表示不太樂意。

大致來説，持續點頭四次以上就表示「否定」。政治家的討論節目中，在野黨的議員説話時，執政黨的議員不斷點頭。這個動作其實表示完全沒有聽對方説話，有著「夠了夠了，你總是説那幾句話，不用聽我也知道」的意思。

不僅點頭，執政黨的議員發言時，在野黨的議員有時也不斷搖頭。當然，因為是搖頭，所以表示否定。

總之，根據次數、時機，不論點頭還是搖頭，都有可能表示相同的意思。

不同意對方的意見時，人們經常會雙臂交叉。雙臂交叉表示「聽不進去那樣的話」。交叉的雙臂是保護自己的盾牌。演員演戲時，這個樣子很有效。因此作為導演，有時會要求演員「在不接受對方的意見時，請交叉雙臂」。

因此，我在指導排練時儘量不雙臂交叉。包容演員的演技是導演的工作。假如導演雙臂交叉，演員會感到不安。

老練的導演會稍稍抱著手，就像抱著木頭，把手自然的放在腿上。

雖説如此，如果一邊考慮「不行，這個場景有沒有更好的表現方法呢？」一邊排練的話，可能無意中還是會雙臂交叉⋯⋯

⑥ 出聲的重要性（原文見 P.076）

P.076～078▶最近，在電視廣告裡頻繁出現的數字讀法讓人擔心得不得了。

「這個商品一束一千日圓，三束（將「ミタバ」誤讀為「サンタバ」）二千五百日圓，很划算！」

廣播説話的人若無其事的説著錯誤發音的「ヒトタバ（一束）」、「サンタバ（三束）」。像我這樣的老頭子聽了就會在電視前生氣的説著：「不讀「サンタバ（三束）」，讀「ミタバ（三束）」！」才對，「一束」應該讀作「ヒトタバ」，然後是「フタタバ（二束）」，「三束」讀作「ミタバ」，「四束」讀作「ヨタバ」，「五束」讀作「イツタバ」。

過去，日語數字的讀法很複雜。做廣播體操時聽到的是「イチ、ニイ、サン（一、二、三）」， 沙包時説的是「ひい、ふう、みい（一、二、三）」，因此從小就記牢了。

「一日」的讀法，在「一日中元 」裡讀作「イチニチ」，在「十年一日の如く」裡讀作「イチジツ」，現在和過去都是自然而然的這麼讀。

在能劇《高砂》裡，有「四海波静かにて」這樣的唱段。這裡「四海」讀作「しかい」。數戲劇的幕數時讀作「ヒトマク、フタマク、ミマク、ヨマク、イツマク（一幕、二幕、三幕、四幕、五幕）」，過去不讀「サンマく、ヨンマク（三幕、四幕）」。歌舞伎的「四千両」讀作「シセンリョウ」，現在很多人讀作「ヨンセンリョウ」。

武士切腹時用的短刀叫「九寸五分」，可以讀作「クスンゴブ」嗎？「九尺二間の裏長屋（大雜院）」，九尺也讀作「クシャク」，不讀「キュウシャク」。現在，如此麻煩的舊日語數字讀法漸漸消失了。

稍微有點老的流行歌，「內山田洋&Cool Five「的熱門單曲《西海藍調》裡有句歌詞是「九十九島の磯辺にも」。唱卡拉OK時，誰都會準確無誤的將九十九島唱為「クジュークシマ」，絕不會唱成「キュウジュウキュウシマ」。因為這是地名，聽慣了的話，就能自然而然的記住這個讀法。

數鳥時，「一羽」、「二羽」大家的讀法都一樣。但到了「三羽」、「四羽」，是讀作「サンバ」還是「サンワ」，「ヨンワ」還是「シワ」，大家現在都很困惑吧。

在這個電腦、智慧型手機盛行的時代，大家為了圖方便都默默的打著字，我擔心發音、出聲朗讀還有閱讀的能力會退化。

我們這些昭和頭十年出生的人，小學時的語文教科書叫「讀本」。出聲讀出來是很有用的，這對日語來説很重要。

經常有人説日語難，這是值得向世界誇耀的事，這種難正是具有豐富表現力的日本語言文化的特點。

玩丟沙包時説的「ひい、ふう、みい（一、二、三）」，已不知去向何處了。

⑦ 關於旅行（原文見 P.079）

P.079～080▶人們常説人生就是旅行。即使不引用松尾芭蕉《奧之細道》裡的名句，任何人也都對此多有體會。我們對人生所抱持的感情，和我們在旅行中擁有的感情有相同的地方。這是為什麼呢？

從哪裡來，到哪裡去？這是人生的根本問題。我們來自何方，將去向何處？這常常是人生根本的謎。如此一來，就會覺得人生就像旅行所給人的感覺一樣。在一生中，我們究竟要去向何處？我們也不知道。人生是走向未知的漂泊。人們常説我們的歸宿是死亡。那麼死亡又是什麼？誰也不能明確的回答。「到哪裡去」這個問題，反過來，就是在問從哪裡來。對過去的關心來自對未來的關心。漂泊的旅途常常伴隨著難以捉摸的鄉愁。人生很漫長，也很匆忙。人生的道路很遠，也很近。因為死亡時刻就在我們腳下。而且在這樣的人生裡，人們是不會停止作夢的。我們根據自己的想像過我們的一生。不管在誰的心裡都或多或少有個烏托邦。旅行是人生的形式。在旅行時，我們離開日常的東西，透過毫無雜念的冥想，對平時認為是理所當然的、已知的人生有了新的感情。旅途讓我們體會人生。遙遠的感情、近處的感情、變化的感情，這些和客觀的遠、近、變化無關。在旅途中邂逅的常常是我們自己。在大自然中旅行，我們也不斷的發現自己。旅途不在人生之外，旅途就是人生本身。

第4章 譯文

① 參加海外學生的共同座談會時接觸到的學習（原文見 P.093）

P.093▶有一年，國務院的局長來訪我們在北京住的飯店。我有個學生穿著睡衣、拖鞋去大廳吃早飯，眼尖的局長看到這個場景，同情的對什麼都得管的我說：「你今年又是孩子的保姆啊。」有學生大冬天穿著秋裝參加旅行，發高燒緊急住院，有學生損壞了飯店房間的物品等。學生在接觸社會時，該如何處理出現的問題，在研修時也應跟學生説明，這也是學習時很重要的一環。

在中國的大學裡，學生基本上都住校。我作為北大、清大等大學的客座教授，在逗留期間接觸了中國學生的日常生活。一大早，校園裡到處是大聲朗讀英語的勤奮學生。到了晚上，學生和老師一起在餐廳吃過晚飯後，就一直在圖書館學習到十一點，一整年都是這樣。我原以為他們生活在封閉的環境中，可是學生們告訴我：「六、七成的學生都在網上炒股。」他們也認真的接觸著現實社會。

② 公共電話（原文見 P.095）

P.095～096▶黑澤明導演的《天堂與地獄》是綁架類懸疑片中的一部傑作。為了要贖金，犯人打電話到公司的董事家裡。在投硬幣的聲音響過之後，聽見了「大白天窗簾緊閉要做什麼呢？」的問話。聽了這段錄音，刑警們鎖定了一處能眺望高地上的豪宅的公用電話，縮小了鎖定範圍。

黑白電影描繪出的這幕鬥智鬥勇的場景，若換成手機，則不會成立。在過去的昭和時代，戶外的通訊手段只有數量有限的公共電話。雖説是私事，可是像合格與否的通知、上司的怒吼聲等也都會變是「公共」的事。

1960年代，公共電話普及初期出版的《紅電話與綠電話》（金光昭著）一書中有一節大意是這樣的，「紅電話是有事情時才去找的東西，可是我近來一看到紅電話，就會想起要辦的事情」。現在這些功能都由手機簡訊代替了。

如今這個時代，個人通訊普及，有多少人就有多少台電話。傳遞著人們所有喜怒哀樂的公共電話，數量從超過93萬台減少到1985年的四分之一。店頭的紅色早就消失了，人們熟悉的綠色也在驟減。

但是，公共電話在發生災害時有容易接通的優點。大地震時手機服務無法使用，要回家的受災群眾都在公共電話前排起了隊。據説NTT公司從春天開始會在網上公佈公共電話的設置地點。

街角的電話亭看起來非常可靠。經歷了公共電話的一代人嘀咕著，老東西也有用處。

③ 白費（原文見 P.098）

P.098▶白花錢、白跑路、説廢話……加上和「白費」有關的詞都沒什麼好。徒勞白費是不行的。言行必須有相對應的正面效果，更應該對浪費納税金之類的損害國民利益的行為表示憤慨。

江戶時代有一首川柳這麼説。

打招呼的女人莞爾一笑（《柳樽》二篇）。

從功利的角度判斷，打招呼時浮現出的微笑沒有什麼特別的價值。要説白費的話，的確是一種白費。不過，這首川柳的妙處就表現在對那些平時不會覺得是白費的行為（反倒讓人覺得愉快的行為），從一種與眾不同的角度來作價值判斷，進而指出本可以有的、社會允許的「白費」。

口無遮攔的政治家的廢話的確是「白費的話」。它不僅表現出文化的不成熟，還讓人心痛，非常損害國格。以俏皮話為代表的文字遊戲在江戶時代被稱為「白費」，這個稱呼表現了江戶人的公私分明。與公眾場合的客套話相比，文字遊戲是「白費」的，該説客套話時説客套話，同時保留著個人的真心話，這是江戶人的智慧，也是時代文化的成熟吧。公私分明，分清場合，「白費」的話就會滋潤生活。幸運的是，這種「白費」文化在現代社會還有留存。我們必須將它不斷發展，讓它延續到下一代。

④ 關於出貨日期的通知（原文見 P.100）

P.100～101▶各位

平成32年4月1日

株式會社武田

事業部　高橋

030-2567-7652

承蒙各位平日的關照，深致謝意。

這次受地震的影響，我公司工廠受災，給客戶們帶來了很大的不便，在此深表歉意。

各位在3月15日訂購的產品，發貨安排如下。如有不明之處，敬請隨時詢問。

記

1 · 品名：影印紙

發貨日：4月20日

2 · 品名：資料夾（白色）

發貨日：4月30日

（黃色和藍色的資料夾因原料採購，發貨日期日後另行通知。）

以上

⑤ 落在阿富汗的炸彈和落在東京的雪 （原文見 P.102）

P.102～103▶那時，內山女士以JICA（日本國際協力機構）的專家身份，被派往賈拉拉巴德參加農業項目。該專案的目的是提高阿富汗第二大主食——白米的國內生產量。內山女士作為專案協調人員和兩位農業專家一起趕赴當地。

911事件後不久，據說在離奧薩瑪賓拉登躲藏的洞穴很近的地方潛伏著反政府組織，因此當地經常發生炸彈恐怖攻擊。

「恐怖攻擊導致道路被封鎖，造成阿富汗人上班遲到，這和在青森由於下雪道路有點堵的感覺相似。當看到東京的人們由於一點雪就驚慌失措的樣子，我很驚訝。也許在賈拉拉巴德的人們眼裡，由於一點爆炸就驚慌失措的我們也很奇怪吧。」

內山女士一邊不解這些與日本文化的差異，一邊以淺顯的文字記錄她感受到的戰地阿富汗人的日常生活。

選了內山女士文章的國中老師說，她在原文中把說明性的文字與作者的感受融合得恰到好處，適合拿來當作設定的問題。

而且，老師們想讓那些報考女子國中的考生知道，在世界這個舞台上，女性雖然有各種煩惱，但依然活躍於這個舞台。這是最終選擇內山女士文章的原因。

⑥ 要求的英語運用能力（原文見 P.104）

P.104～105▶在全球化浪潮中，英語使用者在急速增多。現在，大約有4億人將英語作為母語，與之相比更多的是將英語作為第二語言、第三語言來使用的人，約有15億。英語的使用範圍在全世界不斷擴張，這被稱為「英語帝國主義」，有人將其視作威脅，可是遺憾的是，這些批判中很多都是毫無建設性的。全球化導致人們相互溝通和理解的需求高漲，這個需求無法被忽視，因此英語在全世界不斷的擴張。但是我們也應儘量避免英語的擴張，導致本國語言的發展和使用被輕視。英語使用範圍的擴大是把雙刃劍，重要的是，要在詳細調查它的負面作用的基礎之上謀求對策。

在日本，英語教育的方式經常會引發爭論。長久以來，我們批判傳統的語法翻譯法，認為它無法培養學生的溝通能力，只在閱讀能力的培養方面發揮一定的作用。2009年，高中的新教學指導大綱提出「課堂上應使用英語教學」，針對這一條相關的效率、效果，專家提出了批評。關於在小學展開英語教育這個問題，也是爭論不休。孩子確實能夠模仿發音，並且能毫不膽怯的開口表達，針對這個問題，我認為不能簡單的說「越早越好」。隨著全球化不斷深入，日本學習者不一定非得像以前那樣，要把英語說得和高學歷英語母語者一樣。日本人就算有口音，就算語法多多少少有些錯誤，只要能根據場合，把自己想說的內容，儘量準確的傳達給對方，和對方建立友好關係，這就夠了，我認為培養這方面的能力才是最重要的。這種能力會隨著年齡增長及認知能力和情緒面的不斷發展逐漸被掌握。而習得這種能力是需要時間的。

⑦ 擁有「能夠熱衷於某事的才能」的人（原文見 P.107）

P.107～108▶聽說國中的時候，成毛先生和同年級的同學打了個賭。

「將來絕對不當公司職員。如果成了公司職員，我就把第一個月的工資給你。」

隨著時間流逝，到了1977年，從中央大學商學部畢業的成毛先生，不與去大企業就職的同伴為伍，而是去了北海道一家生產汽車零件的公司。按照約定，他把第一個月的工資給了成為學者的那位同學。可是，從新員工時期開始，他就是一個不像公司職員的公司職員。

「人生是為了遊戲，工作也是愛好之一。」

在這個原則的影響下，他在年輕時就把公司當作賺取生活費的地方，不僅僅是食衣住行，生活中的所有面向，他都嘗試著和別人不一樣。這種成天亂來、讓人為難的傢伙，時常會被老闆嚴厲斥責，可是儘管如此，他還是堅持過這種矯情的社會人生活。

後來他被調到大阪地區，因為不適應，他辭去了汽車零件生產公司的工作，回到東京，轉行去了「ASCII公司」。進公司當天，他就被派去「ASCII微軟」出差。之後就當了微軟的日本法人。

當時對軟體設備完全不瞭解，也不熟練使用電腦的成毛先生，覺得未知的世界反而更有意思。他把一天當成40個小時，不分晝夜的工作，5年後，35歲的他成了老闆。可是，他只當了9年老闆就辭職。他那彆扭的個性又出來了，隨著電腦的普及，他對軟體銷售行業產生厭倦。

離開微軟的成毛先生成立了「靈感」投資諮詢公司，開始向前來諮詢和創業的公司投資。

有時候，他對於守舊經營者的「為什麼需要提高股票價格呢？」、「創造收益究竟是怎麼回事？」等問題很無奈，同時他透過諮詢提高企業收益，結果股價上漲，從而獲益。

另一方面，他也投資未上市的創業公司。他關注的重點是想法。成毛先生說：「創業公司必須要有它的獨特性和現實性。而且，經營者必須是樂於與人交往的、樂天的、年輕的人。」

成毛先生稱，對於管理者而言，並不需要知識、方法或者MBA學歷。

反而，像孩子那樣的拘泥、蠻幹、遲鈍要重要得多，擁有「能夠熱衷於某事的才能」的人，就能取得成功。

成毛先生是商界最愛讀書的人，在他家裡，書多得快要滿出來。其量數以噸計。塞滿書的書架一個接著一個，客廳裡放著50本以上的書，臥室、廁所、上班用的包裡都放著書，成毛先生的周圍都快被書淹沒了。

成毛先生曾經苛刻的說：「不讀書的人就跟猴子一樣。讀書必須有『想像力』，缺乏『想像力』的生物，是人非人。」

第5章 譯文

① 所謂人生（原文見 P.114）

P.114～115▶人生之所以為人生的條件，我認為是相遇和感謝。我試著用愛這個詞來表達，但同時不可忘記死亡的存在。人生是有限的，的的確確受到死亡的限制，不管誰都逃脫不了。我們健康時忘記了死亡，可是死亡一刻也沒有忘記我們。不知什麼時候，死神會突然降臨。我們活著，也意味著隨時準備面對死亡。有相遇就有別離。有愛就有死亡。世事無常，假如命運不能逃避，我們就應無畏的正視它，未雨綢繆，讓我們在心裡事先做好準備吧！

死亡淨化了我們的心靈。當「死亡」清楚的擺在自己面前時，才能看清自己有限的生命以及真正的願望。那時，才領悟到自己活在太多的自欺欺人、他人的眼光中。

「我」 不就是「他人」的複合體嗎？害怕別人的目光，過於在意他人的臉色、言行等，小心翼翼的活著，可是人最終會獨自死去。人終究會孤獨的面對死亡。所以，活著時也像是只有自己一人一樣去行動吧，這是我在巴斯卡的《沉思錄》中讀到的。

② 不要對偷懶抱有罪惡感（原文見 P.116）

P.116～117▶好好完成自己的工作，這是基本中的基本，如果做不到，評價和信任度就會降低。但是，一旦過於老實的想要把所有工作都做好，自己的負擔就會不斷加大。因此不僅會離「暢快」的狀態相當遠，日積月累還會導致身心生病。

為了不發展到那種地步，不要總是全力以赴，把握輕重緩急，巧妙的「偷懶」。這也許是現在活下去的重要技能。

一提到「偷懶」，人們就有負面的印象，但積極的抓住機會戰略性的充電也是有必要的。

擔心、壓力和不滿可以說是現代人的宿命，它們或許不能被完全消除。然而，只要嘗試改變想法，就能夠減輕這些負面情緒。每天都很鬱悶、發現不了生活中樂趣的人可以試試本書提到的方法。

③ 今天與明天的藝術（原文見 P.118）

P.118▶有這樣一個玩笑，説現代人買的不是牙膏，而是廣告和創意所呈現的牙膏形象。

實際上，牙膏的實質都是一樣的。鮮亮的包裝，令人心跳的廣告宣傳，電視上的美女微笑等，人們買的是一支牙膏所帶來的某種感覺。那麼，現代人為什麼要使用牙膏呢？如果是為了口腔衛生，一撮鹽就夠了；應是為了味道呀、香味呀這些，總之，牙膏的實質就是某種感覺吧。我們為了提振早晨的情緒，從玫瑰紅的管子裡，把藍色的牙膏擠在象牙白的牙刷上。如果藍色是「地中海的深藍」，玫瑰紅是某女演員的唇色，如此一來，牙膏的實質只會變得豐富，不會受到損害。我們的確是在購買這樣的「美夢」，也可以説是在現實生活中消費這種「感覺」。

④ 追求幸福的心（原文見 P.120）

P.120～121▶在討論幸福之前，讓我們先思考一下為什麼幸福總是如此反覆被提及。古往今來，有無數的幸福論。月刊雜誌上，沒有哪個月不討論幸福的。人們尋求各式各樣的幸福論，卻永不滿意。難道人生就充滿了如此多的不幸嗎？我有時也很厭煩。在不斷重複的幸福論面前，我已經不想再追求了。比起思考、追求幸福，我們應該忍受眼前的現實，沿著自己的道路奮鬥下去，這就夠了。沒有必要追問幸與不幸。甚至還有人覺得幸福論是精神上的一種奢侈。

但即使這麼説，追求心靈和生活的平靜，在某種意義上尋求快樂，又是實實在在的。假如可以把這些稱作幸福，那我就還在追求著幸福。也許只是厭倦了被過度提及的「幸福」這個詞而已。人生不是一帆風順的。不論什麼人，對自己的未來都不可能有一個明確的預見。也許正是因為未來的不可預知，人們才會不斷重複對幸福的追求。因為這關係著自己的未來。追求幸福的心，也可以説是想解開這個謎的心吧。可是，沒有哪種幸福論可以給我們完美的答案。我夢想著還有些其他的什麼。

但是，重要的是現在的現實生活。每次思考幸福，我就會想，不可以用幸福的未來來粉飾現在。人不活在現在，而是總想活在未來，常常抱怨每天的現實，這樣的話，大概永遠不會有滿足的那一天吧。也就是説，幸福論不可以用來掩飾現實的空虛。不可以為了逃避眼下的貧窮和困頓而操弄幸福論。

⑤ 關於青春（原文見 P.123）

P.123～124▶我再強調一遍，正是因為沒能擁有像樣的青春，我才切身體會到青春的存在。那一天，二十歲的我沒能擁住陽光照耀下的少女，從而感到失去生命般的痛苦。

如果不是礙於面子和禮貌，我定會在光天化日之下緊緊擁抱那名少女吧。那時，我沒這麼做。「沒做」讓我感到生命被壓榨了一般，痛徹心扉。我在那刻流血，活在那種痛苦之中。類似這樣的事情構成了我的青春。

實際上，那時的那名少女對我而言，並不是一個有自我意識的人，而像一顆熟透的桃子，只存在於感覺中。那時，在我眼中的少女就是一具空殼。可是，我的青春把那具空殼當成了實體，命令自己馬上擁有她。我當時並不是意識到這一點才停止行動的，而是受習慣和面子的左右才停止的。雖然很遺憾，但我好幾次都是這樣沒能被青春欺騙。然而，我也上過好幾次當，被欺騙時，我意識到那種空虛感，同時也理解了沒被欺騙時發生的一切。

⑥ 三太郎的日記（原文見 P.125）

P.125～126▶有些人能夠做到的事情有些人就做不到。有些人能夠達到的程度有些人就是達不到。所以，能不能做到某件事，能不能達到某一個點，當這些問題成為主要問題的時候，不僅與個人的天分有關，也與個人力量的大小強弱有關。從這個角度來看，我們無法否定個人的價值幾乎是由命運決定的。

可是，當我們把視角從外部比較的立場轉向內部絕對的立場，從對事業成果的重視轉向對努力追求的肯定，從天分轉向意志的時候，視野將豁然開朗。以前對立的東西很容易就融合起來。如此一來，一切精神性的東西都水乳交融。在這個世界上，每個人都憑藉上天賦予的天分創造著各自的價值。而且，這些創造讓作為「人」的意義更完整了。

從內部絕對的立場來看，在三尺竿子徘徊的蝸牛和奔跑千里的猛虎同樣值得我們尊敬。老虎不能輕視蝸牛，更應該對於自己未行千里就駐足懈怠感到羞恥。蝸牛無須為自己的無力而絕望，而應在那三尺竿子的上下運動中發現生存的意義。

⑦ 掉入「看得見」的陷阱（原文見 P.128）

P.128～129▶我本想去看托普卡匹皇宮（土耳其伊斯坦堡的一座皇宮）珍寶展，但怎麼也抽不出時間，所以沒去成會場。這時，我得知電視台的「週日美術館」專欄將播出一檔叫「伊斯蘭文化的精華——托普卡匹皇宮珍寶展」的節目，就轉到了那個台。

節目裡有兩位伊斯蘭文化方面的專家進行解說，他們詳盡的介紹了珍寶展。

鏡頭的角度周到細緻，特寫鏡頭也恰到好處。比起直接去混雜的展會現場，這樣也許能好好的鑑賞珍寶吧。

但是，那時我忽然想：「這種事今後只會越來越多吧。」

「這種事」就是指不直接去會場或現場。

棒球和橄欖球已經如此。就我個人而言，雖然多次去球場，但是還沒有去現場看過橄欖球比賽。我全是看電視轉播過的癮。

有人說：「看電視轉播不能算過癮。還是必須去現場。臨場感完全不同……」我想這樣說或許沒錯，但是我在心裡卻也認為電視轉播不見得不好。攝影機不僅巧妙的拍了攝比賽，而且關鍵地方也都有特寫鏡頭。在某種意義上，比現場看得更清楚。

即使是「週日美術館」這檔節目，美術愛好者們或許也會說「不去現場看，不能算鑑賞」而不屑一顧。但是，就像我前面所提，恰到好處的特寫鏡頭讓我比在現場看得更加清楚。

透過攝影鏡頭看到的是虛假的，只有用肉眼看到的才是真實的。這樣的見解是沒錯，我也不想反駁。但是，電視的功能變得如此好，如此方便。就算是假的也好，我想大聲質問，真的和假的之間究竟有多少差異呢？

但是，重要的是對於「看得見」的東西要持有相應的戒備之心。我們對於「讀」非常有戒備心。換一種說法，就是一邊運用想像力一邊讀書，有時還會懷疑書上的內容。不過，我們對於「看得見」的東西就有完全不抵抗、立刻相信的毛病。

最危險的是電視新聞，特別是新聞節目中的新聞。播音員在讀新聞稿時還好，但是一看到採訪記者拿著麥克風趕赴現場的畫面，馬上就失去了戒備心，盲目的相信記者的話。我們徹底忘記去懷疑拍攝的畫面是否真實，完全陷入一種深入現場、看到了「真實」的心情。這裡其實就有一個「看得見」的陷阱。

以前，我參與策劃過一檔旅遊節目，如果換一個角度來説，那是一個最大限度利用「看得見」行為的節目，讓觀眾不知不覺的有種「去了現場」的感覺。美食節目也是一樣，印刷文字很難做到，但是利用電視就很簡單的讓人有種「吃到了的感覺」。

電視節目就是把這種「看得見」的行為當作最大的武器的危險領域。如果喜歡這種危險，並且毫不放鬆警惕，今後，電視將會使那種不可思議的能力不斷提升吧。

第6章 譯文

① 你懂得在每天的生活中自我釋放嗎？（原文見 P.134）

P.134▶所謂的自我釋放，就是發現原本的自己，毫不壓抑的表現自己。

當遇到某些問題的時候，懂得自我釋放的人能夠毫不畏縮並且毫不自卑的問自己為何如此。

終究，在這個社會中要麼知道，要麼不知道，如果有不知道的事，問一下就可以了。不懂得自我釋放的人，無法直率的詢問新的作業系統和新的機器怎麼用。因此，不僅得不到想要的資訊，還要為此花費大量的時間。

在工作上也是如此。不知道並不可恥，不知道也不問，朝著錯誤的方向前進才更讓人棘手。因此，懂得分析自己，並且愛惜自己的人，更容易表達自己的想法。

藝術家不懂這種自我釋放就不能描繪出作品。程式設計師也一樣。從事創意工作的人都在不知不覺中釋放著自己。

明天就是週末了，讓我們用舒暢的心情重新審視自己，也許會有新的發現。

② 關於美（原文見 P.136）

P.136▶這恐怕是一個有點八卦的故事，說的是五代菊五郎在跟妻子吵架的時候，抱怨妻子摔倒的樣子很難看。我雖然不知道這個故事是不是真的，但這個故事反映了名演員強烈的審美意識，很有意思。在德川時代，按照封建制度的形式有其規定的美的標準。一般人都根據這一標準來培養自己的審美意識。每個人與生俱來的感受性存在著敏銳度的差異，但每個人對依照自己所擁有的那套審美標準來加以批判的眼光都很有自信。大眾可以生活在日常的審美意識中。從大老、老中這種了不起的官員，到居於陋室之人，無論如何，美就是美，醜就是醜，大家都很堅持這種明確的意識，不允許亂來。而且，在潛意識裡，大家都認為沒有美就是沒有文化。即使是住在陋室裡破爛榻榻米上的商人和手工藝人，他們的妻子也會把門窗擦得乾乾淨淨。不擦的人會被當作鎮裡的汙點，被大家睥睨。即使是三座裡的劇團，如果它的狂言不好看，誰也不會去看。相反，如果好看，人們就會想盡辦法去看。決不允許吃難吃的東西，也不允許醜陋的東西出現，這樣的審美意識普及到了一般人當中。由於美的標準被過度規定，也有不少遺憾，很多時候，真正的、全新的美遭到了眾多迫害，可是不久之後，如果大家認識到那是美的全新種類，就會立刻變成了「這東西還不錯」，得到這樣的讚美。

③ 自大惹人嫌（原文見 P.139）

P.139～140▶「對誰都要一視同仁」，「對弱者、年輕人不能擺架子」，我們從小就被這樣教育，但是做起來卻非常難。

耍威風讓人心情愉悅，獻媚令人厭煩。但是，對討厭的上級、長輩也必須點頭哈腰，所以反之，我們認為對弱者耍威風也理所當然。

特別是剛當長官的時候，在「得有點兒官威」、「得讓周圍人認可」這樣的心理驅使下，趾高氣揚。

我剛當上課長時，也試著擺了擺架子。我原本就是唯唯諾諾的性格，缺乏威嚴和氣度。於是，我試著採取略為威嚴的態度。

但是，我的企圖沒有取得任何成效。不僅如此，不知從哪兒聽說這件事的上司批評我說：「金兒君當了課長架子變大了。」最後落到被上司責備的下場。

對部下、供貨方過度擺架子，這麼做絕對不會受到上司好評。即使是愛擺架子的上司也一樣。

也有人試圖按自己的步調工作，顯得目中無人。這只會起反作用。

重申一遍，耍威風的本人覺得心情好，可是對方心情可不好。

有兩種情況，一種是「假如是這個人的話，那我聽聽」、「假如這個人求我，我不好拒絕」，另一種是「光是和這個人說話就不舒服」、「真是無禮至極讓人無可奈何」，和其中一種人合作，哪一種情況會快速、高品質的完成工作呢？答案無疑是前者。

④ 用最低成本追求最大效益（原文見 P.142）

P.142▶需要花的錢毫不吝嗇，不需要花的錢哪怕是一塊錢也不會亂花。花錢時，考慮怎樣花錢最有價值——在作為公司職員期間，我被徹底的灌輸了這兩個想法。

「好書10,000日圓也不嫌貴。但無聊的書即使只要100日圓也不花公司的錢買。」

「假如想用10,000日圓招待客人讓客人高興，就要絞盡腦汁想至少20種用

10,000日圓讓客人高興的方法。然後用其中最能讓客人高興的方法來招待對方。」

我按照上司的教導行事，慢慢的，這也變成了我的習慣。即使是私事，我也常常想著這個問題。

用最低成本追求最大效益。這不是簡單的「費用效益」、「選擇和集中」。無論是工作，還是私事，這樣的考慮都需要智慧。

年輕的時候，時間、金錢都不能隨心所欲的支配，但是我體力無限，也很有感性。即使不花錢，也有很多能讓人高興的事。

比如，週日大清早和孩子帶著便當一起去野餐。這樣做不花什麼錢就能和家人有親密的交流，對健康也很好。下午一兩點回家。讀讀書，享受自己的時間。

我32歲時匆匆放棄了從很早以前就喜歡的高爾夫，因為那太花錢了。假如繼續打高爾夫，花錢不說，還會整天忙於工作沒時間和家人交流，週末也沒時間讀讓人大笑的書緩解壓力了。

⑤ 不稱讚別人是一種損失（原文見 P.144）

P.144～146▶有人覺得稱讚別人是一種損失。可是實際上，不稱讚別人才是一種損失。

有時，人們會說：「即使想稱讚也沒什麼值得稱讚的地方啊。」

這就大錯特錯了。事實上，不論是什麼樣的人，什麼樣的時候，值得稱讚的事都很多。也就是說，有人可以做到不管什麼時機都能稱讚他人。

我工作的地方的老闆就是這樣的人。他很會稱讚我，使我更加努力的工作。

實際上，我在三十多歲的時候，面對這位年紀比我大三輪的老闆說：「有這樣一句話，就算是豬，只要稱讚牠，牠也能上樹。」老實講這麼說很失禮，有可能會激怒對方，但老闆的做法卻不一樣。

「啊！還有這麼一句諺語啊，我都不知道，你知識可真淵博啊！」就這樣，他又稱讚了我。

當然這不是什麼諺語，這是我在流行的漫畫書上看到的。可是，我卻受到了老闆巧妙的稱讚，我內心深處諷刺的心情立刻煙消雲散。午休的時候，我去書店買了兩本寫著這句話的漫畫書，下午一上班就拿給老闆看。

「真的有這樣的說法啊！真是長知識呀！謝謝。而且，你很有行動力啊！」

這個時候的我別說上樹了，就是登天也沒問題。老闆這種能力已經超越達人，不得不說是超人了。

即使無法模仿超人，即使有點誇大其詞，卻沒有一個人討厭受到「某某某真是日本第一的秘書啊！」、「你的執行力是世界第一的！」等，這樣的稱讚。我們日本人，因為講究心領神會，大家容易認為「即使不特意說出口也可以」，所以稱讚和感謝的時候，誇張一點剛剛好。

就算聽起來有點刻意，但如果早上起來對妻子說：「你今天格外漂亮啊。」那麼這一整天她的心情都會很好，我也能開心無憂一整天。

到今天都沒人相信，我曾經因為口拙，一開始沒法自如的說出稱讚的話。於是，我就將對方的優點徹底找出來，自己一個人在房間裡反覆練習，並下決心要稱讚身邊的人。

對鮮魚店的大哥說「你今天很有精神，也很有派頭」，對火車站的工作人員說「謝謝你們總是能讓我們安心乘車」，對部下說「你出的主意非常好，我希望你能再下點功夫」，對老闆說「很感謝您總是稱讚我。人們常說老闆是孤獨的人，真的嗎？什麼時候能說說您艱苦創業的故事給我聽呢？」。

具體的稱讚最好了，但只說一句「太棒了」、「很厲害啊」、「不愧是」也很好。就這樣一句話，對方就會變得很開心，自己也能得到好心情。

「自己受益」才是關鍵。而且，還一分錢都不花。

⑥ 豐滿成為流行，男性真的喜歡豐滿的女性嗎？（原文見 P.148）

P.148～149 ▶ 可能是因為像渡邊直美和柳原可奈子那樣豐滿的女演員十分活躍，據說豐滿系女子，簡稱豐滿系，很受歡迎。

雖說是豐滿系，標準卻各不相同。豐滿系夜總會「酒館蜜桃女孩」的標準是「女性的平均體重約90公斤，錄用標準是80公斤以上」，遠遠超出「豐滿」給人的感覺。但是，這好像並不是單純的非主流熱潮。

時尚雜誌《anan》製作了一期名為「現在豐滿的人超受歡迎」的特輯，並成為話題。

「在受歡迎的人這個主題中，不論體形，對自己有自信的女性都很有魅力，因此我們製作了這次特輯。」

甚至連引領纖細美的時尚雜誌也在宣傳豐滿系的魅力。

在服裝業，女裝品牌「as know as」於2006年8月設立了以L碼為主的新品牌「AS KNOW AS olaca」。內衣廠商「PEACH JOHN」也於去年啟動了豐滿尺寸專業品牌「格蘭迪納」。

「最近寬鬆版的外套也很受歡迎。體形上走自然路線的人增加了。」

不過就算自己覺得豐滿系好，男性又怎麼認為呢？

「在採訪中，我們很意外的得知，很多男性喜歡豐滿系女子。只是一直沒敢說出口。」

也有人說「如果對方性格好，就不會介意體形」。結婚顧問橋本明彥先生分析：「現在，像火鍋、便宜又好吃的美食等，這種觸手可及的、使男人安心的物品十分受歡迎。與漂亮女性相比，豐滿系女性讓人更安心，讓人感覺更舒服。男性也覺得豐滿系女性家務能力強，符合心目中的標準。」

婚姻介紹所「O-net」也提到：「在男性會員中有一種傾向，比起符合條件的女性，他們更看重女性是否喜歡自己。或許是因為對自己沒自信的男性增加了。」這麼說來，因相親詐騙而被曝光的那位女性也是豐滿系啊……。

⑦ 年少時的回憶（赫爾曼黑塞）（原文見 P.152）

P.152～153▶我想著至少要看看那隻蝴蝶，所以就走了進去。我拿起艾米爾裝收集品的兩個大箱子。可是在箱子裡沒有找到那隻蝴蝶，我猜它或許還放在展翅板上。牠果然在那裡。天蠶蛾伸展開的褐色天鵝絨翅膀被細長的紙條貼著，固定在展翅板上。我趴在那上面，盡全力的近距離觀察它那長毛的紅茶色觸角、優雅且顏色美麗的翅膀邊緣、下羽內側邊緣的細毛等等。不湊巧，我沒能看見那個有名的斑點。它被壓在了細長紙條的下面。

我心裡七上八下的，最終屈服於想去掉紙片的誘惑，拔掉了別針。於是，翅膀上四個大得不可思議的斑點凝視著我。它們比插圖上的美麗得多，好看得多。看著它們，我產生了一股難以抗拒的想得到這個寶貝的慾望，我有生以來頭一次產生了偷竊的念頭。我偷偷的去掉了大頭針。蝴蝶已經乾了，因此形狀沒有損壞。我把它放在手掌上，從艾米爾的房間走了出去。那時，我除了巨大的滿足感以外什麼都沒感覺到。

我把蝴蝶藏在右手，走下台階。就在那個時候，我聽見有人從下面朝我走來的腳步聲。那個瞬間，我的良心覺醒了。我突然意識到，自己偷了東西，是個卑鄙的傢伙。同時，我十分害怕被發現。我本能的把藏著獵物的手放進了上衣的口袋裡。我慢慢的繼續走，為做了件荒唐的事嚇得發抖。與上來的女傭戰戰兢兢的擦身而過之後，我的心裡七上八下，額頭出汗，失去冷靜，一邊獨自害怕，一邊在家門口停下。

我馬上意識到我不能拿這個蝴蝶標本，我不可以占有它，必須放回去，如果可以的話，要做到好像什麼事也沒發生過。於是，雖然我極度擔心被人看見，但我還是急忙返回，往台階上跑，一分鐘之後，我又站在了艾米爾的房間裡。我從口袋裡拿出手，把蝴蝶放在了桌上。還沒仔細看，我就知道發生了怎樣的不幸。我幾乎要哭了出來。天蠶蛾被擠扁了。一隻前翅和一根觸角沒了。我十分小心的從口袋裡扯出破碎的翅膀。羽翼變得七零八落，無法修補。

比起當小偷，看見自己弄碎了美麗而罕見的蝴蝶，我的心更加難受。我看著美麗的褐色翅膀的粉末黏在自己的手指上，還有七零八落的翅膀碎片，心想假如能把它修復成原樣，不管什麼東西，什麼期待，我都會高興的拋棄吧！

帶著悲傷的心情，我回了家，在家裡的小院中一直坐到傍晚。終於，我鼓起勇氣對母親毫不隱瞞的說出了一切。母親十分吃驚和悲傷，不過她也感覺到這個坦白對我來說比任何懲罰都要痛苦。

第7章 譯文

① 體罰（原文見 P.159）

P.159～160▶A

儘管《學校教育法》規定禁止體罰學生，但是在社團活動和體育界，體罰仍舊屢禁不止。為什麼體罰無法從學校、社團活動中消失呢？我們總結了一些有識之士的意見和研究。

體罰為什麼沒有消失？首先，是因為社會上還殘存著容忍它的風氣。現實生活中，有些父母自以為為了孩子好，就會說「如果犯了什麼錯，您就揍他」。在高中的棒球社團裡，高年級學生對低年級學生施暴的行為接連出現。如果看到教練動手，學生就覺得自己也可以做相同的事。這樣，負面的連鎖效應不斷。

老師素質也有問題。要是沒有好成績，或者學生跟不上，老師就覺得恨鐵不成鋼。這時，也會有老師這麼想：「與其放棄，還不如揍他一頓，這也是為了他好。」如果有成功的例子，體罰就更煞不住車了。

學生會失敗是理所當然的。教會他失敗的原因，才能幫助他成長。因此，才會有教育的世界。

B

首先，在國外並沒有體罰這回事。因為不論大人還是孩子都知道運動是件快樂的事情。日本高中的體育比賽基本上都採用淘汰賽制，只要輸一次就完了。所以大家就容易變得追求完美，不允許有一絲失誤。結果就會變成教練指導過度。

另外，高中的體育運動基本都是在學校進行的，由老師擔任教練的職務。那麼，即使有像在櫻宮高中發生的問題，學生也無法逃避。我認為應該建立不僅在學校，在地方上的俱樂部也可以享受體育樂趣這樣的雙軌制的體育社會。

② 隕石墜落（原文見 P.162）

P.162～163▶A

據當地媒體報導，15日上午9時23分左右（日本時間中午12時23分），一塊隕石墜落在俄羅斯烏拉爾地區車裡雅賓斯克州附近，並且在穿越大氣層時發生爆炸。根據俄羅斯員警當局的說法，隕石碎片墜落的場所有三處，其中兩處已被發現。傷者中有758名來自車裡雅賓斯克州。據説傷者中的三分之二受的是輕傷。

據當地媒體報導，現已確認隕石爆炸所產生的衝擊波，造成了車裡雅賓斯克市等地區窗戶的玻璃破碎、建築物牆面損毀等。當地居民也因巨大的爆炸聲而陷入恐慌。

俄羅斯國家原子能企業Rosatom聲稱，烏拉爾地區核燃料處理工廠並未受到影響。另外，烏拉爾地區斯維爾德洛夫斯克州的別洛亞爾斯克核電廠運轉正常，能源的供給和放射線的量均未出現異常。

B

15日，被視為隕石的物體突然在俄羅斯中部地區車裡雅賓斯克州爆炸，造成車裡雅賓斯克州內建築物損壞、大量市民受傷、學校停課等，對市民的生活帶來影響。

位於烏拉爾山脈東側的車裡雅賓斯克州是俄羅斯著名的工業州，有很多核電站等重要設施。俄羅斯國家原子能公司聲稱「作業並未受到影響」。

州內正值冬季，當地氣溫驟降到接近攝氏零下20度，因為嚴寒，隕石所帶來的衝擊波震碎了玻璃，學校和幼稚園被迫停課，大學也停課讓學生回家。位於州中心地區的小學，震碎的玻璃導致老師受傷。

③ 學校週休一天制 （原文見 P.165）

P.165～166▶A

週休二日制始於平成4年，那時我是一名中學老師，因此我非常瞭解事情的經過和當時的混亂。本來週休二日制和「寬鬆教育」、學習能力問題毫無關係，它是被當作勞動政策的一環而決定的。在貿易摩擦的背景下，政府受到來自歐美各國的縮短勞動時間的外部壓力，於是，從公務員開始實施週休二日制。

「如果增加上課時間和教學內容，就能提高學生學習能力嗎？」這樣的疑問原本就存在。如果是教學方法不高明的老師，就算再多教一個小時，也沒什麼效果。這種觀點過於忽略了教育的本質問題。觀察國外各國近年來的教育改革，都在朝著提高教育品質的方向轉變，絕不是增加上課時間。透過增加上課時間來提高學習能力的做法是違背國際常識的。

從本年度開始，上課時間會增加，課程表將排得滿滿的。並且學校活動會被削減，即使在考試當天也要上課等，這將是一場艱苦戰鬥。就現狀而言，許多老師由於要指導學生社團活動，週六也照常上班，因此，期望實施週休一日制的呼聲很可能會來自站在第一線的教師。

B

1980年代，由臨時教育審議會宣導，在日本教職員協會的強烈要求下，學校開始實施週休二日制。本來，在貿易摩擦的背景下，政府為了回應歐美諸國對日本提出的縮短勞動時間的要求，由公務員率先實施週休二日制。

導入這一制度是為了增加孩子與家人待在一起的時間，並在寬鬆的環境中體驗社會和自然。

然而，很難説這一制度達成了原本的目的。而且，寬鬆教育導致上課的時間減少、學習能力下降等問題，也遭到了批判。

很多私立學校週六也要上課。有人指出，週休二日制也是造成公立和私立學校學生學習能力差異的原因之一。因此，監護人呼籲恢復週六上課，這也並非沒有道理。

有一個問題是怎樣確保教職員工的休假。或許可以把週六上班未能休息的天數集體調整到寒暑假來補休。

④ 緊急退休（原文見 P.168）

P.168～170▶A

在日本埼玉縣，有100多名公立學校的老師，希望在一月底退休金調降前退休。而愛知縣將於3月1日調降退休金，因此即將退休的縣員警和公立學校老師，也紛紛希望在二月底退休。縣警察局和縣教委被迫應對該情況。

愛知縣最初想在1月1日調降退休金，來防止透過提前退休產生的退休金的落差。可是，由於「必須提前通知」，調降退休金需延後到3月1日才能實施。因此二月退休和三月退休相比，可以多得150萬日圓的退休金。如果再將薪水算在內，二月退休和三月退休相比，實際上可以多得100萬日圓。

今年縣警察局的退休人數約為290人。現在正在統計希望提前退休的人數。縣警察局相關人員表示：「不少署長級別的幹部也舉手了。估計半數以上的統計對象都希望提前退休。」提前退休的人數可能會超過100人。

縣警察局將在確認退休人數後，以幹部崗位為主填補人員空缺。有人擔心警察機關會出現人員空缺，縣警察局表示將討論回聘退休人員的方法來維持一線工作人員充足。

愛知縣公立學校老師的退休人數約為1,300人。縣教育委員會在挽留希望提前退休的人員的同時，也在討論錄用臨時老師的辦法。他們計畫以二月中旬為限，掌握打算提前退休的老師的情況。

但由於「該調查很可能促使更多人提前退休」，所以教委正在慎重的討論調查的方法。

關於回聘退休人員這個問題，因為「回聘為了一己之利而辭職的人，這樣的做法無法向縣民交代」，所以採取優先錄用臨時職員的方針。

B

預計在三月底退休的公立學校老師們相繼提前退休。這就是所謂的緊急退休，即在退休金調降條例實施之前退休。

可是學期末班上導師不在的話，會給學生和家長帶來困擾。為了不讓教育第一線發生混亂，自治體有必要採取適當的對策，比如透過聘用臨時老師填補空缺等。

據文部科學省統計，在德島、埼玉等四縣，包括已經退休的和即將退休的教職員工在內，總共有超過170人牽扯到該條例的實施。其中還有學年導師和教務主任。

比如在埼玉縣，該條例如果在2月1日實施，退休金大約會平均調降150萬日圓。如果在實施前的一月底退休，即使減去兩個月的工資，比起工作到三月底，總共還可以多得70萬日圓。

緊急退休的情況在員警界也可以看到。在愛知、兵庫兩縣，大約有230名縣員警希望提前退休。大家普遍擔心這會不會為治安帶來不良影響。

在民間企業，很多員工都是在達到退休年齡的生日那天或那個月離職的。

相反，公務員的退休時間是年度底，所以就算生日過了也可以繼續工作，繼續拿工資。這麼做是為了執行每年度的人事預算，但這樣可說是比民間企業更受惠。

即使有住房貸款等經濟方面的原因，針對擔任重要職務的老師和員警的緊急退休，批評他們「不負責任」也並非沒有道理。

可是，如果沒有預估出現緊急退休的情況，並且沒有及時準備應對策略，這就是自治體缺乏預見性。使完成最後職責的老師們反而遭受損失的規定本身就是有缺陷的。

事實上，在1月1日就實施了該條例的東京都，因為規定如果不工作到年底，就不能得到規定的退休金，所以沒有出現緊急退休的情況。

在嚴峻的財政狀況下，自治體努力縮減人事費用理所應當。儘管如此，在47個都道府縣中只有三分之一調降了退休金。

如果顧及教職員工協會而延緩退休金調降的時間，應該也會被指責「不負責任」吧。

⑤ 日本人的表情（原文見 P.173）

P.173～175▶A

有人說日本人很少把自己的感情表露在臉上，就好像能樂裡的面具一樣。如果是美國人，他們覺得有趣的時候就張開嘴大笑，生氣的時候就高聲大罵，充分表達他們的憤怒。相比之下，日本人在這方面的反應就很少。這是因為在日本，人們普遍認為把感情暴露在臉上是不好的，不夠成熟。

在會議中，如果對某個人的發言感到很生氣時該怎麼表達呢？在美國，生氣的人很可能會用態度來表達自己的感情。但是在日本，人們就會隱忍自己憤怒的情緒繼續講話。不將自己的情感流露在外使他人感到不快，這或許是體諒他人的表現。

悲傷的時候，日本人和美國人一樣，儘量克制悲傷的表情。在葬禮上經常可以看到抑制眼淚、克制悲痛的人。特別是男性，覺得不應讓人看見自己的眼淚，所以一般都不在人前哭泣。但是因特別悲傷而落淚的時候，這就叫做「男人的哭泣」。最近在美國，當「魔術師」詹森發表從籃壇隱退的聲明時，就看到了「男人的哭泣」。和美國一樣，在日本也很少看到「男人的哭泣」。

感覺有趣時，美國人和日本人都會笑。但日本人有美國人沒有的笑法。在日本，當發生什麼有趣的事時，經常可以看到掩嘴而笑的女性。這是因為人們都認為咧開嘴露出牙齒的笑不文雅。另外，當受到批評時，一般都是表情嚴肅的向人道歉，但在日本有時可以看到滿面羞澀笑著道歉的人。明明被批評了，為什麼還笑呢？這種笑是美國人難以理解的。此外，有時還能看到很多在美國看不到的笑法。讓我們一起留意在不同的場合，日本人流露出的不同笑容吧。

雖然最近坦率的表露自己情感的年輕人多起來了，但和美國人相比，日本人還是很少表露情感的。

B

關於日本人的表情，很多實驗結果說他們表情匱乏，有些表情不僅是外國人，就連日本人自己都讀不懂。特別是在「公共場合」，有些外國人感到日本人臉上除了非常穩重的微笑和佩服對方而表現出的吃驚以外，再也看不出什麼其他的表情。

日本人的表情大家都說有分「真心」的和「表面上」的。在日本過去的武士社會中，就連婦女和兒童也被要求掩藏起悲苦，保持一種堅定毅然的態度。即便是現在的日本，也有不在人前流露自己感情的傾向，特別是要掩藏起一些負面的感情。即使不是負面的感情，比方說「害羞的撓頭」等日本人常有的動作也算一種壓抑「喜悅」的行為吧。

另一方面，我們經常說日本人缺乏表情，相反的，我們又常常指出日本人在寒暄時露出的那種自然的微笑是美國人學不來的。通常說的東方式微笑能發揮潤滑人際關係的作用，但由於這種表情壓抑著情感，所以對歐美人來說反而很難運用自如。

⑥ 網路著作權（原文見 P.177）

P.177～178▶A

現在，網上充斥著各種各樣的資訊。在眾多資訊中，不乏複製他人之作。

那麼，這些上傳到網上的資訊，它們的著作權應該受到嚴格保護嗎？網上的數據可以無損品質的複製，一旦流傳到網上，撤回的可能性很小。事實上，很多音樂、電影、漫畫以及遊戲軟體等複製產品流傳於網路，可以免費下載。因此，這些產品的銷量低迷，讓著作權人的經濟受損的情況接連發生。為了約束這些不良行為，有必要加強保護網路著作權。所以，在某種程度上資訊的自由交流不得不受到限制。

B

現在，網上充斥著各種各樣的資訊。為此，有人認為網路著作權應該受到嚴格保護。

的確這種觀點也有道理。不過，即便如此，我也不認為嚴格保護網路著作權會受到歡迎。網路著作權一旦受到嚴格保護，就會使所有的資訊都產生著作權問題。這樣一來，那些不考慮著作權、向大眾提供自己的作品的人，他們的自由發表的機會就會受到限制。網路應該是學者、研究人員學術資訊交流與共用的平台。同時，對那些想把自己開發的便利軟體或作品提供給大家的人來說，網路也是一個可以自由使用的平台。

⑦ 日本關於器官移植的看法（原文見 P.180）

A

P.180～181▶由於《人體器官移植條例》的修改，日本的腦死亡患者的器官移植數量終於也增加了。而且，以前未滿15歲的孩子不能成為器官捐贈者，現在也有可能可以了。但是，據說腦死的孩子成為器官捐贈者的案例還很少。那麼，讓我們來想一想，為了推動未滿15歲的孩子成為器官捐贈者，是否應該進一步修改法律呢？

日本人與歐美人不同，沒有把身體看作物質的文化。因此，理論上雖知道腦死等同於人已死亡，但在情感上卻大多很難承認。根據上述觀點，我們應該輔導安慰器官捐贈者家屬的心理，並宣導對腦死患者捐贈器官的認識，進而推動器官移植救助生命，特別是救助孩子的生命。

B

為了使未滿15歲的孩子成為器官移植的捐贈者，是否應該採取相應的措施呢？能否對孩子做出像判定成年人腦死那樣的鑑定呢？這件事尚存疑問。孩子的鑑定標準有必要更加謹慎。

眾所周知，孩子與成年人不同，即使是相同的症狀，孩子也有可能康復。就算是腦死，孩子的心臟依然跳動著，孩子的家長與親人們還是對孩子抱以生存的希望。人的死亡不能只以生物學上的定義來判定。誠然，我們知道器官移植，可以拯救生命，所以應該推動腦死患者的器官移植。但如果是孩子的生命，就更應該救治了。可是，對於推動孩子成為器官捐贈者這件事，還是應該慎重。

第8章 譯文

① 考駕照訓練費用（原文見 P.186）

P.186～188▶費用包含上課、練習的全部費用。

費用具體包含入學費、教材費、適應性檢查費、拍照費、上課費、練習費、技能檢定費（結業、畢業）、臨時駕照發放手續費、高速公路過路費、住宿費（含一日三餐）、往返交通費。

若故意缺課或因疏忽缺課，需要繳納取消費。

超出上述內容時需繳納額外費用。

日期和費用可能發生變動，請在申請入學時確認！

普通駕照 ※自動排擋14天～ 手動排擋16天～

普通駕照（自動排擋）上課、訓練費								
時間	年齡限制	住宿類型						
		宿舍			飯店			
		三人房	雙人房	單人房	女性雙人房	情侶雙人房	單人房A	單人房B
4/1～5/31	29歲以下	¥236,250	¥236,250	¥236,250	¥257,250	¥236,250	¥267,750	¥283,500
6/1～7/27	29歲以下	¥236,250	¥236,250	¥236,250	¥257,250	¥236,250	¥267,750	¥283,500
7/28～8/3	29歲以下	¥273,000	¥283,500	¥294,000	¥294,000	¥283,500	¥304,500	¥320,250
8/4～8/19	25歲以下	¥294,000	¥304,500	¥315,000	¥315,000	¥304,500	¥325,500	¥341,250
8/20～9/16	29歲以下	¥273,000	¥283,500	¥294,000	¥294,000	¥283,500	¥304,500	¥320,250
9/17～11/30	29歲以下	¥236,250	¥236,250	¥236,250	¥257,250	¥236,250	¥267,750	¥283,500

普通駕照（手動排擋）上課、訓練費								
時間	年齡限制	住宿類型						
		宿舍			飯店			
		三人房	雙人房	單人房	女性雙人房	情侶雙人房	單人房A	單人房B
4/1～5/31	29歲以下	¥246,750	¥246,750	¥246,750	¥267,750	¥246,750	¥278,250	¥294,000
6/1～7/27	29歲以下	¥246,750	¥246,750	¥246,750	¥267,750	¥246,750	¥278,250	¥294,000
7/28～8/3	29歲以下	¥283,500	¥294,000	¥304,500	¥304,500	¥294,000	¥315,000	¥330,750
8/4～8/19	25歲以下	¥304,500	¥315,000	¥325,500	¥325,500	¥315,000	¥336,000	¥351,750
8/20～9/16	29歲以下	¥283,500	¥294,000	¥304,500	¥304,500	¥294,000	¥315,000	¥330,750
9/17～11/30	29歲以下	¥246,750	¥246,750	¥246,750	¥267,750	¥246,750	¥278,250	¥294,000

▼保證內容

〔技能上課、訓練：無限制〕、〔技能檢定：無限制，臨時駕照課程考試：4次〕、〔住宿：無限制〕

※超過上述年齡的人

〔技能上課、訓練：最短＋6節課〕、〔技能檢定、臨時駕照課程考試：無限制〕、〔住宿：無限制〕

- 有摩托車駕照的人可以從上述費用中減去21,000日圓。
- 追加費用：技能上課、訓練費5,250日圓。

★關於情侶課程

住宿地點「新潟Grand Hotel」（客滿的話，可以住合作飯店的雙人房）。

和異性一起申請情侶課程時，不論是否成年，只要是學生都需要出具監護人的承諾書。

畢業日期不同時，按各自畢業時間離校回家，如有需求，可以按一天5,250日圓（含三餐）的價格入住酒店。

★關於單人房Ｂ

住宿地點為「Hotel Okura 新潟」。

P.190▶ ② 垃圾的分類方法（原文見 P.190）

分類	代表性垃圾	具體例子	注意事項
可燃垃圾（放入指定垃圾袋丟棄）	塑膠類、廚房垃圾、橡膠、皮製品、木屑、布類	冰枕、坐墊、貝殼、塑膠薄膜、橡膠類、保麗龍、食用油、少量的草、塑膠蓋、毛絨玩具、花、錄影帶、塑膠化妝瓶、席子、人工草坪、算盤、軟管（金屬製品除外）、CD、DVD	剩飯剩菜請先瀝乾水分再丟棄。 樹枝、木片等請切成7cm×50cm以下。 請去掉金屬蓋（金屬蓋歸入不可燃垃圾）。 食用油請先用布吸飽或用凝固劑固化再丟棄。 軟管請切成30cm以下後丟棄。
不可燃垃圾（直接放入回收箱）	玻璃、陶器、非金屬的鍋、耐熱玻璃鍋、燈泡、燈管、乾電池	瓷磚、湯勺、鋁容器、玻璃杯、線卷軸、晾衣架、鐵絲、黏土、火灰、寵物用沙子、烤肉網、奶瓶（玻璃）、電線、乾電池（1～5號）、魚缸（玻璃）、家用塗料空罐	鎳鎘電池、鈕扣電池在商店回收。前端尖銳的危險的玻璃、刀具或碎片等， 請放入墊有報紙等的袋子（盡可能用透明的袋子），不用捆綁（方便回收人員確認裡面的內容）。（針等放入底片盒之類的物品內再丟棄。）
空罐（直接放入回收箱）	啤酒罐、噴霧罐、罐頭、小型高壓氣瓶、果汁罐等	除蟲噴霧、髮膠、小型氣瓶罐、空罐類（10cm×20cm以下）、海苔罐	請先略微清洗，將罐中的東西倒出後丟棄。 小型氣瓶罐、噴霧罐請務必開個孔，將氣體放出之後丟棄。
空瓶子（直接放入回收箱）	調味料瓶子、飲料瓶、果汁瓶、洋酒瓶、其他玻璃瓶	放果醬、營養品、食物的空瓶，放醬汁、醋、其他的玻璃瓶。容量最大為一公升左右（12cm×40cm 以下）	請先略微清洗，把蓋子去掉後丟棄。農藥瓶、油瓶屬於不可燃垃圾。 啤酒瓶、一公升裝的瓶子屬於集體回收垃圾，或拿去商店丟棄。
寶特瓶（放入指定垃圾袋丟棄）	果汁、茶、咖啡、酒、醬油	碳酸飲料、烏龍茶、運動飲料、礦泉水、燒酒、清酒。（瓶底中心有一個肚臍狀突起的瓶子算寶特瓶。）	請先用水清洗，瀝乾水份後丟棄。 去掉寶特瓶的蓋子，和寶特瓶的蓋子一起放入指定垃圾袋丟棄。

③ 20○○年度小山商社留學生獎學金報名、推薦注意事項（原文見 P.192）

P.192～195▶財團法人國際教育支援協會（以下簡稱「本協會」）受小山商社股份公司的資助，按以下內容招募「20○○年度小山商社留學生獎學金「（以下簡稱「獎學金」）的候選人。

1．目的

本獎學金對象為日本的大學及研究生在讀的優秀的自費外國留學生。透過提供獎學金，以期達到緩解學生經濟上的困難，提高學生學習成績的目的。

2．獎學金的提供者及提供的宗旨

本獎學金的提供者小山商社股份公司提供資金的主要目的是，培養具備國際交流能力和跨文化交流能力的人才。

3．報名資格

報名者需要符合以下條件：

（1）具有日本以外國籍的自費留學生

（2）截至2018年4月為止，日本的大學本科（2～4年級）及碩士課程（1～2年級）、博士課程（1年級）的正規在校生

（3）需要經濟援助者（很大程度依賴打工等謀生方式獲得收入的人）

（4）2018年4月以後，沒有預定接受其他獎學金者

（5）身心健康，而且品行端正、成績優秀者

（6）十分關注透過國際交流對社會有貢獻的活動，且想為國際社會的發展做出貢獻者

4．錄用人數

2018年度計畫新錄用50名左右

5．獎學金每月金額

大學生：100,000日圓

研究生（碩士、博士）：150,000日圓

6．支付期間

從2018年4月開始至2019年3月為止一整年

7．推薦方法

（1）欲申請獎學金者（以下簡稱「報名者」），請按照規定格式，透過就讀的大學向本協會理事長（以下簡稱「理事長」）提交申請書。

（2）大學校長認為報名者符合第三條的報名資格，並才德兼備，可以向理事長提交第八條的推薦資料。此外，推薦人數詳見委託書。

8．推薦資料

（1）申請書（詳見附件格式1。僅限日語填寫。）1份

（2）報名者照片1張

（近6個月以內的照片。4.0cm×3.0cm，上半身，脫帽，背面寫上姓名貼在申請書的指定欄。）

（3）報名者的在留資格證明（影本）1份

（4）2016年度、2017年度第一學期的成績證明各1份

9．推薦截止日期

2017年12月10日（週五）（郵件在此指定日期前必須送達）

10．選拔及結果通知

理事長和獎學金提供者一起審查第七條（2）推薦者的資料，決定獎學金獲得者，並預計在2018年3月下旬透過大學通知本人。

11．獎學金的支付等

獎學金按規定的方式透過就讀的大學支付。

12．推薦資料的提交和諮詢地址

財團法人國際教育支援協會事業部國際交流課

郵遞區號：012-3456　地址：東京都〇〇區1-2-3

電話：03-1234-5678　傳真：03-1234-5677

④ 有關入學補助制度的通知（原文見 P.196）

P.196～198▶致各位監護人　平成30年度　有關入學補助制度的通知　H30.1.11

八戶市對由於經濟原因難以支付中小學學費的家庭，提供一部分學校餐費及學習用品費的補助，有需要的人可以申請。另外，平成29年申請過，但仍需補助的人請重新申請。需補助者請填寫下面申請書中所規定的欄目，放入信封中（用過的也可以），交到導師處。

1、補助對象

補助對象	申請所需證明等
（1）監護人的生活保障作廢或停止	◆生活保障作廢（停止）決定的通知
（2）全家免市民稅	◆共同生活的18歲以上家庭成員的納稅證明（學生不需要）
（3）全家免除國民年金保險費	◆共同生活的20歲以上家庭成員「免除申請認可的通知書
（4）監護人正在接受全額兒童撫養津貼	◆「兒童撫養津貼證明」的影本
（5）由於災難等，全家的國民健康保險稅、市民稅被減免	◆請諮詢孩子所在學校或學校教育課
（6）由於其他原因家庭經濟情況惡化，難以支付學校費用	◆共同生活的18歲以上家庭成員的「納稅證明」（學生不需要）

※申請需校長的意見，所以請向學校詳細說明家庭生活狀況。

※同住的所有家人請毫無遺漏的填寫進申請書。

※根據需要可能會向民生委員（相當於鄰里長）確認情況，請諒解。

2．申請手續

符合上述（1）～（6）項的補助對象，申請時請準備以下資料，提交給孩子所在的學校。

●「申請書（以家庭為單位的居民證明）、戶頭轉帳委託書、委任狀」備存在學校。

●「申請者名義下的市內金融機構的存摺」，確認後歸還。

● 上述（1）～（6）項所需要的各種證明等。

※ 注意事項：納稅證明由市政府資產稅科、各市民服務中心開具。非本人申請時，需本人提供委託書。

⑤ 募集網站首頁刊登的照片（原文見 P.199）

P.199～201▶用你喜歡的一張市內的風景、四季的自然風光、街道、傳統節日等的照片，來裝飾網站首頁吧！

募集要點：

刊登的地方及時間

　　作品會刊登在小山市官方網站主頁、首頁上方約兩週。在網站首頁刊登後，作品還會刊登在市內主頁的「小山攝影作品」欄目中。另外，根據本市的狀況，刊登時間有可能縮短。此外，作品還有可能使用在小山市發行的刊物上。

募集規定：

　　拍攝的小山市內風景、四季自然風光、街道、傳統節日等的照片。照片最好以數位影像的形式提交。

　　　　○　不可使用合成照片。

　　　　○　投稿者完全擁有投稿照片的著作權。

　　　　●　比賽入選的照片等出版權非投稿者本人所有時，請向出版權人確認照片是否可以使用！

　　　　○　入選作品除了小山市網站主頁外，也有可能使用在小山市的刊物上。

　　　　○　刊登不付稿酬。

　　　　●　投稿資料原則上不予退還。

以下作品不符合規定：

　　　　○　未取得被拍攝對象的允許等，有可能侵害被拍攝者的肖像權、著作權的照片。

　　　　○　有可能洩露被拍攝者個人資訊的照片。

　　　　○　帶有政治色彩的照片。

　　　　○　違反或可能違反社會秩序和善良風俗的照片。

　　　　○　有以營利為目的的企圖或有此可能的照片。

　　　　○　除上述各項以外，判定為內容不合適刊登的照片。

投稿資格：

　　在小山市內居住、工作、上學的所有人。專業攝影、業餘者皆可投稿。

投稿方法：

　　透過電子郵件發送照片，正文部分寫清楚拍攝者的（１）姓名（注音）（２）地址（３）電話號碼（４）題目（５）拍攝地點（６）拍攝年月日（７）拍攝者的說明

（50字左右，簡潔）。收件地址：秘書宣傳課。郵件名為「網頁刊登照片」。

投稿限制：

每人每月僅限2張。

投稿期間：

隨時受理。

錄用審查：

由秘書宣傳課進行審查。

諮詢窗口：

秘書宣傳課

電話：0285-22-9353　傳真：0285-22-9380

⑥ 中！中！中！活動報名重要事項（原文見 P.203）

P.203～205▶活動期間 20〇〇年11月1日～12月31日 報名截止日期20〇〇年1月10日

報名方法	電腦 手機 智慧型手機	進到網址http：//atarut.jp/，請輸入必填內容後報名。
	明信片	參加報名的明信片請填寫明信片上的必填內容後，貼上62日圓郵票寄出。

活動期間，消費金額每達5,000日圓（含稅）可報名1次。消費金額每達1,000日圓（含稅）送1張報名補助券。（不滿1,000日圓的零頭將被去掉）5張報名補助券可換取1張此報名明信片。

【注意】電腦、手機、智慧型手機和此報名明信片，無論透過哪種方式，同一個報名ID只能報一次。同一個ID兩次以上的重複報名視為無效。透過電腦、手機、智慧型手機參加活動時產生的通訊費和寄明信片所產生的62日圓的郵費均由顧客自行負擔。

報名截止日期	報名明信片截止日期為20〇〇年1月10日，以當天郵戳為憑 電腦、手機、智慧型截止日期為20〇〇年1月10日 24:00
報名資格	在「TSURUHA」藥局、藥福太郎、「Wellness」藥局、心&心、「grosier」各店中，活動期間消費5,000日圓（含稅）以上的顧客 ※ 處方藥不能參加本次活動。
中獎公佈	在公正的抽獎後（第三方公正單位在場），直接將獎品寄給中獎者。※ 得到店長獎的話，可以在您希望的店鋪兌換獎品。

※ 金獎、銀獎、銅獎的獎品獲得者，將透過店內海報和網站主頁公佈。

※ 不提供報名補助券、報名明信片交換券、報名明信片、報名ID重新發行的服務。

※ 限單次消費，不能累計。

※ 參加抽獎活動時填寫的內容不完整視為無效。

※ 中獎者的中獎權利不能轉讓、轉借給他人，也不能折現。

※ 客人的個人資訊未經客人同意不會公開或提供給業務委託單位以外的第三方。（根據法令等被要求公開的情況除外）。

※ 填寫的個人資訊將用於本活動的中獎者的獎品寄送、活動的統計和分析、「TSURUHA」藥局集點卡的訊息更新。屆時，本公司將把客人個人資訊提供給有適當監督措施的業務委託單位。

活動相關諮詢 辦公室 0120-597-766
○辦公室受理諮詢期間：20○○年11月1日～20○○年3月29日
※請仔細確認號碼後撥打。
○辦公室受理諮詢時間：週一～週五9：00～18：00（週六、週日、例假日除外）
※1月1日～3日休息。

⑦ 職業中心的就業諮詢（原文見 P.207）

P.207～209▶各位在校學生

職業中心提供就業諮詢

◆請大家輕鬆前來諮詢〔對象為所有年級〕

「到底要就業還是升學？」、「不知道應該怎樣決定以後的出路」等，不論什麼煩惱都可前來諮詢。首先請在櫃檯和工作人員打個招呼。經常有意見説工作人員看起來比較忙，不好打招呼，但是即使再忙，他們也會優先處理大家的事情，絕不會面露厭煩表情的。

◆值得信賴的諮詢體制

只要是在窗口諮詢時間內（9：30～17：15），隨時都可以前來諮詢。

針對那些不想讓別人聽到，或是想從容的和我們談一談的人，我們也提供「預約制就業諮詢」，在能夠保護隱私的諮詢角落花時間仔細協談（一人50分鐘）。

◆電話和郵件均可！

因就職活動不在學校的人，可以透過電話和郵件諮詢。當然，我們更期望面對面的與您商談。

TEL：025-111-1234,8765　E-mail：job@adm.tahata-u.ac.jp

◆個別面試指導〔對象為大學3年級學生、碩士1年級學生〕

以模擬面試的形式對個人或集體面試進行詳細的指導（一人50分鐘）。不單單是如何回答面試問題，還以模擬面試的形式邊提問，邊將大家的優點激發出來，使大家更有自信。

◆指導報名表等的填寫方法〔對象為大學3年級學生、碩士1年級學生〕

指導需提交資料（履歷、報名表等）的填寫方法。我們教大家填寫履歷的方法，讓大家一直以來為之努力並使之成為自身優勢的長處，能讓看履歷的人留下深刻的印象。

※在職業中心櫃檯處受理。

◆讓我們聽聽前輩們的求職經驗吧！〔對象為所有年級學生〕

有關就職活動中的不安和疑問，聽聽身邊的學長們說些什麼也是好方法！向結束就職活動的學長們諮詢以及提問，這個活動叫「Talk×Talk」。

◆【Talk×Talk　詳細內容】

時間：每週一、二、三、五（週四為固定休息日）

12：30～14：00

16：30～18：00

地點：職業中心內

第9章 譯文

① 重新構建育兒文化（原文見 P.212）

P.212～213▶所謂「育兒」這個行為，是人類從遠古時代就有的自然的社會行為之一。

這種行為若不能順利進行，世代將無法傳承。因此，人類在漫長的歷史中，不斷的使其成熟，並將它提升為文化性行為。

戰前，日本生活環境較少發生巨大變化，這種「育兒文化」被順利的傳承下來。可是，戰後的日本，在家庭與地方上攜手建構網絡的同時也從事育兒的這種體制，受到破壞，育兒行為變得只能在父母和孩子這樣狹隘的人際關係中進行。

一直以來，在日本三大產業從業者比例中，農業等第一產業的從業者比例最高。可是，昭和30年，第一的位置讓給了服務業等第三產業 ，自那以來，這之間的差距就越來越大。

佔據第三產業的從業人數越多，人口就會越往城市移動。人們離開鄉下，進入城市，在新興的住宅區安家，這種社區形式的人際關係的互動密度比較低，而在淡薄的人際關係環境之下培養孩子，孩子的社會性就越來越難養成。

而且，「育兒」的責任是由媽媽一人來承擔，逐漸形成了爸爸在外工作，媽媽養兒育女的社會結構。進而「育兒」被當作是母親一個人的問題，地方上的育兒援助功能也在衰退，所以就形成了育兒與工作無法同時兩立的社會。

如今，為了解決日本現有的兒童霸凌、自殺、虐待兒童等問題，我認為支援育兒的循環體系有重新再建構的必要。

② 看起來年輕是得還是失？（原文見 P.214）

P.214～215▶從抗衰老產品、男性化妝品的暢銷等狀況，似乎顯示出希望自己看起來年輕的男性正增加中。可是，在商場上，看起來比實際年齡年輕真的好嗎？還有男性因為「看起來年輕的話會被輕視」，這樣的理由而留鬍子。

所以，我們以25～34歲的300名職場男性為對象，展開了「在商場上看起來年輕的得失」調查。以回答「看起來比實際年齡年輕」的201人為對象，詢問他們「看起來年輕在工作上的得與失哪邊比較多？」回答「得到的多」的人占55.7%，「失去的多」的人占44.3%。意見雖相當分歧，但沒想到是「得」派居多。

只是，若按年齡層來看，情況就不一樣了。在20～29歲的男性中，「得」派占44.3%，「失」派占55.7%，「失」派占上風。相反的，在30～39歲的男性中，「得」派占 60.7%，「失」派占39.3%，「得」派增加了。

也就是說，二十來歲的人如果看起來年輕是「失」，可是到了三十來歲，「得」的情況反而會增加也說不定。開頭介紹的「看起來年輕的話會被輕視」，這樣的感覺或許可說是只屬於二十多歲的年輕人。

順便一提，我們向回答「看起來年輕更加有利」的人詢問理由時，他們說「會被認為這麼年輕，卻很穩重」（32歲），「小的失敗會被原諒」（30歲），「初次見面的時候會被看輕，所以門檻會降低」（26歲）等。似乎是把消極因素變為積極因素。

相反的，回答「看起來老成更加不利」的人們有這樣的感想，「會被認為年齡一大把卻沒有工作能力」（32歲），「被當作老手，工作負擔加重」（26歲），「會按照年長的標準來衡量能力」（32歲）。由於年齡的誤解帶來超過自身實力的評價，很明顯指責這一缺點的人比較多。別人對自己的「期望值」低一點，就能輕鬆一點。

那麼，怎麼才能讓自己看起來年輕呢？我們採訪了國際形象顧問大森瞳老師。

「關鍵不是看起來『年輕』，而是看起來『有朝氣』。重要的是清潔感。眉毛、髮型、指甲等要多多注意，可以的話也要好好保養皮膚。還有髮色要適合自己。故作年輕反而會更加顯老。另外，說話的時候聲音略高、語速適中也會得到好效果。」

此外，配戴塑膠材質或者金屬材質的眼鏡框，也會改變形象。只是大森老師說：「在商場上，關鍵還是自身的形象要與職務和工作相符。」

外表是一種自我宣傳。不能因為「看起來年輕會比較輕鬆」等理由追求「年輕」。

③「看」與「聽」的感性（原文見 P.217）

P.217～218▶「視而不見」、「聽而不聞」，之後完全不記得了，這樣的事經常發生。然後自己會想「是上了年紀吧？」，而不去深入思考為什麼會這樣。可是，隨著時代變化，人們的想法、喜好、感受、價值觀都在改變。這種變化不是透過以往的「見」和「聽」就能夠全部涵蓋。我深切的認識到，必須把「見」變成「看」，把「聞」改成「聽」。日文「みる」這個詞的漢字部分，可以用「見る」、「観る」、「看る」來表示。用「見」的漢字，是表示觀察表面上的事實和狀態，用「観」字則是客觀的、實事求是的觀察事物的動態和變化。一般情況下，大家僅僅是「見」一下、「觀」一下。但重要的是「看」，是「看護師」（護士）的「看」。「看護師」透過替病人測量脈搏和體溫，觀察他的臉色，冷靜的觀察患者的肉體和精神狀態，給與恰當的判斷，並向主治醫生提出建議。我們無法任由護士只是表面的「見」一下。此外，藉由「看」，能夠發現「見」和「觀」所遺漏的市場動向和顧客心理，由此萌生出新的構想。

另外，「聞」這個字表示膚淺的聽。而用心傾聽的本質是什麼？用心去「聽」才是最重要的。人們通常抱有一些不滿。去傾聽不滿、不安、不服，耐心的一一回應，讓他們滿意。這之後，才能產生真正的信賴。在這樣一個飛速變化的時代，我們應該振奮自己，以「看」、「聽」的感性，領先挑戰二十一世紀。

④ 精神遺產（原文見 P.219）

P.219～220▶父母老來得子，作為老么的我是在寵愛中長大的。我從不懂得體諒體弱多病的母親，也完全不學習。大概是由於這些罪過，我沒考上大學的那年，母親因為腦中風癱倒在床，父親和哥哥都要工作，所以，照顧母親、做飯、洗衣服就全部變成我的任務。我還記得洗衣盆裡的水冰冰涼涼，替母親把屎把尿的那種厭惡感。我的朋友有的考上了一流的大學，享受著大學生活；有的一邊兼著家教，一邊去補習學校上課。我完全沒辦法準備考試，每天的家務只讓我的煩躁越來越嚴重，我覺得人生的不幸都讓我一個人承受了。

這時，我無意中從收音機聽到這麼一段話：「吉川英治透過宮本武藏這號人物，修行人生。（宮本武藏）年輕時正是因為鑽研、努力，才能成為那樣的劍客。」對此，我心有所感。照顧一直以來寵愛自己的母親，才是我的一切，理解母親心中的痛苦和煩惱，以及她對兒子的感謝，這才是最重要的。我明白了現在不是哀嘆自己不幸的時候。

大學二年級的初夏，母親去世了。那時她六十三歲。照顧母親的三年時光為我往後的人生帶來了巨大的影響。當我進入社會、面對困難的時候，這段艱苦的往昔歲月，成了支撐我前進的動力。這是母親留給我最珍貴的「精神遺產」。

⑤ 沒寫字的明信片（原文見 P.221）

P.221～222▶已經去世的父親是個勤於動筆的人。

我上女校一年級的時候第一次離開父母，不到三天父親就寄信來了。父親當時是保險公司分店店長，當我看到他用那支大筆毫不馬虎的在信封上寫下「向田邦子殿」時，我相當吃驚。雖然父親寫給女兒的信使用「殿」是理所當然的，可是四、五天前，還叫著「喂！邦子」，罵人「蠢貨」、握著拳頭是家常便飯的父親，突然改變的樣子，讓我感到難為情，覺得不好意思。

信的內容以中規中矩的季節問候語開頭，提到了新的東京員工住宅的房間佈局、院子裡的盆栽種類。父親在信中對我稱「你」，還告誡我說：「以你目前的能力，肯定有很多看不懂的漢字，要多查字典！」

只穿一件內褲在家裡亂轉，喝到發酒瘋，發脾氣打老婆、孩子，這樣的父親形象不見了，取而代之的是一位充滿愛和威嚴、無可挑剔的父親。

既是位暴君又有些害羞的父親，只能以見外的形式寫信給十三歲的女兒吧。也可能是想在信裡扮演，平時因害羞而表現不出來的父親形象吧。

父親有時一天寄來兩封信，一學期的住宿生活下來，積了不少信。我用橡皮筋把它們綁起來，保存了一段時間，可是不知什麼時候弄丟了。父親六十四歲去世了，這些信之後，我和父親大概打了三十年的交道，但也只能從這些信裡看見慈父的樣子。

這些信雖然也很讓人懷念，但要說留在內心最深處的是什麼，那應該就是父親寫好收信人姓名，妹妹寫了其中內容的那個明信片了吧！

⑥ 關於白天蝴蝶的存在（原文見 P.224）

P.224～226▶說起蝴蝶，無論在哪裡都十分惹人憐愛。日本有句俗語說：「女兒就像蝴蝶、像花一樣。」把討人喜歡的少女比作蝴蝶，把蝴蝶描繪成少女，哪個國家都會有類似的描寫。中國人把女人漂亮的眉毛稱為蛾眉，將眉毛比作蛾的觸角，這一點確實是獨一無二的。

蝴蝶為什麼會變成那樣的存在呢？

所謂的現代科學是無法回答這個問題的。解釋說明「怎麼樣」，才是現代科學的任務，被問到「為什麼」，只好緘口不言。

可是這讓我們有所疑問。讓我們動腦來想像一下。

說起來，動物學上沒有區分蝴蝶和蛾的標準。某本書上說，蝴蝶豎起翅膀棲息，且觸角前端呈棒狀，可是這些特點全都有例外，完全不能成為判斷標準。硬要說區別的話，那就是「蝴蝶只在白天飛行」。

細細想來，這恐怕是蝴蝶之所以是蝴蝶的唯一理由。正是因為蝴蝶在白天飛行，才成為那樣特別的存在。

其來龍去脈前面說過幾次了。總之，因為蝴蝶生活在白天的陽光中，生活全部都依賴陽光。首先，它們用眼睛尋找花朵。花的顏色和它分成幾部分的形狀，以及不僅僅是輪廓的立體構造，都能告訴它們「花」的存在。

它們也用眼睛尋找異性。和放出特殊氣味吸引雄性的蛾不同，蝴蝶透過雌性的身影、顏色、顏色的類型來找尋女朋友。這一點，蝴蝶和人類十分相似。

雌性尋找可以產卵的植物時，最初階段也是依靠眼睛。首先用眼睛尋找合適的枝葉或呈葉狀的植物，然後靠近。

對於如此依賴眼睛的蝴蝶來說，太陽很親切。太陽燦爛的發著光，照耀著地上的一切。

可是，光既是燦爛的，也是恐怖的。那是因為光線是直射的。雌性羽翼反射的光進入雄性的眼睛，沒有什麼問題。因為光線是直射的，所以雄性只要朝著那個顏色的物體前進就可以了。那裡一定有雌性。

可是，如果雌性躲在樹葉的背後會怎樣呢？因為光線是直射的，雌性被樹葉擋住，雄性的眼睛就看不見了。

雄性蝴蝶通常會為這個問題煩惱。解決方法就是雄性上下左右調整自己的位置，從各個角度觀察周圍的環境。這個問題實際上一定會解決。蝴蝶既然用眼睛尋找、識別異性，那麼異性就必定是顯眼的、豔麗的、巨大的存在。於是，蝴蝶的翅膀盡可能的變寬。大而寬的翅膀必然變得纖弱，容易像樹葉一樣被風吹得翩翩起舞。不，即使無風，僅僅自己拍打翅膀，蝴蝶的身體就會被迫飄動。

用眼睛尋找東西時被要求的，和成為顯眼的身姿時必然會產生的結果，這之間沒有任何矛盾。它們變得越好看，飛行的方法也就越優雅，對尋找異性就更有利。

有趣的是，原本生活在夜裡的蛾當中，不知是叛徒還是異己，也出現了在白天活動的蛾。那樣的蛾乍看就像蝴蝶一樣美麗、惹人憐愛。不僅如此，它們當中很多是用眼睛尋找雌性，像蝴蝶一樣翩翩起舞。

沒有光，美是不存在的，因為光產生了美。

⑦ 日本的醫生人手不足問題（原文見 P.228）

P228～229▶A

現在的日本，醫生人手不足是很嚴重的問題。於是，有人提出是否可以接受外國醫生。

現況是，對日本及日本文化感興趣的外國人雖然很多，但是要投身到對外國人封閉的日本社會工作的外國人，其實沒有那麼多。就算醫生這個職業也不例外。不過，接受外國醫生這個提議如果得以實現，那倒是可以解決醫生人手不足的問題。在日本工作的外國人，大多是想得到比自己國家高的收入而來日本的。因此，讓我們關注一下醫生的報酬。比起在海外，如果在日本工作能夠得到更高收入，即使日本對醫生的醫療行為有許多限制，也會成為富有魅力的職場吧。即便只是在現有的為數不多的外國醫生的指導下，外國醫生展開工作，也能相當程度的緩解醫生人手不足的問題。

B

有人提議說透過接受引進外國醫生來解決醫生人手不足的問題。也聽說有幾家醫院正在積極嘗試發揮外國醫生的作用。

確實，如果消除語言、法律等這些接受外國醫生的障礙，在日本工作的外國醫生有可能會增加。若果真如此，期待這麼做能在解決醫生人手不足問題方面發揮一定效果的想法，是可以理解的。但是，也有人認為單純依賴接受外國醫生的方案，不足以解決醫生人手不足的問題。醫生人手不足的根本原因在於，醫生這一職業工作時間長、不規律、工作多、責任重等，工作環境十分苛刻。即便接受外國醫生，如果工作條件仍維持現狀，對外國醫生來說也同樣會是苛刻的工作環境，結果醫生的數量也不會增加太多。倒不如先改善工作環境，增加國內想從事醫生職業的人的數量，這才是首要的。

⑧ 領取招生簡章申請表（原文見 P.231）

P.231～232▶平成31年入學考試

國立大學、公立大學、私立大學、短期大學　　　　領取招生簡章目錄

領取招生簡章申請表

請在附近的郵局、郵局附設銀行辦理申請手續。

郵寄大概需要一星期，請算好充裕的時間申請。

郵局、郵局附設銀行的辦理期限。

【注意】簡章寄出的截止日期各不相同。

請務必確認各學校的入學申請截止日期。

國立大學	2019年1月20日為止
私立大學 短期大學	2019年2月28日為止

（注意：過了上述辦理期限，申請無效。）

招生簡章的申請方法：

（1）請填寫本目錄繳費單的必填事項。

※國立大學、公立大學、私立大學、短期大學的繳費單各不相同。

※ 填寫內容不完整時，會造成招生簡章無法送達或晚送到，請務必不要遺漏，仔細填寫。

（2）請向郵局附設銀行或郵局的儲蓄櫃台申請，並附上現金。

※請各自確認好招生簡章提交的截止日期，算好時間再申請。

※ 如果使用帶繳費功能的ATM機，有時會因處理時間造成投遞延遲。

（3）您申請的招生簡章將會在受理之後約一週左右送達。

【注意】

- 一覽表裡沒有出現的學校不能使用本目錄申請，請見諒。
- 申請隨時受理，但在郵寄開始欄所示日期之後才能寄送。

郵寄開始日之前的招生簡章將作為預約受理，等到郵寄開始那一天會一起寄出。

- 招生簡章分別寄送。如果您申請多個學校，招生簡章送達時間有時會不同。
- 預計郵寄開始日期會定在本目錄發行的那天，但是根據資料完成時間也可能發生變動。另外，郵寄開始日期的最新資訊請關注本目錄的網站http://shingaku.jp。

原來如此 系列 *J045*

JLPT新日檢【N1讀解】滿分衝刺大作戰：
64篇擬真試題破解訓練＋8大題型各個擊破！

徹底加強作答實力，滿分衝刺大作戰！

編　　著　張蠡、楊麗榮
日文主編　郜楓、尹美蓮、田春娟、張素娟、劉東波
審　　訂　(日)明日山幸子、(日)村上弘桂
顧　　問　曾文旭
總 編 輯　王毓芳
編輯統籌　耿文國、黃璽宇
主　　編　吳靜宜、郭玲莉
執行主編　姜怡安
執行編輯　李念茨、林妍珺
美術編輯　王桂芳、張嘉容
封面設計　西遊記裡的豬
法律顧問　北辰著作權事務所　蕭雄淋律師、幸秋妙律師

初　　版　2019年6月
出　　版　捷徑文化出版事業有限公司
電　　話　（02）2752-5618
傳　　真　（02）2752-5619
地　　址　106 台北市大安區忠孝東路四段250號11樓-1

定　　價　新台幣350元／港幣117元
產品內容　1書

總 經 銷　采舍國際有限公司
地　　址　235 新北市中和區中山路二段366巷10號3樓
電　　話　（02）8245-8786
傳　　真　（02）8245-8718

港澳地區總經銷　和平圖書有限公司
地　　址　香港柴灣嘉業街12號百樂門大廈17樓
電　　話　（852）2804-6687
傳　　真　（852）2804-6409

本書圖片由Shutterstock提供

捷徑Book站

國家圖書館出版品預行編目資料

JLPT新日檢【N1讀解】滿分衝刺大作戰 /
張蠡、楊麗榮編著. -- 初版. -- 臺北市：捷徑文化,
2019.06
面；　公分（原來如此：J045）

ISBN 978-957-8904-77-4(平裝)

1. 日語　2. 能力測驗

803.189　　108006859